JN174565

小説集〈四〉

中国古典文学挿画集成（十）

瀧本弘之 編

遊子館

Complete Collection of Ancient Book Illustrations
from Chinese Classical Literature
Vol.10

Novels 4

Edited by Hiroyuki TAKIMOTO

Published by YUSHIKAN Publishing Co.,Ltd.

目次

凡例

一、本書は中国古典文学挿画集成の第十冊目となる『小説集』［四］である。

二、本書に収録した資料の所蔵先は、以下の通りである。

①漢壽亭侯誌八巻　国立国会図書館
②新刊大宋中興通俗演義八巻附二巻　国立公文書館内閣文庫
③新刻皇明開運輯略武功名世英烈傳六巻　国立公文書館内閣文庫
④新刻皇明開運輯略武功名世英烈傳六巻　中国国家図書館
⑤新刻全像音詮征播奏捷傳通俗演義六巻　京都大学文学研究科図書館

三、資料の縮尺は次の通り。①97%、②98%、③95%、④45%、⑤原寸。なおテキスト頁は45-48%である。
また、各資料の扉には書誌データと封面や巻頭頁などを縮小して掲載した。

四、各資料の挿画は総てを順番に並べ画題の文字は挿絵のものに準じた。また、封面などがあるものは掲載し、本文の序や目録も参考のために縮小して掲載した。

協力者　中村豪志

金陵版画のいくつかの風格について

瀧本　弘之

中国古版画で「金陵版画」というときは、一般に小説・戯曲本が「多数派」であり、よく知られている。これらを指して金陵版画ということが多い。

その代表的書坊が世徳堂であり、またその系列の書坊と考えられる富春堂であるだろう。世徳堂・富春堂などの金陵書坊の手がけた戯曲刊本を挙げていくとその数、合計して六十種類は下らない（『古本戯曲叢刊』一・二・三集の集計である）。これらの書坊は、孔子廟の近傍にある三山街に集中しており、ここがいわば金陵における出版の中心地であった。世徳堂・富春堂などの作風は、時期によって異なるが、一般には明瞭でかつメリハリのある描線を用い（黒の部分が目立つ）大胆な表現と動きのある人物描写で版画藝術の一境地を拓いたといえる。また世徳堂は小説本に左右見開きの横長画面を導入して、戦闘場面の典型をつくり出したといえるだろう。富春堂にしても『古今列女伝評林』ではやはり横長表現によって、スケールの大きな画面をのびのびと展開している。それが万暦後期になると、金陵でも安徽新安からの徽派の影響によって、この地の小説本挿絵の特色だった力のある白黒の単純な表現が薄まり、人物の表情も徽派に近づき卵形で柔和な表現になっていく。画面はほぼ白一色で、細い黒の線が、人物や風景を浮かび上がらせる上品な作風が主流となる。例を挙げてみれば、『楊家府世代演義』や『征播奏捷伝演義』などはその尤物といってよい。

では、金陵版画はすべてこれらに尽きるのだろうか。否、それほど知られてはいないが、小説戯曲の主流以外にも掬すべき、注目すべき作品群があるのである。たとえば、小説本で名高い金陵兼善堂は天啓四年（一六二四）刊本の『警世通言』（三言二拍のひとつ）の版元として知られるが、次に述べる『金陵梵刹志』（原刻は万暦）の補刻も手がけている。つまり比較的手堅い寺廟関連の仕事もやっていたと考えられる。民間の小説本だけではなく、官版に近い存在の宗教書籍をも扱ったということだろう。

南京は宗教都市としての永い伝統があり、とくに魏晋南北朝時期にここで「四百八十寺」と謳われるほどに仏教が隆盛を誇ったことはよく知られている。その伝統が明代になって復活してきた。周知の如く王朝創始者の朱元璋は、その出自が下級僧侶であったから、この点については当然ながら追い風となったことは疑いない。

●宗教版画の新境地

明代中葉以降の金陵における仏教の昌盛ぶりを巨細に記したのが『金陵梵刹志』である。これは、南京の仏寺の由来や現状などの詳細を北魏の酈道元『洛陽伽藍記』にならって記述したもので、版画史上に特記される、多数の注目すべき挿絵を伴っている。万暦の初刻本、補刻した天啓七年のものがあるという。一般には天啓年間のものが通行しているようだが、この挿絵入りの大部の版本について、『四庫全書総目提要に』はやや杜撰な編輯であるとの評語があるようだ。しかし近年の研究ではその評言当たらずという研究者もあり、事実たいへん貴重な歴史資料である(1)。そこに挿入された多数の仏寺の景観は、明朝時期の姿を今日に伝えており、すでに多くの社寺が湮滅したいまでは、名勝図としての価値のみにとどまらず、記録絵画の価値をも併せもつ。

『金陵梵刹志』の挿絵には、いくつかの際だった特色がある。

挿絵はすべて寺廟の俯瞰図でこれがまた名勝図にもなっているのだが、すべて横長でそれも線装本の二葉をつなぐ形態の横の長さである。寺院建築を描くと、伽藍のみならず周辺の建築の一切がひとつの宗教区域であるから、大きな平面となっている。広大な寺廟の建物・敷地を斜め上から俯瞰するのだから、どうしても横長になる。しかし、縦に長い線装本の見開きでは広さが不足する。そこで思い切って展開すれば四葉となる比率に挿絵を展開した。一葉の前後の図を二葉続けたのである。現在の感覚だと四頁連続図という訳である。

図版の一覧と画工・刻工を記すと以下の位置にある(内閣文庫収蔵本による)。

・「靈谷寺」巻二と巻三の間　二葉　凌大徳畫劉希賢刻(第一葉右下)
・「棲霞寺」巻三と巻四の間　二葉　凌大徳畫劉希賢刻(第一葉右下)
・「天界寺」巻十五と巻十六の間　二葉　秣陵劉希賢刻(第一葉右下)
・「鷄鳴寺」巻十六と巻十七の間　二葉　凌大徳畫(第一葉右下)
・「静海寺」巻十七と巻十八の間　二葉　凌大徳畫(第一葉右下)、傅汝賢刊(第二葉左下)
・「清凉寺」巻十八と巻十九の間　二葉　無記
・「弘済寺」巻二十八と巻二十九の間　二葉　張承祖刊(第二葉左下)　内閣文庫錯簡あり
・「報恩寺」巻三十と巻三十一の間　二葉　凌大徳畫(第一葉右下)、張承祖刊(第二葉左下)
・「能仁寺」巻三十一と巻三十二の間　二葉　劉希賢刻(第一葉右下)

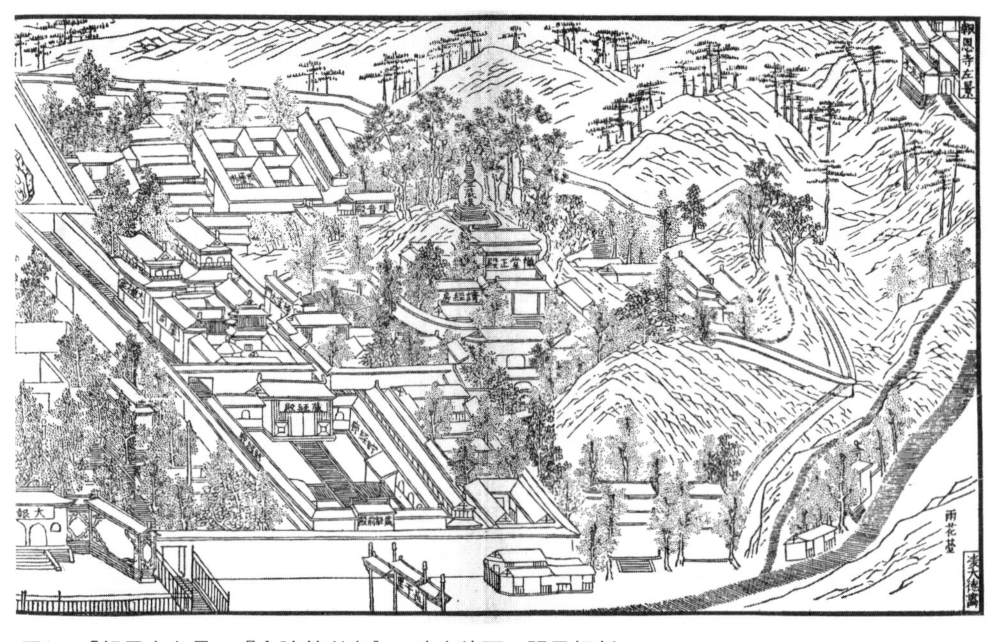

図1　「報恩寺左景」『金陵梵刹志』、凌大徳画。張承祖刻。

・「弘覚寺」巻三十二と巻三十三の間　二葉　凌大徳畫（第一葉右下）

注目すべきことは、この画工と刻工の名前である。殆どの箇所に記されているが、書名がない挿絵もあるが、作風からして画工の「凌大徳」はおそらくすべての寺廟の画を手がけ、刻工は劉希賢、張承祖、傅汝賢が共同で行い、なかでも劉希賢がもっとも主導的であったようである。他の刊本に名前を見ないので、按ずるに凌大徳は僧籍もしくはそれに近い地位にあったのではないか。彼は仏教界の周辺人物であったと想像される。これらの宗教建築をかくも緻密に細部にわたり描き出すには、内部を知り尽くした人材でなければ不可能だったと思われるからだ。それぞれの寺廟道観がいわば「身体感覚」で描けるという、恵まれた条件下ではじめて可能になったのだろう。

劉希賢といえば、こちらは小説本で名高い『三遂平妖伝』の刻工としてつとに名前が知られている。むしろそのほうで著名である。北大本『三遂平妖伝』の第一回図版には「金陵劉希賢刻」の文字がある[2]。

●珍しい道観の歴史

この『金陵梵刹志』の姉妹篇ともいうべき著述に『金陵玄観志』が知られている。これは仏教のライバルである道教の寺院すなわち道観についての刊本で、金陵の道教関連地域を端から挙げてその歴史を述べており、その体裁は『金陵梵刹志』と酷似し、挿絵についてもまったく同様である。

ただし『金陵玄観志』の挿絵を見ると、朝天宮と神楽宮だけ二道観が取り上げられているにすぎない。挿絵の数からいえば、

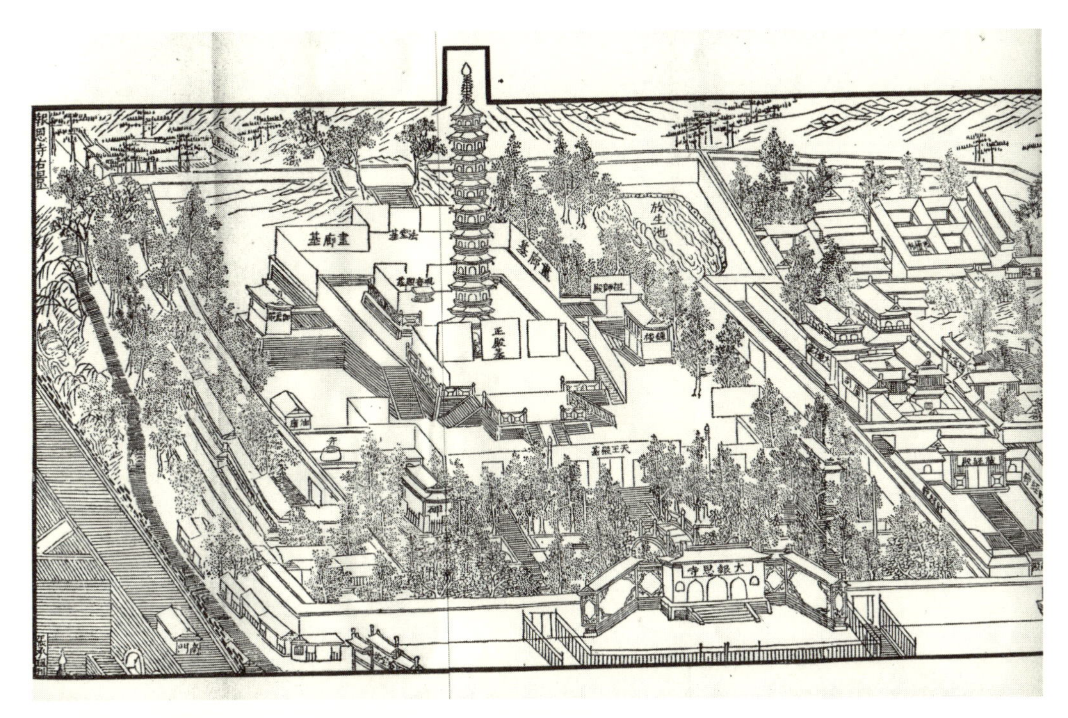

図2　「報恩寺右景」『金陵梵刹志』、凌大德画。張承祖刻。

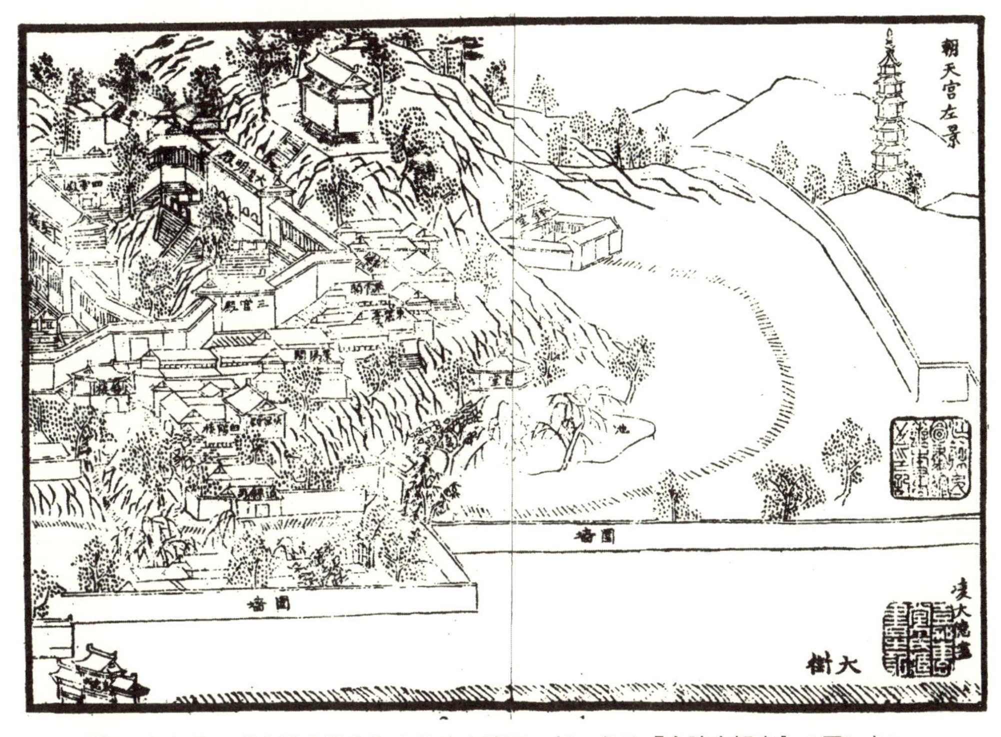

図3 「朝天宮左景」『金陵玄観志』より凌大徳画。刻工名は『金陵玄観志』の図にない。

金陵梵刹志に登場する数多くの寺院には遙かに及ばない。これが当時の仏教と道教の勢力に比例しているのかも知れない。

玄観志の閉じ方は線装になっているが実際の版木は見開きで横長で制作されている(金陵梵刹志と同じである)。これを二つつなぐと大きなパノラマの「道観」の姿が現れる。空中から俯瞰した極めて雄大な画面である。朝天宮の右下には「凌大徳画」の文字が彫られている。既に述べたが金陵梵刹志でも登場した画家で、他の場所には知られないから僧侶に近い身分だったのではないか。

金陵梵刹志の撰者は葛寅亮である。葛寅亮は万暦二十九年(一六〇一)の進士で、万暦三十五年(一六〇七)に南京祠部の主持となり、永く官界から宗教界を指導・管轄する立場にいた。玄観志には撰者を示さないが、民国二十六年に影印本をつくった柳詒徴によると恐らく同一人の撰だろうという。[3] この原本は極めて希で、影印本のみが知られている(ご当地南京には収蔵があるようだ[4])。

金陵梵刹志・金陵玄観志の二著に共通した特色は、建築と周囲の景観の精緻な再現と、そのいっぽうでの人物像が全くないという点であろう。一般に、いわゆる名所絵では、豆のように小さな人物を点景として何人か散らして描き、これによって絵画に親しみを持たせる工夫があるようだ。これはまた人物の大きさによって周囲との比較を行わせ、寺廟・景観などの古跡に威厳をもたせるためでもあろう。これに比べて宗教建築では、聖域に荘厳さを醸し出すためか、はては寺廟に付加価値を付けていくためなのか人物が一切登場しない。これはまた、絵画に超自然的な雰囲気をもたらす効果もあるだろう。

●文人の手になる名勝志

以上の二種類の寺廟・道観志にくらべて、やや異なった雰囲気のある『金陵図詠』(天啓三年刊本)がある。[5] これは南京名勝図の濫觴ともいうべき刊本だろう(確かに『三才図会』などにも簡略な景勝図が載せられているが、これらはいわば宋元や明初時期から伝承された古典的なイメージといえ、現地をよく知る人材、または在住者による新たな描き起こしとしては、こちらが優先すると考えたい)。

『金陵図詠』は当時の知名度で並ぶものなき文化人の代表格、朱之蕃という官僚がものした著作で、金陵の名勝を四十景選んでこれらにいちいち賛を付けたものである。一葉の表が画で裏がその賛になっている。掲載した図は最後の第四十図「長橋艶賞」であるが、清代に普及する都市図の原形のような構図になっている。

前二者が宗教建築だけを扱って堅苦しく威厳に満ちていたのと異なって、この金陵図詠には文人趣味が横溢している。賛の字はもちろん朱之蕃自身のもので、当時「今趙孟頫」とまでもてはやされたというだけあり、柔らかくこなれた作風

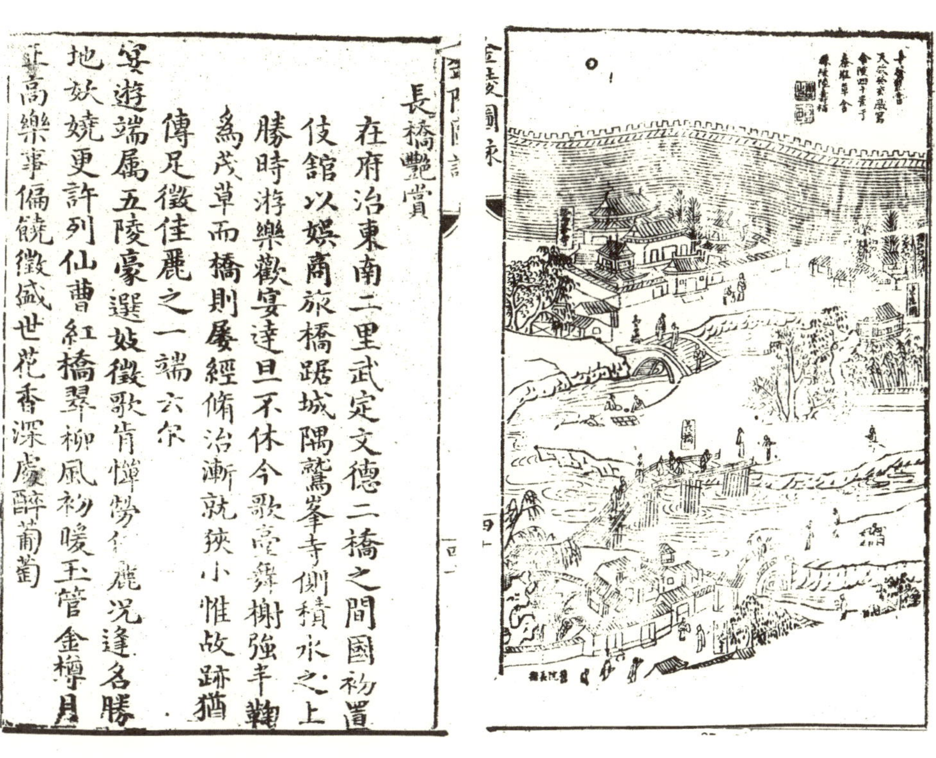

長橋艶賞

在府治東南二里武定文德二橋之間國初置伎館以娛商旅橋跽城隅鷲峯寺側積水之上勝時游樂歡宴達旦不休今歌臺舞榭強半鞠為茂草而橋則屢經脩治漸就狹小惟故跡猶傳足徵佳麗之一端云尔

宴遊端屬五陵豪選妓徵歌肯憚勞佳麗况逢名勝地妖嬈更許列仙曹紅橋翠柳風初暖玉管金樽月正高樂事偏饒徵盛世花香深處醉葡萄

図3　「長橋艶賞」『金陵図詠』陸壽栢画。天啓三年（1623）

為宇内之一大觀也梓成僭題首簡以
諗諸四方具眼者共鑒賞焉
萬曆癸卯季冬朔日金陵朱之蕃書

図4　朱之蕃の書蹟『顧氏画譜』序文より。

である。画家は最後の一幅に「陸壽栢」という名前がはっきり彫られているが、残念ながらその伝は知られていない。これに比べると。朱之蕃は当時の著名人のトップクラスなので、本人直筆の書なども数多く残され、ネットにも散見しているようだ。

朱之蕃の祖籍は山東の聊城で、彼は万暦二十三年（一五九五）の状元である（『明史』）。明末文人のなかにあってもとくに書に秀でたため、その地位の高さから様々な書などにも揮毫を求められること頻繁で、随所に筆跡を残しているようである。

例えば歴代の名画コレクションを臨模して刊行した、顧炳摸編の『顧氏画譜』（歴代名公画譜）の序はこの朱之蕃によるものである。評判が高いだけあって、優れた書きっぷりといえるだろう。

余談だが、顧氏画譜の名画に賛を付けた文化人の一覧を見れば、明末の藝壇の見取図が書けるのではないか。その中でも序をものす朱之蕃の居場所がものがたる彼の文化界の地位は、記憶しておく必要があろう。

この『金陵図詠』は天啓三年の刊行だが、朱之蕃はその翌年に六十九歳で没しているので、いわば遺著といってよいだろう。

これだけ具体的に賛を付けているということは、その風景を描いた人物もテーマの場所を熟知していたと考えるべきだろう。現在は南京に「長橋」はないようだが武定門があり、この周辺は秦淮河の妓楼の集合地でいわゆる花街だったようである。この作品は、地理的な現実感を失わずに、また理想化も処理されてできた典型的な名所絵となっているように感じられる。このように、現地を知り尽くした人物が描いた現実感と美的に理想化されたそれらしき風景は、新しい名所絵集にとって必須の素材だったのではないか。

金陵版画の小説戯曲以外の側面を見るために、以上の三種類の版本からことなった画風の代表を抜き出してみたが、これはごく一端である。その他にも小説戯曲以外の「名品」があるだろうが、別の機会を探したい。

＊　＊　＊

以上、簡略に紹介したが、金陵版画には小説・戯曲でよく知られる闊達・簡明なまた力強い作風とは別に、整然と揃った建築群の俯瞰図や、さらには（徽派の影響下のものと考えられる）文人趣味豊かな名勝図を描く伝統もあったのである。換言すれば、一概に括れない多様性を秘めていたともいえるだろう。

そして、これ以降、明末清初にかけてこの地では十竹斎書画譜・箋譜や芥子園画傳などの、消費社会の成熟とともに多数出現してきた大衆的な「文人予備軍」の需要に対応した、華やかな商業出版が芽生えていくのである。

注　釈

（1）何孝榮「論萬曆年間葛寅亮的南京佛教改革」『成大歴史學報』第四十號 二〇一一年六月。
（2）『三遂平妖伝』北京大学出版社、一九八三年刊、北京大学図書館善本叢書。
（3）『中国道観志叢刊⑪』江蘇古籍出版社による（『蘇州玄妙観志』と合体して出版）。もとの影印本は民国二十六年に陶風楼の影印でつくられている。
（4）『金陵玄観志』については、『中国古典文学への招待』の増田渉「雑書」に言及がある。同書は平凡社の叢書『中国古典文学大系』の雑報を集成してできた非売品である。
（5）台湾の影印本が知られる。〈中国方志叢書・華中地方。第四三九号〉『金陵図詠』成文出版社、民国七十二年。

唐貞予刊本『漢壽亭侯誌』及びその巻頭挿画について

上原　究一

本巻に挿画を影印収録した書物のうち、この〔金陵世徳堂〕唐貞予万暦庚子〔二十八年、一六〇〇〕序刊本『漢壽亭侯誌』八巻（以下唐貞予刊本と称す）だけは章回小説ではない。これは後漢末を生きた三国志の英雄にして、後世においては神として崇拝された関羽の系図や伝記、及び関羽自身や関羽を祀る各地の廟に関する歴代の論賛・詩詞・碑文・祭文などを集めた、史部伝記類別伝之属に分類される書物である。元代の胡琦が編んだ『關王事蹟』五巻1を嚆矢として明清両代を通じ数多く出版されたこのような書物については、伊藤晋太郎氏が「関羽文献」と総称して一連の研究を行っており2、本稿でもその呼称に従う。関羽文献を集めて影印した大型の叢書に魯愚等編『関帝文献匯編』（国際文化出版公司、一九九五）と張羽新・張双志編『関帝文化集成』（線装書局、二〇〇九）があるが、どちらも唐貞予刊本は収録していない。

一、書誌事項と刊行者

唐貞予刊本『漢壽亭侯誌』八巻は蓬左文庫と国立国会図書館とに所蔵されており、両者は同版である。どちらも完本だが、蓬左蔵本では巻一の後半と巻二の全葉が、本来あるべき位置ではなく、巻六と巻七の間に錯綴されている。

封面も両者に四周双辺・白口単黒魚尾の同じものが残る。但し、国会蔵本では見返しの位置に封面の裏面を存するのみだが、蓬左蔵本には封面の表面も残っている。表面は有界で半葉五行だが、文字は見えない。裏面は無界で、中央に大きく「漢壽亭侯誌」、左右に低二格で「計圖像二十折／唐貞予氏敬梓」と楷書写刻で記す。

蓬左蔵本も国会蔵本も、続いて「萬暦庚子秋月吉旦後學趙欽湯謹序」と末尾に署名する「重脩漢壽亭侯誌序」、同じく「嘉靖四年〔一五二六〕冬十月既望後學判解州事高陵呂柟撰」の「義勇武安王集序」、「隆慶元年〔一五六七〕秋七月朔日知解州事咸寧呂文南撰」の「義勇武安王集序」という三つの序がある。更に「漢壽亭侯誌目録」十五葉が続き、以下本文に入る。

巻一はまず「漢壽亭侯誌圖」十五葉（詳細後述）から始まり、巻首題「漢壽亭侯誌巻之一」は第十六葉表の第一行に置かれる。今回影印収録するのはこの「漢壽亭侯誌圖」で、国会蔵本を底本とした。本文の版式は四周双辺、有界、白口、単黒魚尾、半葉九行二十字、注文双行同、内匡郭二一・七×一三・六㎝（蓬左文庫蔵本巻一第十六葉表）。

前述の通り封面に「唐貞予氏敬梓」とあるが、それ以外にはどこにも刊記の類は見えない。唐貞予は万暦二十年代末から天啓年間にかけての約三十年に渡って出版活動を行った人物で、名を晸、字を叔永といい、貞予は号である。兄と推定される唐晟（字伯成、号玉予、別称光禄）と並んで金陵三山街の大手書坊・唐氏世徳堂の第二世代の経営者を務めており、この兄弟は万暦二十年代半ば過ぎに創業者の唐廷仁（字国寿、号龍泉、別称光禄）から世徳堂を引き継いでいる[3]。

二、刊年と撰者

撰者の名を明記する箇所は無いが、三つの序のうち日付の最も新しい趙欽湯（字師商、号新盤、一五三六～一六一四、山西解州の人、隆慶二年［一五六八］の進士）の序には、関羽と同じ解州の人である趙欽湯自身が、信用出来る記事は残し疑わしいものは退けるという方針の下、赴任先の楚（浙江）の地で得た資料も利用しつつ原本を改訂して成ったものだとの旨が記されている[4]。一方、呂柟序と呂文南序は、いずれも解州知事であった二人が、それぞれ嘉靖四年と隆慶元年に先行の解州官刻本に増補を施して新たな官刻本を出版した際に書かれたものの再録である。してみると、序を素直に信じれば、隆慶元年解州刊本を底本として、趙欽湯が更なる改訂を施したのが唐貞予刊本ということになりそうだ。

しかし、実際は趙欽湯は関羽文献を何度も刊行しており、右の序は元は唐貞予刊本のためではなく、彼が最初に刊行した関羽文献のために書かれたものであった。そのことは、唐貞予刊本とは些か異同のある趙欽湯序を含む三つの序と、「重刻關志顛末」と題した趙欽湯の自跋を含む二つの跋を有する、万暦癸卯［三十一年］序刊本『漢前將軍關公祠志』九巻（台湾国家図書館等蔵[5]）によって判明する。まず「重刻關志顛末」を見ると、概ね以下のようなことを述べている[6]。

・趙欽湯の郷里の解州では関羽文献が何度も刊行されていたが、卑俗な話を多く含み、誤りも多かった。趙欽湯はかねてからそれを残念に思っており、そうした欠点を改めた上で翻刻したいとの希望を持っていた。

・万暦戊戌［二十六年］に浙江左轄に着任した際に、初めて自ら関羽文献を刊行した。自分の集めた資料を基に邢侗（字子愿、号知吾、山東臨邑の人、一五五一～一六一二、万暦二年の進士）に編集して貰ったもので、幾らか増補を加えたほか、旧刻にあった挿画を削除したものの、本文の卑俗な内容を削るには未だ及ばなかった。

・息子の趙標（欽湯の長男、万暦十四年の進士）に浙江刊本よりも校訂の行き届いた関羽文献を再度刊行する必要を説いていたところ、山東巡按御史となった趙標が、黄克纘（字紹夫、号鍾梅、一五五〇～一六三四、福建晋江の人、万暦八年の進士）に浙江刊本を見せて校閲してもらい、それが山東で出版された。しかし、更なる増補を施したものの、趙欽湯が浙江刊本の問題点と看做した点は依然として残っていた。

※この山東刊本の刊年は「重刻關志顛末」の中では述べられていないが、『漢前將軍關公祠志』のもう一つの跋が黄克纘「萬暦辛丑［二十九年］重刻關侯志後序」であることから、万暦二十九年刊と分かる。

・癸卯［万暦三十一年］に南京兆尹として金陵に転任した後、焦竑（字弱侯、号澹園、一五四〇～一六二〇、金陵江寧の人、万暦十七年の進士）に浙江刊本と山東刊本とを見せ、全面的な改訂を請うて今回の刊行を果たした。焦竑の改訂は十全に行き届いたものであり、趙欽湯の志はとうとう遂げられた。

※『漢前將軍關公祠志』の最初に置かれる序は「萬曆癸卯夏日前進士及第翰林院修撰儒林郎直起居注纂修國史東宮日講官瑯琊焦竑敬著」と末尾に署名する「漢前將軍關公祠志序」であるし、本文にもしばしば「竑按」として焦竑の按語が附されているので、趙欽湯が述べているのは『漢前將軍關公祠志』自体の刊行の経緯と見てよい。

続いて、『漢前將軍關公祠志』に収める趙欽湯序を見ると、末尾の署名が「萬曆二十六年歲在戊戌五月吉旦後學趙欽湯謹序」となっており、唐貞予刊本のそれよりも日付が二年も早い。更に、署名の後に「趙欽／湯印」と「京兆／印章」という、唐貞予刊本の趙序には無い二つの陽刻正方朱印がある。しかも、台湾国家図書館蔵本ではこの二印は印刷ではなく、実際に捺印している[7]。右に要約した「重刻關志顛末」からは『漢前將軍關公祠志』は趙欽湯が南京兆尹に赴任してほどなく自ら刊行した家刻本であったことが読み取れるから、初印本では自らの印をわざわざ実捺していたのであろう[8]。してみれば、『漢前將軍關公祠志』の趙欽湯序は確かに本人の校閲を経たものであると認められ、万暦二十六年浙江刊本に附されていたものの字句をそのまま伝えていると考えて良いだろう。

『漢前將軍關公祠志』の趙欽湯序は唐貞予刊本のそれとは中身にも若干の異同があるが、特に問題とすべきは、『漢前將軍關公祠志』の趙序が最後に「底本とした旧刻には何枚かの挿画が附いていたが、卑俗なものだったし、古い刊本には無かったので、削除した」[9]との旨を記すのに対し、唐貞予刊本の趙序にはその記述が見えないことである。前述の通り、趙欽湯は「重刻關志顛末」でも、万暦二十六年浙江刊本において底本にあった挿画を削除したと述べている。また、唐貞予刊本の呂文南序から、隆慶元年解州刊本は新たに絵図四十一葉を追加したものであったことが分かる[10]。ならば、趙欽湯が卑俗なのを嫌って削除した挿画とは、隆慶元年解州刊本で追加されたものに違いあるまい。

してみれば、趙欽湯の関わった刊本には、通俗的な挿画が附いているはずはない。ところが、これも前述の通り、唐貞予刊本は巻一の冒頭に「漢壽亭侯誌圖」十五葉がある。詳細は後述するが、これはほぼ全てが『三国演義』や戯曲などの通俗文芸に由来する、伝統的な史書には見えない場面を描いた挿画なのだ。つまり、趙欽湯が嫌った「信用出来ない故事」を扱った「卑俗な挿画」に他ならない。趙欽湯自身の手掛けた『漢前將軍關公祠志』には、当然このような挿画は無い。

となると、唐貞予刊本は趙欽湯本人が関わったものではなく、唐貞予が万暦二十六年浙江刊本を入手して、それに「漢壽亭侯誌圖」を加えるなどの改編を施した上で、挿画があるという事実に合う形に趙欽湯序を書き換えて翻刻出版したものだと見るのが自然であろう。趙欽湯が「重刻關志顛末」で挙げているのは万暦二十六年浙江刊本・万暦二十九年山東刊本・万暦三十一年金陵刊本の三つだけで、唐貞予刊本については何一つ言及していないことも、この推定の傍証となる。

なお、唐貞予刊本の底本となった万暦二十六年浙江刊本（現存は確認出来なかった）は趙欽湯の集めた資料を邢侗に編集させたものとのことだし、そのうえ唐貞予刊本の出版時には挿画の追加以外にも独自の改訂が施されていた可能性がある[11]。よって、趙欽湯を『漢壽亭侯誌』の広い意味での撰者（或いは編集責任者）と認める分には問題ないが、唐貞予刊本の中身は、趙欽湯以外の人物による編集を何段階か経たものと見るべきだろう。少なくとも挿画については、営利出版業者としての唐貞予の意向によって追加されたものであることはまず間違いないと言える。

但し、唐貞予刊本の刊行時点で、趙欽湯は既に地方長官級の要職を歴任している高級官僚であった。当時の文人社会の狭さを考えれば、金陵のような大都会で趙欽湯刊本の海賊版を大手書坊がおおっぴらに出版すれば、趙欽湯の耳に入らないとは思えない。いくら代替わりしたばかりとはいえ、既に三十年以上も刻書業を営んで来た大手書坊である唐氏世徳堂が、わざわざ官界の大物に睨まれるリスクを冒して海賊版の出版を行うだろうかという疑問が残る。ここで注目すべきは、唐氏世徳堂は先代の唐廷仁の代から、建陽の余氏双峰堂三台舘や余氏萃慶堂と提携を結んで、自らの金陵刊本を建陽で重刊することを認めていたと見られる点である[12]。その事例とは立場が逆になるが、唐貞予は趙欽湯にライセンス料を払って、本人の了解の上で翻刻を行っていたのではないか。そうであったとすれば、唐貞予は編集にかかるコストを抑えて新刊書を刊行出来るし、趙欽湯はライセンス収入によって家刻本の出版コストの一部を回収出来るという、双方にとってメリットがある形となる。趙欽湯が「重刻關志顚末」で唐貞予刊本の存在に触れていないのは、書坊が営利目的で翻刻したものに過ぎず、自ら刊行を主導したものではなかったからだと考えれば良かろう。挿画の追加についても、自らの家刻本では卑俗に過ぎるとして嫌ったものの、刊行責任者でなければ自身の名に傷が付くことはないと考えて目をつぶった、というようなことだったのではなかろうか。このように唐貞予刊本が趙欽湯も認めての翻刻だったのであれば、注11で指摘した『漢前将軍關公祠志』が唐貞予刊本を参照していた可能性についても、むしろ自然なこととして理解出来るだろう。

三、挿画の概要

唐貞予刊本『漢壽亭侯誌』の巻一冒頭を飾る「漢壽亭侯誌圖」は、第一葉裏から第十五葉表までに双面連式の図を十四幅並べ、第一葉表はその目録で、最後の第十五葉裏に関羽の肖像を置くという構成になっている。双面連式の挿画と言えば、世徳堂は唐貞予ら第二世代が経営を引き継ぐより少し前の万暦二十年代前半に、上元王氏が画工を務めた双面連式挿画を持つ章回小説を数多く出版している。また、世徳堂としばしば共同出版を行った金陵周曰校万巻楼仁寿堂も、同時期に同様の挿画を持つ章回小説を幾つも刊行していた[13]。

双面連式の十四幅は、第一葉表の目録と、各図の画面右上とに、それぞれ四文字の図題が記されている。第十一図の題が目録では「三顧草蘆」、画面内では「三顧茅蘆」となっている[14]という僅かな相違を除き、図題は目録と画面内とで一致している。また、各図とも画面の左右両端に十一字ないし十二字ずつの対聯を配する。左右に対聯を配するのは、世徳堂の章回小説刊本の挿画には見られないが、周曰校万巻楼仁寿堂のそれに頻出する形式であった（注13拙稿参照）。そればかりではなく、「漢壽亭侯誌圖」の十四幅の大半は、周曰校万巻楼仁寿堂が万暦十九年に刊行した所謂周曰校乙本『三国演義』[15]の挿画（画工は王希尭）の構図を明らかに踏襲している。世徳堂を継いでほどない唐貞予にとって、先代が常に挿画を発注していた上元王氏が画工を務め、やはり先代から協力的な関係にあった万巻楼仁寿堂が刊行した周曰校乙本『三国演義』の挿画は、入手し易さという面からも、権利関係の面からも、利用しやすい素材だったのだろう[16]。

但し、構図こそ踏襲しているものの、画風は上元王氏の典型的なそれとは明白に異なっている。人物を大きく描き、陰刻を多用し、画面に余白を殆ど残さない上元王氏の力強い画風に比べると、「漢壽亭侯誌圖」の十四幅は人物を若干小さめに描いており、陰刻を殆ど使わず、画面には若干の余白が残り、人物の顔や体の描線が少し丸みを帯びている。これらの特徴は、万暦二十年代後半以降に隆盛を極めた徽派挿画の画風の影響を受けたものであろう。但し、同時期の典型的な徽派の双面連式挿画[17]と比べると、顔や体の描線が一回り硬い印象を受ける。また、上元王氏の元の図よりは余白を広く取るように工夫している節が随所に見られるものの、余白を非常に広く取る典型的な徽派挿画と比べると、余白は遥かに少ない。総じて、上元王氏の画風を土台としつつも、徽派の特徴を随所に採り入れようとした作品と評すべきだろう。

第十五葉裏の右上に「曲江侯巴寫」と画工署名がある。侯巴という画工の活動は、目下のところこれ以外には把握出来ていない。曲江は侯巴の籍貫だろうが、広東韶州府曲江県であろうか。仮にこの署名が双面連式の十四幅も含めて侯巴が画工を務めたことを表すとしたら、この挿画は上元王氏の既存の挿画の構図を利用しつつ、侯巴が自らの画風で仕上げたものということになろう。逆に、もし侯巴の署名が第十五葉裏の関羽像に限ってのものだとしたら、双面連式の十四幅は、唐貞予の注文を受けた上元王氏が、流行の徽派の画風を採り入れることに挑戦したものだった可能性も考えられる[18]。

四、周曰校乙本『三国演義』の挿画との比較

以下、「漢壽亭侯誌圖」の双面連式の挿画を順に①～⑭として、イエール大蔵周曰校乙本『三国演義』の挿画と比較しながら詳しく見てみよう。周曰校乙本は各巻二十則ずつを収める全二百四十則からなる分則本で、挿画は各則均等に一幅ずつの全二百四十幅、図題は原則的に則目と一致している。便宜上、図題の前に全巻通しでの則数を数えて示しておく。

①「桃園結義」（本書四・五頁）…周曰校乙本第一則「祭天地桃園結義」図（図１）の構図を踏襲。

周曰校乙本では右端にいた関羽を劉関張三人の真ん中に動かしているのは、関羽を主とする狙いの改変であろう。もっとも、三人が顔を向け合って互いに誓いを交わす元の図の趣きを損なってしまっているきらいもある。

②「三戰虎牢」（本書六・七頁）…周曰校乙本第十則「虎牢關三戰呂布」図（図２）の構図を踏襲。

人物のポーズまで殆どそのままだが、三人の中で関羽の馬が頭一つ先に出るように改める。陰刻をなるべく使わぬ方針のためか、元明の雑劇や伝奇で「抱月烏」や「烏騅馬」などと呼ばれ、周曰校乙本でも「深烏馬」と書かれている（第百二十六則）など、当時は黒い馬として有名だったはずの張飛の馬まで白くなっている。また、周曰校乙本では呂布にヒゲがあるが、こちらの呂布にはヒゲが無い。周曰校丙本が全ての図で呂布をヒゲなしに変えているので、或いは直接

参照したのは周曰校丙本の方だったのかもしれない。もっとも、周曰校乙本は管見の限り呂布にヒゲを描く挿画を持つ最後の版本なので、万暦二十年代に入ると呂布はヒゲ無しという観念が完全に定着し、それを反映して周曰校丙本と「漢壽亭侯誌圖」がそれぞれ別個に呂布をヒゲ無しに改めたという可能性も考えられ、何とも言えないところである。なお、拙稿「丈八蛇矛の曲がりばな——張飛像形成過程続考——」（『三国志研究』第七号、二〇一二）で述べた通り、この図は管見の限り張飛の武器「丈八蛇矛」の穂先を蛇のように曲がりくねった形に描いた最初の例である。

③「夜斬貂蝉」（本書八・九頁）…周曰校乙本には該当場面なし。但し、別場面の図（図３）の構図を踏襲。

　時系列上は第三十九則の冒頭に相当するが、版本を問わず『三国演義』にはこの場面は無い。呂布の死後に関羽が貂蝉を斬ったという話は、早くは元雑劇『関大王月下斬貂蝉』が題のみ伝わり、嘉靖癸丑［三十二年］詹氏進賢堂重刊の戯曲選集『風月錦囊』四十一巻（エスコリアル修道院蔵）に収める『精選續編賽全家錦三國志大全』には関羽が貂蝉を斬る場面がある。［万暦間虎林胡氏会文堂］刊の戯曲選集『新刻羣音類選』存三十九巻（南京図書館、首都図書館蔵）巻十二も今では完本の伝わらない明伝奇『桃園記』から関羽が貂蝉を斬る場面の曲辞を収録しており、明代の戯曲や語り物においては相当な人気を博していた場面だと思われる。なお、構図は貂蝉の登場する別の場面を描いた、周曰校乙本第十五則「司徒王允説貂蝉」図（図３）を参考にしている。

④「秉燭待旦」（本書一〇・一一頁）…周曰校乙本には該当場面なし。

　『三国演義』の諸版本のうち、本文にこの話を含むのは、清初に編まれた毛宗崗本のみである。従って周曰校乙本に当該場面の図は無く、構図の面でも直接の影響を感じさせる挿画は見当たらなかった。但し、周曰校乙本は、劉備の二人の妻を守るため一時的に曹操の傘下に入った関羽が、与えられた邸宅を内外両院に分けて自分は外宅に居したという一段（第四十九則）に、割注形式で次のような「考證」を附してこの話を紹介している。

　　『三國志』關羽本傳、「羽戰敗下邳、與昭烈之后、倶爲曹操所虜。操欲亂其君臣之義、使后與羽共居一室。羽避嫌疑、執燭待旦、以至天明」。正是一宅分為兩院之時也。故『通鑑斷論』有曰、「明燭以達旦、乃雲長之大節耳」。

　実際には『三国志』関羽伝に右のような記述は無いのだが、史実重視の方針で全面的な改訂を施した毛宗崗本がこの話を敢えて本文に追加したことからも、明末清初にはこの逸話は史実と同等の扱いを受けていたことが窺える。また、前述の『風月錦囊』や『新刻羣音類選』はいずれもこの場面の曲辞も収録しているし、明伝奇『新刻全像古城記』（北京大学図書館等蔵）は第十一齣「秉燭」でこの場面を詳しく描いているなど、戯曲でも人気の名場面であった[19]。

　なお、右に引いた周曰校乙本の「考證」でも毛宗崗本の本文でも、関羽は蠟燭を手に兄嫁二人の部屋の前に立って夜を明かしたことになっている。しかし、この「漢壽亭侯誌圖」では、関羽は兄嫁二人の座る寝台を衝立で囲った上で、室内の一角に坐して蠟燭の明かりで書物を読んでいる。前述の『新刻全像古城記』第十一齣で関羽は兄嫁二人の座る寝台を衝立で囲った上で蝋燭の明かりで『春秋』を読み始めるから、ここではそのような戯曲や語り物などで有名だった

図4 『新刻全像古城記』第十一齣挿画

図1 周曰校乙本『三国演義』第一則図

図5 周曰校乙本『三国演義』第五十則図

図2 周曰校乙本『三国演義』第十則図

図6 『新刻全像古城記』第十六齣挿画

図3 周曰校乙本『三国演義』第十五則図

設定に拠って作画したのであろう。なお、余談ながら、『新刻全像古城記』第十一齣の挿画（図4）では、本文に相違して関羽は寝台を衝立で囲うことも『春秋』を読むこともなく、蠟燭と青龍偃月刀を手に寝台の脇に侍立している。

⑤「策馬刺良」（本書一二・一三頁）…周曰校乙本第五十則「雲長策馬刺顔良」図（図5）の構図を踏襲。

『三国演義』の本文では、関羽は旗印の下に馬を停めていた顔良を赤兎馬の速度を頼りに急襲し、誰何の暇も与えずに馬上から斬って落として首を取って戻って来るという筋立てで、周曰校乙本の図もそうなっている。しかし、「漢壽亭侯誌圖」では、関羽は自陣に坐したまま斬られた顔良の首を持ち帰っている。これも③④と同様に戯曲や語り物の影響を受けていると思われる。例えば、『新刻全像古城記』第十六齣「斬將」では、関羽は部下一人だけを伴って顔良の陣に乗り込んで行くが、劉備から関羽の身体的特徴を聞いていた顔良が関羽らしき武将が来たら邪魔せずに通すよう下知していたため、関羽はすんなりと顔良の坐す帳内まで到達し、劉備と合流しに来たのだと思って座ったまま話をしようとした顔良を問答無用で斬り捨てて首を持ち去るという筋立てになっており、同書の挿画（図6）でも顔良は自陣に坐したまま首を獲られている。④と同じく、当時流行していた戯曲や語り物の影響を受けての作画と考えて良いだろう。また、周曰校乙本が多種多様な武器を並べることで軍勢を表現し、雑兵の姿を全く描いていないのに対し、「漢壽亭侯誌圖」はそれだけでは済ませず、雑兵たちの姿を描き足している。この点は後述の⑥⑧⑨⑭の諸図でも同様で、周曰校乙本に比べて人物をやや小さく描く代わりに、その分人数を多く描くという方針が採られていると言える。

⑥「延津誅醜」（本書一四・一五頁）…周曰校乙本第五十一則「雲長延津誅文醜」図（図7）の構図を踏襲。

周曰校乙本の挿画と大きな相違は無いが、雑兵たちの姿を描き加えている。なお、この図はたった二合打ち合っただけで敵わぬと見た文醜が河に沿って逃げ出したのを関羽が追いかけて後ろから斬る、という周曰校乙本の本文の描写に忠実である。元代の『三国志平話』では文丑（丑は醜と同音）は三十里も逃げた末に追い付かれて斬られており、関羽が逃げる文醜を追撃して斬ったという設定は古くから定着していたものと思しい。なお、『新刻全像古城記』では、関羽が文丑を斬ったとト書きに記すだけで、一騎打ちの経過の詳しい描写は無い。

⑦「獨行千里」（本書一六・一七頁）…周曰校乙本第五十三則「關雲長獨行千里」図（図8）の構図を踏襲。

左右反転しているものの、周曰校乙本の挿画と大きな相違は無い。

⑧「五關斬將」（本書一八・一九頁）…周曰校乙本第五十四則「關雲長五關斬将」図（図9）の構図を踏襲。

基本的な構図は変わらないが、右下に雑兵、左上に劉備の妻二人の乗る馬車を描き加えている。

⑨「捷斬蔡陽」（本書二〇・二一頁）…周曰校乙本第五十五則「雲長擂鼓斬蔡陽」図（図10）の構図を踏襲。

雑兵を描き足すほか、張飛を周曰校乙本の右上から左上に移し、空いた右上に劉備の妻二人の乗る馬車を加えている。

⑩「古城聚義」（本書二二・二三頁）…周曰校乙本第五十六則「劉玄德古城聚義」図（図11）と同場面だが別構図。

周曰校乙本が劉関張の他に趙雲・関平・周倉・孫乾・糜竺・糜芳・簡雍らも描き、この時点での劉備一党が全員集合

図10 周曰校乙本『三国演義』第五十五則図

図7 周曰校乙本『三国演義』第五十一則図

図11 周曰校乙本『三国演義』第五十六則図

図8 周曰校乙本『三国演義』第五十三則図

図12 周曰校乙本『三国演義』第七十三則図

図9 周曰校乙本『三国演義』第五十四則図

図13　周曰校乙本『三国演義』第百則図

図14　周曰校乙本『三国演義』第百三十一則図

図15　周曰校乙本『三国演義』第百四十八則図

したことを強調するのに対し、「漢壽亭侯誌圖」は関羽の劉備との再会に焦点を絞っており、室外に申し訳程度に張飛と趙雲だけを残して、他の配下は描いていない。一方、周曰校乙本には見えない劉備の二人の妻が室内に描かれている。度々触れている『新刻全像古城記』の最終齣である第二十九齣「團圓」がこの場面を扱うものであり、「兄弟相會、夫婦團圓」を寿いで終わっているから、そうしたイメージの影響もあって構図を一新したのであろう。

⑪「三顧草（茅）廬」（本書二四・二五頁）…周曰校乙本第七十三則「劉玄徳三顧茅廬」図（図12）の構図を踏襲。
人物や背景の基本的な配置は変わらないが、右上に周曰校乙本では姿の見えなかった孔明がはっきり描かれている。

⑫「義釋曹瞞」（本書二六・二七頁）…周曰校乙本第百則「関雲長義釋曹操」図（図13）の構図を踏襲。
左右反転させた上で曹操配下の将兵を増やす一方、画面上部をすっきりとさせて、余白を多めに取っている。

⑬「単刀赴會」（本書二八・二九頁）…周曰校乙本第百三十一則「關雲長単刀赴會」図（図14）と同場面だが別構図。
周曰校乙本が周倉を従えて魯粛との会見に向かう船中の関羽の姿を描くのに対し、「漢壽亭侯誌圖」は『三国演義』の本文に即した形で会見のクライマックスを描く。即ち、右上に漕ぎ寄せているのが関羽の帰りの小舟、左上にそこま

で魯粛の手を引いて来た関羽と先に岸に来ていた周倉とを配し、その下に魯粛が一緒のために関羽に手を出せずに悔しがる呂蒙・甘寧と手下の伏兵を描いた上で、右下にはおそらく事情を知らずに通常の警備に当たる兵卒たちの姿もそれに対比する形で置いている。場面の状況が一目で分かる秀逸な構図で、画工の力量の確かさが窺える。なお、この場面も元刊本が現存する関漢卿の雑劇『關大王単刀赴會』を皮切りに、多くの戯曲で描かれている名場面である。

⑭「水滸七軍」（本書三〇・三一頁）…第百四十八則「關雲長水滸七軍」図（図15）を踏襲。
雑兵の数を大きく増やしているが、基本的な構図は周曰校乙本をそのまま引き継いでいる。

五、作図の力点と場面の選択基準

裴注を含めた正史『三国志』で関羽の事績として確認出来るのは⑤⑬⑭だけで、他は全て通俗文芸における創作場面である（⑪には正史では関羽の参加が確認出来ない）。唐貞予刊本の中で関羽の生前の事績を記した巻二「胡琦實録編」は伝統的な史書の記述に比較的忠実で、やはり⑤⑬⑭以外の場面は見えない。その⑤⑬⑭にしても、⑤は顔良が座ったまま斬られている分だけ正史や『三国演義』よりも戯曲寄りだし、⑬は明らかに正史ではなく戯曲と『三国演義』に共通する描写に沿っており、⑭も正史に見えない人物である周倉が龐徳を捕える瞬間を描いている。要するに、「漢壽亭侯誌圖」の双面連式挿画十四幅は、全て通俗文芸における関羽の名場面を描いたものだと断言出来る。

関羽文献の挿画であるから、関羽が活躍する場面であることを大原則に選定されているが、三顧の礼を扱う⑪は唯一の例外と言える。これは明らかに劉備と孔明の見せ場であり、関羽はここでは張飛と一緒に劉備のお供をしているに過ぎない。にもかかわらずこの場面が選択された理由は、他に孔明が出て来る図が一つも無いからであろう。流石に孔明を全く出さない訳には行かないから、関羽と孔明が共に登場する中で最もドラマチックな場面を選んだに違いない。『三国演義』の本文に即せばこの時点で孔明は屋内で昼寝中なので、孔明の姿を描かない周曰校乙本の方が本文に忠実なのだが、それをわざわざ起きた状態で画面に描いていることからも、孔明を出すことを目的とした図であったことが窺える。

⑪以外の十三幅は全て関羽の名場面として名高いものばかりだが、『三国演義』ばかりでなく、戯曲の影響も多分に受けていることが③④⑤などから明らかだ。また、③④について言えば、戯曲で有名な場面だからというのも勿論だが、関羽が美女と同席する場面であるのも選ばれた理由として大きいであろう。関羽が存分に武勇を振るう戦闘場面の図ばかりでは単調になってしまうので、美女を描いた華やかな図もあった方がより読者受けが良いと判断されたのではないか。⑧⑨⑩で周曰校乙本には描かれていなかった劉備の妻二人を画面に描き加えているのも、同様の理由によるだろう。

場面の選択について見ると、④から⑩までの七幅、つまり実に全体の半分が、曹操の傘下に入った関羽が劉備の下に戻るまでを語った所謂「千里独行」故事を扱ったものとなっている。なお、④⑤⑩で影響を指摘した『新刻全像古城記』は、まさに専ら「千里独行」故事の始終顛末を描いた戯曲である。その一方で、周曰校乙本で関羽の活躍場面を描いた図は、他にも⑴第三十九則「曹孟徳許田射獵」図、⑵第四十二則「關雲長襲斬車冑」図、⑶第四十九則「張遼義説關雲長」図、⑷第五十二則「關雲長封金掛印」図、⑸第百六則「黄忠魏延獻長沙」図、⑹第百四十六則「關雲長威震華夏」図、⑺第百四十七則「龐徳擡櫬戰關公」図、⑻第百四十九則「關雲長刮骨療毒」図、⑼第百五十一則「關雲長大戰徐晃」図、⑽第百五十二則「關雲長夜走麥城」図、⑾第百五十三則「玉泉山關公顯聖」図などがあるが、それらは採用されていない[20]。また、⑿関羽が汜水関で華雄を斬る場面は第九則「曹操起兵伐董卓」に見えるが、則目になっていないため、周曰校乙本でも図が描かれていなかった。

　右に挙げたうち、⑶⑷は共に「千里独行」故事の一場面ながら、動きの少ない地味な画面なので割愛されたのだろう。⑹⑺は一続きの場面となる⑭で代表させて割愛し、⑼⑽は関羽が死に向かっていく場面なので不祥として描くのを避けたというところか。関羽が死後に霊威を示す⑾は、『漢壽亭侯誌』本文に収める歴代の詩文や碑銘などでもしばしば触れられている場面ながら、生前の活躍を描くことを優先したのだろう。また、⑴は曹操の野望、関羽の漢朝への忠誠心、劉備の慎重さがそれぞれ鮮やかに描かれる名場面ながら、関羽を構図の中心に据えつつ全てを絵で分かるように作画するというのは難題だろうから、優先順位が低くなるのも納得出来る。対して、『三国志』関羽伝の本文に由来し、唐貞予刊本巻二にも記述があり、容与堂本『水滸伝』第九十回で李逵と燕青が演芸場で聞いた講談として取り上げられているなど通俗文芸でも古くから有名な場面であったはずの⑻が選ばれていないのは意外である。これも動きの少ない場面なので画面が映えないと判断されたのだろうか。残る⑵⑸⑿はいずれも関羽が武勇を発揮する場面だが、これらは「千里独行」故事内で武勇を示す場面である⑤⑥⑧⑨よりも優先順位が低かったことになる。刊行当時にはそれだけ「千里独行」故事の人気が高く、関羽と言えばまずは「千里独行」故事における一連の活躍だというイメージがあったことの表れと見るべきであろう。

〈注釈〉

1　元刊本の現存は知られないが、成化七年（一四七一）の重刊本（中国国家図書館、北京大学図書館蔵）が残る。

2　①伊藤晋太郎「関羽文献の本伝について」（『藝文研究』第九十三号、二〇〇七）、②同「関羽の手紙と単刀会――関羽文献の本伝についての補説――」（『狩野直禎先生傘寿記念三国志論集』所収、汲古書院、二〇〇八）等。また、顔清洋『関公全伝』（台湾学生書局、二〇〇二）は「関公専書」と総称している。上記の諸先行研究はいずれも唐貞予刊本には触れていない。

3　拙稿「金陵書坊唐氏世徳堂主人考――二人の「唐光禄」――」（『中国――社会と文化』第二十七号、二〇一二）参照。なお、その論文の時点では唐晟と唐貞予が同一人物かどうかは未確定であったが、後にその論文に引いた万暦三十四年刊『新刊訓解直音書言故事大全』六巻（中国国家図書館蔵）に、封面の「世徳堂玉予校梓」を「世徳堂貞予校梓」、巻一巻頭第三行の「繡谷　唐　晟　校梓」を「繡谷

唐　昪　校梓」にそれぞれ改刻した後修本がある（哈佛燕京図書館蔵）ことが分かったので、貞予が唐昪の号であることと、唐晟から唐昪に版木の所有権が移った事例があることとが確認出来た。

4　原文「爰自筮仕迨今三十年、日攜一編、動加探討、其有關于侯者存之、其有關于侯而中費辨置者抎揚可否之。又晩歳仕楚、楚侯畢命之鄉而英靈之所駐也、什葢復得二參矣。暇日簒輯原編、增之新錄、䏻元書庶幾竄者二、益者四焉」。

5　台湾国家図書館蔵本と同版の別本が前掲『関帝文献匯編』の第八冊に影印されているが、底本の所蔵元は記されていない。また、尊経閣文庫とアメリカ国会図書館にも同名同巻数の万暦刊本が所蔵されるが、いずれも筆者未見。

6　全文は以下の通り。「吾州舊有『關公集』、刊刻非一次矣。蒐集間多鄙俚、詮次亦頗舛乖、余乆欲翻刻、弗及也。萬暦戊戌、余得仕浙爲左轄、始刻之。刻於浙者、邢知吾公所代爲纂修者也。敘列倫類較昔加詳、第止去舊刻繪像、而中之俗鄙不倫者、未盡剗削。又浙文獻邦也、其所采事詞關於公生平與士大夫所惠賜頌公休美者、視舊集幾半焉。時方僕僕俗吏、冗未暇檢查、皆一槩刻入集中。於是益煩瑣、不可觀矣。嘗以語兒標『關志』不另刻不可。既兒標巡按山東、以浙刻浼黄鐘梅公曾爲校閲、又另刻焉。雖間有增潤、而諸皆仍舊未易也。歳癸卯、余轉官南京兆、攜兩地刻本，懇焦太史公爲一删定、即慨然俞允、不吾拒甫。閲月而集告成、凡舊集不雅馴者、始盡行删去、其它所削潤無一、不愜於心。夫『關志』之未成也、余朝夕不能忘諸懷。今而幸『志』之成也、又出焦太史公之手。太史公之文、人人重焉、傳之必且不朽。而公之『志』、將因太史公之文而愈益重、而傳之必俱與永永無疑也。私竊以爲、公之英靈與太史公之文章、皆千百世不能磨滅者也。余河以東鄙人也、而託之斯二者獲附名於『志』之末簡，不謂厚幸厚幸也哉。余慶其『志』之有成、而特詳其顚末如此。即詞之不文不遑恤矣。邢諱侗、山東臨邑人、舊河東巡鹽御史。黄、焦二公各自有序、可攷已」。

7　注5影印本の底本は台湾国家図書館蔵本よりも少し刷りが遅く、これらの印は補刻されて印刷に変わっている。

8　なお、焦竑序の署名の後の二つの印も、台湾国家図書館蔵本では実捺、注5影印本では印刷である。

9　原文「夫舊刻有繪像若干葉、今以俚且於殺青古無有也、去之」。

10　原文「又繪圖四十一葉以續於後、共爲上中下三冊」。なお、『漢前將軍關公祠志』もこの序を巻七に収録している。

11　例えば、伊藤注2論文②が、『漢前將軍關公祠志』に収める関羽の生前の伝記は基本的には正史に忠実であるものの、単刀会の場面に正史に見えない人物である周倉が登場することを紹介し、更にそれとほぼ同文の一段が『鄧太史評選三國策』十二巻（静嘉堂文庫、哈佛燕京図書館蔵万暦二十二年唐廷仁刊本、尊経閣文庫蔵刊行者不詳覆唐廷仁刊本）に見えることを指摘している。唐貞予刊本の該当箇所を確認したところ、『漢前將軍關公祠志』よりも更に『鄧太史評選三國策』との字句の一致率が高かった。伊藤氏の付言する通り万暦二十六年浙江刊本の時点でこの一段が採り入れられていた可能性もあるが、『鄧太史評選三國策』は唐貞予の先代の世徳堂主人唐廷仁が刊行したものなので、唐貞予刊本で新規採用された可能性も考えられよう。後者の場合、『漢前將軍關公祠志』は唐貞予刊本も参照していたことになる。

12　拙稿「明末の商業出版における異姓書坊間の広域的連携の存在について」（『東方学』第一三一輯、二〇一六）参照。

13　拙稿「金陵唐氏世徳堂刊本講史小説三種と上元王氏の双面連式挿画について」（本シリーズ第九集『小説集〔三〕』（遊子館、二〇一四）

所収）参照。

14　この図題の四文字目は目録と画面内のいずれも「蘆」に作るが、これは明らかに「盧」の誤字である。

15　『新刊校正古本大字音釋三國志通俗演義』十二巻。イエール大学、北京大学図書館［残本］蔵。注13拙稿参照。

16　なお、周日校乙本『三国演義』には刊年・刊行者・刊行地ともに不明の覆刻本（周日校丙本『三国演義』）もあるので、「漢壽亭侯誌圖」の下絵作成時に直接参照した版本は、周日校丙本の方であった可能性もある。

17　例えば、本シリーズ第八集『小説集（二）』に全挿画を影印した万暦丙午［三十四年］長至序刊本『鐫出像楊家府世代忠勇演義志傳』八巻五十八則（国立国会図書館等蔵）や、いずれも内閣文庫所蔵の万暦戊戌（二十六年）孟夏刊本『重校北西廂記』・同年序刊本『重校琵琶記』などが挙げられる。

18　万暦二十年代前半の刊行と思しき唐氏世徳堂刊『東西両晋志伝』の挿画（本シリーズ第九集『小説集（三）』に周氏大業堂［明末］逓修本によって全点影印）は、王少淮の署名を持ちつつも幾らか徽派の影響を受けた画風なので（但し「漢壽亭侯誌圖」ともやや異なる画風）、上元王氏が徽派の画風を採り入れる試みをしたことがあるのは確かである。

19　金文京『三国志演義の世界（増補版）』（東方書店、二〇一〇）一二六～一三六頁参照。

20　各挿画については、本シリーズ第一集『三国志演義（上）』（遊子館、一九九八）や『古本小説集成』（上海古籍出版社）に収める周日校丙本の挿画を参照されたい。

（附記）

本稿は平成二十七年度日本学術振興会科学研究費補助金（研究活動スタート支援、課題番号：一五H〇六二三八）の助成を受けた研究成果の一部である。

『大宋中興演義』と『皇明英烈伝』の王少淮双面連式挿画本をめぐって

上原　究一

先に本『中国古典文学挿画集成』シリーズの第九集「小説集（三）」（遊子館、二〇一四）では、万暦二十年前後に金陵唐氏世徳堂が刊行し、王少淮が画工を務めた三種の講史小説、即ち『唐書志伝』『南北両宋志伝』『東西両晋志伝』の双面連式挿画を全点影印収録した[1]。続いてこの第十集では、『大宋中興演義』と『皇明英烈伝』という二種の講史小説の、同じく王少淮が画工を務めた双面連式挿画を全点影印する。王少淮は金陵上元県の人で、同族の王希尭と並び、万暦前期に金陵で唐氏や周氏の書坊が刊行した書物の挿画を一手に手掛けていた画工集団の親方であったと考えられる。王氏一族の画工集団の活動状況や挿画の作風、及び挿画作成の際の作業工程については、第九集に収めた拙著解題「金陵唐氏世徳堂刊本講史小説三種と上元王氏の双面連式挿画について」（以下「前稿」と称す）にて詳述したので参照されたい。本稿では、王少淮の挿画を持つ『大宋中興演義』と『皇明英烈伝』の各版本と、それに関わる資料について紹介する。

一、『大宋中興演義』

1、書誌事項について

『新刊大宋中興通俗演義』八巻七十六則（目録では八十則）附録二巻

①〔金陵周日校〕万巻楼仁寿堂〔万暦前期〕刊本（中国国家図書館蔵残本、台湾中央研究院傅斯年図書館蔵残本）

②建陽余〔象斗〕双峰堂〔三台舘〕〔万暦前期〕覆刻本（国立公文書館内閣文庫、日光輪王寺慈眼堂天海蔵）

岳飛を主人公に北宋が滅び南宋が中興する過程を描いたこの小説の最初の刊本は、〔建陽〕楊氏清白堂・清江堂嘉靖壬子（三十一年）孟冬刊本『新刊大宋演義中興英烈傳』八巻〔七十六〕則附録二巻[2]（国立公文書館内閣文庫蔵）であり、その挿画は本シリーズ第八集に全点影印収録した。清白堂・清江堂刊本の巻一巻頭第二～三行に「鰲峯熊大木　編輯／書林清白堂　刊行」とあることや、末尾に「（低二格）時／嘉靖三十一年歳在壬子冬十／（低三格）一月望日／（低二格）建邑熊大木鍾谷識」と署名する同書の「序武穆王演義」が、楊湧泉の要請を受けて「小説」と「正史」を共に参照して自分が編集したとの旨を述べることから、この小説の編者は、『唐書志伝』や『南北両宋志伝』と同じく、建陽の熊大木

（字または号鍾谷）であることが分かる。清白堂・清江堂刊本は、清江堂が翌年に刊行した『唐書志伝』（前稿参照）が話のまとまりを「節」という単位で数えてその数を明記する実質的な分回本であるのとは異なり、回・節・段などの単位によってそれを数えることをしない所謂分則本で、各則には七字一句の則目が付いている。この版本の目録は現存していない。

『唐書志伝』の嘉靖三十二年清江堂刊本は万暦二十一年に唐氏世徳堂により王少淮の双面連式挿画を附して金陵で翻刻されているが（前稿参照）、『大宋中興演義』の清白堂・清江堂刊本は、周氏万巻楼によって王少淮の双面連式挿画を附して金陵で翻刻された。これが①である、更に、余氏双峰堂三台舘が建陽で①を覆刻した②がある。王少淮の双面連式挿画を持つ金陵刊本が余氏双峰堂三台舘の手で覆刻されたというのは、『南北両宋志伝』にも見られる現象である（前稿参照）。

近年まで①と②が異版であることは認識されておらず、完本の残る②が、版心下部に稀に「仁壽堂刋」と見え、巻頭第三行巻二と巻七では「書林　萬卷樓　刋行」、本編の他の巻では「書林　雙峰堂　刋行」、附録の巻九と巻十（巻数は本編と通しで数えている）では「書林　余氏　雙峯堂　刋行」となっていることによって、これは金陵周氏万巻楼仁寿堂刊本の版木が建陽余氏双峰堂に渡った後印本だとか、その逆だとか、或いは周氏と余氏が共同で出版したものだとかいった諸説が入り乱れていた。しかし、①の中国国家図書館の所蔵する鄭振鐸旧蔵の序・目録と巻一のみの残本を仔細に調査すると、②とそっくりながら全葉が例外なく異版で、巻頭第三行は「書林　萬卷樓　刋行」となっており、②よりも俗字の使用率が低く、版刻の出来映えも勝っていた。この発見により、金陵の周氏万巻楼仁寿堂がまず①を刊行し、それを建陽の文台余象斗双峰堂三台舘が覆刻したのが②であることが明らかになった[3]。なお、注3拙稿の発表時には中国国家図書館蔵残本しか①の伝本を見つけていなかったが、後に傅斯年図書館にも①と認めるべき残本があることが分かった。こちらは附録二巻の全体と、跋のごく一部だけが残っており、各巻の巻頭第三行は、巻九では「書林　周氏（以下破損）」、巻十でははっきり「書林　周氏　萬卷樓　刋行」となっている[4]。

①と②は後序が有界か無界か（後述）という一点を除いて版式を同じくしており、序跋の種類にも相違は見られない。封面の残る伝本は①にも②にも無く、どちらも最初に「大宋武穆王演義序」三葉がある。この序は清白堂・清江堂刊本の「序武穆王演義」と基本的に同文で、末尾の署名は「（低一格）旹／嘉靖三十一季歳在壬子冬十／（低一格）一月望日鰲峰熊大木鍾谷甫序」となっている。これに従えば熊大木は号鰲峰、字鍾谷ということになるが、清白堂・清江堂刊本から四十年近く後の書き換えであるから、正確かどうかは分からない。次に「新刋大宋中興通俗演義目録」三葉がある（但し、①の中国国家図書館蔵残本は目録第三葉裏を欠くほか、現存する葉にも破損がある）。この目録も数字は明記しない分則本の形式で、巻之一～八に各巻十則ずつ、合計八十の七字一句からなる則目を載せている。但し、そのうち巻一第四則「許翰請用种師道」、同第五則「師中大戰殺熊嶺」、巻二第十則「宗澤大捷兀朮兵」、巻七第九則「周三畏鞫勘岳飛」の

計四則は、①でも②でも続けて小さく「附」と書かれており、どれも本文の中では独立した則にはなっていない。①②の本文の分則位置は清白堂・清江堂刊本と変わっていないので、おそらく、清白堂・清江堂刊本にも元は①②と同様の則目を記した目録があり、①の刊行時に目録に見えるが本文に無い則があることに気付いて、それに「附」の字を加える処理をしたものであろう。巻九と巻十は附録の「精忠録」であり、各巻に収録される詩文や賛などの篇名が目録に列挙されている。

続いて巻一から巻八までの本文に入る。②は本文の各巻巻頭第一～三行に原則として「新刋大宋中興通俗演義巻之幾／（低十五格）鰲峰　熊大木　編輯／（低十五格）書林　雙峰堂　刋行」とあるが、前述の通り巻二と巻七のみ「雙峰堂」が「萬巻樓」となっている。これも前述の通り、①は本文が唯一残る巻一で、「雙峰堂」の箇所が「萬巻樓」である。

版式は①も②も同じで、四周単辺、有界、半葉十三行二十六字で、巻首内匡郭は①が二一・四×一三・八ｃｍ（中国国家図書館蔵残本）、②が二一・一×一三・七ｃｍ（内閣文庫蔵本）となっている。版心は白口、単黒魚尾で、「全像大宋演義（魚尾）巻之幾（隔約九格）丁付（隔二格）仁壽堂刋」と記す。「仁壽堂刋」は①では現存の範囲では殆どの葉に見えるが、②では全体を通してごく稀に見えるのみとなっている。また、①②とも、丁付を括弧で括る葉が散見される。

本文の中では、人名には白抜きの傍線、地名や国名には普通の傍線を附すなど、固有名詞を明示する記号が適宜附されている。この記号も①ではかなり徹底されているが、②では附されていない箇所や、誤った附け方をしている箇所が増えている。本文中の則目は原則的に七字一句に統一されているが、②のみに存する巻六第十則だけは「小商橋射死楊再興」と八文字になっている（目録では①②とも「楊」を省いて七字としている）。挿画については次節にて後述する。

巻九と巻十は附録で、②ではいずれも第一～三行に「附會纂大宋岳鄂武穆王精忠録巻之幾／（低三格）賜進士巡按浙江監察御史　海陽　李春芳　編輯／（低十二格）書林　余氏　雙峯堂　刋行」とある。①の傅斯年図書館蔵本では、巻十で「余氏　雙峯堂」の部分が「周氏　萬巻樓」であることが確認出来るほか、第一葉の破損が激しい巻九も、第三行は「（低十二格）書林　周氏（以下破損）」だと確認出来る。①②ともに附録には挿画は附されていない。

附録の後には「敘岳鄂武穆王精忠錄後」と題する、清白堂・清江堂刊本から引き継いだ李春芳の後序がある。②は六葉全てを存するが、①では傅斯年図書館蔵本に第一葉表の右半分と、同裏の左上角が残るのみである。この後序のみ①と②で版式に僅かながら相違点があり、①の現存部分は明らかに無界だが、②はどの葉も有界となっている。

①も②も刊年をどこにも明記していないが、金陵周曰校万巻楼仁寿堂が万暦十九年に『三国演義』の周曰校乙本を刊行していること（注3拙稿参照）、王少淮を画工とする双面連式挿画を持つ金陵唐氏世徳堂刊の章回小説四種のうち、刊年不詳の『東西両晋志伝題評』を除く三種（『西遊記』『南北両宋志伝題評』『唐書志伝題評』）が万暦二十年から二十一年にかけての刊行であること（前稿参照）を踏まえると、①も万暦二十年前後に周曰校が万巻楼仁寿堂主人として刊行したものと考えて良いだろう。版式や字様や挿画の画風などからも、そう考えて差し支えない。

②を刊行した建陽余氏双峰堂三台舘は余象斗（字仰止、号文台）の書坊で、堂兄の余彰徳が営む建陽余氏萃慶堂と共に、万暦十年代後半から金陵の唐氏や周氏の書坊と業務提携を結び、唐氏や周氏の金陵刊本を正式な許可を得た上で建陽で数多く重刊（翻刻・覆刻の総称として用いる）していたと認められる。余氏による重刊本は、刊年不詳のものを除けば金陵刊本の刊行から一～四年の間に重刊されているので、②も①の刊行から数年以内に覆刻されたと考えて良いだろう。ともすれば、①の企画段階から双峰堂三台舘も一枚噛んでおり、初めから金陵で周氏が①を、建陽で余氏がそれを覆刻した②を刊行することが決まっていたという可能性まで考えられる（注5拙稿参照）。

なお、余氏双峰堂三台舘は、②の他に『新刻按鑑演義全像大宋中興岳王傳』八巻七十六則（内閣文庫、国会図書館蔵）も刊行している。書名こそ①②や清江堂・清白堂刊本とは少し変わっているが、それらと同系統の本文を持つ上図下文本で、巻一巻頭第二～三行に「（低十格）紅雪　山人　余應鰲　編次／（低十格）潭陽　書林　三台舘　梓行」と記し、序も含めてどこにも熊大木の名を出さなくなっている。代わって編者を名乗っている余應鰲については、余象斗の変名との説もあったが、「應」は余象斗の一世代下で使われる通字の一つなので、余象斗の息子世代に属する人物だという林雅玲氏の説[6]に従うべきである。余象斗は双峰堂主人の家系の長男であり、かつ余象斗の長男の余應甲が万暦十四年生まれなので（注6拙稿参照）、余象斗の息子世代が関わるこの上図下文本の刊年は、早くても万暦三十年代半ば以降と見るべきだろう。なお、前稿で紹介した潭陽（建陽）余氏三台舘〔万暦間〕刊本『新刋按鑑演義全像唐國志傳』八巻八十九則（宮内庁書陵部蔵）も、巻一巻頭第二～三行に「（低十格）紅雪　山人　余應鰲　編次／（低十格）潭陽　書林　三台舘　梓行」とある上図下文本で、版式はもとより字様や画風も『新刻按鑑演義全像大宋中興岳王傳』と全く同じである。両者は同時期の刊行と見てよかろう。

2、『大宋中興演義』の王少淮挿画と、中国国家図書館蔵残本の挿画への彩色

①②の挿画は、巻一～八の本文中の三～八葉おきに、見開きの左右両端に対聯を縦書きで大書し、その上で画面内の右上隅に図題を記した双面連式のものが置かれている。完本が残る②では、本文中に則目が立っている七十六則全てに一幅ずつの計七十六幅があり、図題も殆どのものは本文中の則目と一致する。但し、図題が本文中の則目と小異あるものが八幅あり、他に巻七第九則の図は図題が全て墨格となっている。画工名は一箇所だけ、巻一第一則の図の画面内右下に「金陵王少淮寫」と見える。刻工名は見えない。本書に収録したのは②の全図で、内閣文庫蔵本を底本とした。

①の現存部分の挿画の数（計八幅）やその位置、及び図題は、全て②と変わらない。王少淮の署名も、②と同じ位置にのみ見える。但し、①の中国国家図書館蔵残本の挿画には、八幅とも画面全体に非常に精緻な手彩色が施されている。注3拙稿や前稿の執筆時点では白黒のマイクロフィルムで閲覧しただけだったので、筆者はこの彩色の具体的な状況を把握出来ていなかった。その後、松浦智子氏との共同調査で、①の中国国家図書館蔵残本の原本と、この小説の〔明内府〕彩

絵鈔本の残本（中国国家図書館蔵）とを閲覧する機会を得た。以下、その際に得られた知見を簡単に紹介しておく。

①の中国国家図書館蔵残本は存一冊、後補藍色表紙（二六・九×一五・九cm）の包背装で、表紙の左肩に古びた黄帛題簽（残存部外寸一八・八×四・一cm）を貼付する。題簽は双辺の書枠内に「大宋岳武穆王通俗演義　」と墨書している。その右に同質の目録題簽（外寸一〇・〇×九・〇cm）を貼付し、双辺二層の書枠（八・六（一・四＋七・二）×七・七cm）内に上層右から横書きで「巻之一節目」、下層に縦書きで「翰離不擧兵南寇／李綱措置禦金人／宋欽宗倡議講和／許翰請用种師道〈附〉／師中大戰殺熊嶺〈附〉／金粘罕邀求誓書／宋徽欽北狩沙漠／宋康王泥馬渡江／岳鵬擧辭家應募／宋髙宗金陵即位」と墨書する。この目録題簽は『三国演義』の周曰校乙本や周曰校丙本に見られる刷目録題簽と全くの同形式なので、おそらく刊行時には刷目録題簽が附されていて、それを忠実に黄帛に書き写したものであろう。

挿画への彩色は顔料を厚く塗り重ねる方式で施されており、輪郭については概ね刊本に刷られた線を踏襲するものの、人物の目鼻立ちや髪型、服や器物の紋様、背景の描きこみなどの細部は、刊本の線を塗り消した上で新たに手塗りで描かれていることが多いことを松浦氏が発見した。例えば、注3拙稿の図42で①が版木の段階で②よりも細部まで描きこまれていた例として示した衝立の枠の紋様は、実際には彩色時に描き足されたものであった。但し、刊本本来の刷られた線が確認可能な部分だけを②と比較しても、②の挿画が全体的に①よりも若干簡略化されている傾向は認められた。

また、画面の中だけではなく、左右の対聯と、右肩の図題も彩色されていた。対聯はまず黄色の顔料を枠内全体に塗り、元々刷られている文字の上から縹色を重ね塗りする。図題は青の顔料を枠内全体に塗り、元々刷られている枠と文字の上に金泥を塗り重ねている。

では、このような豪華にして精妙な手彩色は、いつ誰によって施されたのであろうか。そのヒントを与えてくれるのが、同時に閲覧することが出来たこの〔明内府〕彩絵鈔本である。次節でその詳細を述べよう。

3、〔明内府〕彩絵鈔本との関係

この〔明内府〕彩絵鈔本は、『北京図書館古籍善本書目』（書目文献出版社、〔一九八七〕）二九一一頁に、「大宋演義□巻　明内府彩繪本　蕭璠跋　十冊　十二行二十一至二十四字紅格四周雙辺　存五巻（四至六、八至九）」と著録されているものである。また、『中国古代小説総目・白話巻』（山西教育出版社、二〇〇四）三八頁には、「『大宋中興通俗演義』抄本、嘉靖内府精抄。図彩絵、共三十八葉。僅存巻四、五、六、八、九。版框為紅格紅口、四周双辺、全書一百七十四葉。有蕭璠跋。蔵中国国家図書館」と著録されている（項目担当者は石昌渝）。保存状態が良くないとのことで、今回閲覧を許可されたのは、巻五・六・八を収める各一冊の計三冊のみであった。

巻五・六の冊と巻八の冊では表紙が異なり、前者は退色した後補縹色表紙（三四・一×二一・〇cm）、後者は草花紋をあしらった黄帛表紙（三四・三×二一・〇cm）であった。後者は四針眼訂の綴じ糸こそごく新しい赤糸に変わっていたが、黄帛表紙自体は原装と思しき古めかしいものであった。巻五・六の二冊と巻八の冊とで表紙が変わっている原因は後述する。料紙はどの冊も共通で、厚手の上質な白棉紙に、更に厚手の裏打を施したものとなっている。

版式は三冊とも共通で、四周双辺手鈔紅格、有界（手鈔紅線）、対向双紅魚尾、上下粗紅口。版心は「（紅口七格）大宋演義巻幾（隔三格）丁付（紅魚尾）（紅口約五格）」となっている（「大宋演義巻幾」と丁付は墨筆。但し、これらを書いていない葉も間々ある）。本文は楷書の墨筆手鈔で、半葉十二行二十一至二十四字（二十二字を主とする）、注文双行同、内匡郭二六・〇×一六・九ｃｍ。製作年代や製作者は不明だが、紅格は明清の内府、つまり宮中で製作された鈔本の定式であり、後述の彩色挿画の様式も内府鈔本に良く見られるものなので、この本も内府鈔本だと推定されている。

巻五と巻六は本文の途中からしか残っておらず、巻首の状況は確認出来ない。巻八は第一葉表裏と第二葉表が挿画で、第二葉裏から本文が始まっている。第二葉裏第一～五行に「大宋中興通俗演義巻之八／（低十二格）鰲峯　熊大木　編輯／（低一格）起紹興十一年辛酉歳首尾十五年事實／（低一格）止紹興廿五年乙亥歳首尾十五年事實／（低二格）按實史節目」（傍線部は行の中間に共通で一つだけ記す）とあり、第六行に最初の則の則目を掲げ、第七行からその本文に入る。この第三～五行の記載は、清白堂・清江堂刊本の巻八巻頭第二～四行、及び双峰堂覆万巻楼刊本（前々節の②）の巻八巻頭第四～六行と全く同様である。巻首題も「新刋」の二字が無いこと以外は両版本と変わらない。第二行の「鰲峯　熊大木　編輯」は清白堂・清江堂刊本では巻一にしか見えないので、〔明内府〕彩絵鈔本の巻頭は双峰堂覆万巻楼刊本により近い形だと言える。本文も両版本と同系統で、作中に頻出する「虜賊」「金虜」「胡」といった清朝では避けられる語が全てそのまま鈔写されているので、清の内府ではなく、明の内府での製作と見て間違いあるまい。また、天啓帝の諱「由校」を犯すため天啓崇禎間には「小較」と書き換えられる「小校」や、崇禎帝の諱「由検」に触れるため崇禎年間には「巡簡」と書かれる「巡検」が、いずれもそのまま書かれている。民間の刊本や個人による鈔本であれば天啓崇禎間でもこれらの文字がそのまま書かれていることは珍しくもなんともないのだが、宮中で製作された鈔本であるからには避諱には厳格なはずなので、天啓帝の諱を避けないこの〔明内府〕彩絵鈔本は、天啓年間に入るよりも前の製作と考えるべきであろう。また、〔明内府〕彩絵鈔本の本文には、清白堂・清江堂刊本には存在せず、万巻楼刊本以降の刊本に見られる小字双行注が書かれている。

巻八の冊には、各則の本文の前にそれぞれ若干葉の彩色挿画が附されている。欠葉もあるが、残っている挿画は第一則には一葉半（最初の半葉を欠く）、第二則には二葉、第三則には二葉半（最後の半葉を欠く）、第四則には二葉、第五則の挿画は全欠だが、第六則には半葉（続きのおそらく一葉半を欠く）、第七則には二葉、第八則にも二葉、第九則に一葉半で、挿画の枚数は元々一定していなかったらしい。どの則の挿画も、最初の半葉の右端と、最後の半葉の左端とに縦書きで対聯を大書している。この対聯の字句は、双峰堂覆万巻楼刊本の各則の双面連式挿画の左右に附された対聯と一致している。この対聯は万巻楼刊本と双峰堂覆万巻楼刊本の二種にのみあって、それらに先行する清白堂・清江堂刊本にも、後出の明末清初の刊本にも見えないものである。また、各則の図の最初の半葉の画面内右肩に青地の枠を設けて金泥の文字で図題を記すが、これも双峰堂覆万巻楼刊本の同じ則の図題と一致している。絵の部分を見ても、双峰堂覆万巻楼刊本よりも各則の図の面積が増えた分、同図異時の手法を間々用いながら連続した数半葉の中にその則の見せ場を複数描き込んでいるが、双峰堂覆万巻楼刊本で図になっている場面に関しては、明らかに共通する構図や人物の描き方をしている箇所が多々見られる。

巻五・六の各冊にも本来巻八と同様に各則の前に挿画があったと思しいが、全て抜き取られてしまっている。「あったと思しい」としか言えないのは、二冊とも版心下方の損傷が激しく、丁付が殆ど読み取れないためである。もしかすると、挿画を抜き取ったことを気付かれないようにするために、意図的に丁付を読めなくしたのかもしれない。巻五の冊の前見返しから前副葉表にかけて貼られた紙に書かれた民国三十五年丙戌（一九四六）の蕭璠の行書識語[7]に、いつの間にか内閣から流出していたこの本を地安門の市場で偶然入手したとの旨が書かれており、巻五本文の前にも「丙戌二月一日自孤竹于役返平地安门市上／明内府鈔本宋史演義殘帙／得此　尚君子堂藏士□者　計九十三葉」と墨書（「計九十三葉」のみ朱書）した紙が附されている。半葉のみ存する葉をどう数えるかや副葉を含めるか否かなどによって誤差は出るが、九十三葉というのは巻五・六の二冊分の葉数に近いので、蕭璠が地安門で購入したのは巻五・六の二巻のみだったようだ。つまり、巻五・六の二冊は、他の冊とは伝来過程を異にすると見るべきである。

以上が二〇一五年八月の松浦智子氏との共同調査で得られた知見であるが[8]、以下はそれに基づく私見を述べたい。

まず、巻五・六の二巻分の挿画は、おそらく民間に流出している間に抜き取られ、それだけで画帖仕立てにされて別途売り捌かれたのだろう。但し、所見の三冊はいずれも紙質・寸法や版式・字様が揃っているし、このような彩絵鈔本が複数作られたとも考えにくいので、現存の五巻分は全て同時に作られた一セットの残巻と看做して良いだろう。全部で存十冊ということであるから、未見の巻四と巻九だけで七冊あることになる。所見の三巻分よりもずっと細かく分冊されていることになるが、それも伝来過程の相違によるのか否かは、未見のため何とも言えない。また、巻八の挿画は半葉のみ存する葉を一葉と数えても十六葉しかないので、挿画は全三十八葉という石昌渝氏の著録を踏まえれば、あと二十二葉の挿画があることになる。万巻楼刊本と同じであれば巻九は附録で挿画は無いはずなので、それらは全て巻四の挿画であろう。巻八の挿画の分量を見るに、巻四の挿画に欠葉が殆ど無いとすれば、ちょうどそのくらいの量になりそうである。

それから、〔明内府〕彩絵鈔本は、双峰堂覆万巻楼刊本と挿画の対聯や図題が一致し、構図にも共通のものが多く見られる上に、小字双行注を含めた本文も同系統であった。前述の通り、このうち挿画の対聯は、万巻楼刊本および双峰堂覆万巻楼刊本に特有のものである。となれば、〔明内府〕彩絵鈔本が両刊本のどちらかまたは同じ特徴を持つ刊本を底本とするか、逆に万巻楼刊本が〔明内府〕彩絵鈔本を底本とするかのどちらかということになろう。宮中で作られた鈔本が民間に流出して坊刻本の底本になるとは考え難いし、小字双行注の内容もいかにも坊刻本らしいものなので、この〔明内府〕

彩絵鈔本の方が、万巻楼刊本か双峰堂覆刻万巻楼刊本、或いはそれらと同じ特徴を持つ未知の刊本を底本として製作されたと見て差し支えあるまい。前述の天啓帝の諱を避けていない点も踏まえれば、この［明内府］彩絵鈔本の製作年代は、万暦二十年代から泰昌元年までの間に絞ることが出来よう。なお、『中国古代小説総目・白話巻』の嘉靖鈔本とする説には何ら根拠が示されておらず、信ずるに足りない。

残る問題は、［明内府］彩絵鈔本の底本が万巻楼刊本なのか、それとも双峰堂覆万巻楼刊本なのか、或いは両者と共通の特徴を持つ未知の刊本なのか、ということだが、筆者は万巻楼刊本の中国国家図書館蔵残本そのものが底本だったのではないかと考えている9。つまり、明の内府において万巻楼刊本を底本としてこの小説の彩絵鈔本を作ることになり、その図を描くための習作として、まずお手本となる万巻楼刊本の挿画に色を塗ってみる、という手順が踏まれたのではないかということだ。その際に彩色されたのが全挿画だったのか、それとも巻一の挿画だけだったのかは定かではないが、いずれにしてもその万巻楼刊本は、附録も含めた十巻揃ったものであったに違いない10。それが後に散逸し、序・目・巻一のみを収めた第一冊だけが中国国家図書館蔵残本として今に伝わっているのではあるまいか。この仮説が確かであれば、周氏万巻楼が万暦前期に刊行した小説が、早ければ数年、遅くとも三十年以内に宮中に収蔵されていたことになる。章回小説の受容史や小説刊本の流通範囲を検討する上でも意義深い事例となろう。

二、『皇明英烈伝』

1、書誌事項について

『新刻皇明開運輯略武功名世英烈傳』六巻六十則

①［周氏万巻楼仁寿堂万暦二十年代］刊本（中国国家図書館蔵）

②建陽余氏三台舘［万暦中期］覆刻本（内閣文庫、日光輪王寺慈眼堂天海蔵、石川武美記念図書館成簣堂文庫蔵）

明の太祖朱元璋の天下統一の過程を描いた小説には、万暦前期以降の刊本が残る『皇明英烈伝』系統と、万暦末期以降の刊本が残る『雲合奇蹤』系統という、本文を大きく違える二作品がある。それぞれ多様な版本が残るが、王少淮の双面連式挿画を持つ『新刻皇明開運輯略武功名世英烈傳』六巻六十則は、『皇明英烈伝』系統に属する。この系統の版本のうち、刊年が分かる中で最も早いものは、大尾（厳密に言うと、裏に尾題がある葉の表）に「皇明萬暦辛卯（十九年）歳／次孟夏月吉旦重刻」の蓮牌木記を持ち、巻一首第二～三行に「（低十三格）原板　南京　齊府　刋行／（低十三格）書林明峰　楊氏　重梓」とある『新鐫龍興名世録皇明開運英武傳』八巻六十則（内閣文庫蔵。以下では楊明峰刊本と称す）である。楊明峰刊本は、殆どの葉は無図だが、概ね四～六葉ごとに一度の割合で上図下文の半葉が出現するという珍しい形式になっていて、大尾題のある半葉のみ全面が図である。大塚秀高氏の研究によれば、楊明峰刊本は『新刻皇明開運輯略武功名世英烈傳』よりも刊行は早いが、両者の間には直接の継承関係は認められず、むしろ刊行の遅れる『新刻皇明開運輯略武功名世英烈傳』の方が、現存が確認されていない嘉靖間の原刻本に近い本文を留めていると見られるという[11]。そのため、『新刻皇明開運輯略武功名世英烈傳』は、この小説の重要な版本と位置付けられている。

前章で見た『新刊大宋中興通俗演義』の場合と同じく、この『新刻皇明開運輯略武功名世英烈傳』も、従来①と②は同版だと考えられていた[12]。しかし、今回筆者が中国国家図書館蔵本と内閣文庫蔵本の原本を閲覧し、日光蔵本は『古本小説集成』所収影印本によって比較したところ（成簣堂蔵本は未見）、中国国家図書館蔵本が他の二本と全葉異版であることが確認出来た。本書に収める①②の各挿画全点を仔細に比べて頂ければ、両者が異版たることは了解されるはずである。①の方が人物や器物が多く描かれていたり、模様が細かく描き込まれていたりすることが間々あるので、間違い探し感覚で比較してみて頂きたい。但し、①は所蔵元から提供を受けた古いマイクロフィルムからのプリントによるため、フィルムの傷がかなり写り込んでしまっている。この点は遺憾ながら平にご容赦願いたい。②は内閣文庫蔵本を底本とした。

さて、まずは孫楷第『中国通俗小説書目』（初版：国立北平図書館、一九三三。改訂版：作家出版社、一九五七。重訂版：人民文学出版社、一九八二。以下『孫目』と称す）に初版から著録されており、『孫目』未著録の①よりも書誌事項が知れ渡っている②から見て行きたい。内閣文庫蔵本は後補淡茶色表紙（二六・一×一五・九ｃｍ）。日光蔵本は封面を欠くが、内閣文庫蔵本には左右三欄に区切った四周単辺の封面が残り、左右に方匠体の大字で「官板皇明全／像英烈誌傳」、中央の細い欄に下寄せで「三台舘梓行」とあり、その上の余白に鼎をあしらった朱戳が捺されている。その鼎式朱戳には、「書林余／君召梓／行買者／認原板／為記」の文字が見える。刊行者の個人名は全体を通して封面朱戳の「余君召」しか見えないのだが、『孫目』に「清乾隆間禁書総目有『君召余應詔刊英烈傳』、即此本」との判断が示されており、大塚注11論文一〇八頁でも「『外省移咨応燬各種書目』に「英烈伝（君召余応詔刊）」とあるものであろう」とされるなど、鼎式朱戳の文字を重んじて「君召余應詔三台舘刊本」と解釈されて来た（但し、実はこの理解には問題がある。後述）。次いで「皇明英烈傳序」二葉があるが、署名も年次も見えない。続いて太祖とその功臣たちを紹介する「新刻皇明開運輯略武功名世英烈傳首録」四葉がある。それから本文に入るが、撰者や編者、校訂者や刊行者の名は、どの巻の巻頭にも一切見えない。

本文は各巻十則ずつを収め、巻の冒頭と中間とに「（低二格）〇目録凡五段」と記して五則分の則目（稀に六則分のことも）を列挙している。則目は七字×二句。本文中の各則の冒頭では、低二格で双辺で囲んだ「節目」という文字を掲げ、そのすぐ下に則目十四字を、句と句の間に切れ目を入れずに繋げて記している。「段」や「節目」という表現は見えるものの、「第〇段」や「第×節」のように数字で数えあげる形は採っておらず、分回本と分則本の中間的な形態と言えよう。四周単辺、有界、白口、単黒魚尾、版心は「全像英烈傳　（魚尾）巻之幾（隔約九格）丁付（空約七格）」とし、版心にも刊行書肆名は全く見えない。半葉十三行二十六字（但し、各行第一字には抬頭された文字しか記さない）、注文双行同、内匡郭二二・〇×一三・七ｃｍ（内閣文庫蔵本による）。王朝名を丸で囲ったり、皇帝名を隅黒墨囲陽刻、書名を隅丸墨囲陽刻としたり、人名に傍線を附したりする。なお内閣文庫蔵本は全体的に版木の損傷が進んでいる。

本文中の四〜十葉おきに、右肩に図題を記した双面連式挿画が、計三十五幅配されている。巻一第六、七、八、九則、巻二第二、四、六、七、八、十則、巻三第一、三、五、七、八、九則、巻四第二、三、五、六、八、九節、巻五第一、四、六、七、八、十則、巻六第一、二、四、六、七、八、十則にそれぞれ一幅ずつで（巻一の前半には全く図が無い）、図がある則は六割弱に止まる。また、図題が則目と一致する図も三分の二ほどしかない。いずれも上元王氏の章回小説挿画の中では低い比率だ。画工・刻工の署名は、巻五第十則の図の右端（第四十六葉裏）の「上元王少淮寫像」の一箇所のみ。

続いて、①の書誌情報を見てみよう。中国国家図書館蔵本は、後補黄色表紙（三〇・五×一八・三ｃｍ）で、金鑲玉装に改装されている（原紙高約二五・九ｃｍ）。封面は②の内閣文庫蔵本とは全く異なり、四周双辺の枠内を双辺の界線で左右三欄に区切り、左右に楷書写刻で「刻全像增補／皇明英烈傳」、中央の細い欄に「校　正　一　字　無　差」とあって、印や朱戳などは一切捺されていない。封面以外は基本的に②に同じだが、①の方が俗字の使用率がずっと低く、固有名詞への傍線や墨囲がより正確で、前述の図の細部の相違も併せて、明らかに①が先行し、②がその覆刻であると認められる。内匡郭は二二・七×一三・八ｃｍ。葉によって印刷の良し悪しに差があるが、刷りの悪いところは相当な後印である。

封面以外の箇所に全く刊行者名が見えない点は②と同じなので、つまるところ①には、刊行者名が個人名か書坊名かを問わずどこにも書かれていない。しかし、王少淮が唐氏・周氏の専属画工だったと見られること（前稿参照）や、余氏双峰堂三台舘が唐氏・周氏の刊本を数多く覆刻・翻刻していること（注５拙稿参照）を踏まえれば、これも唐氏か周氏の刊行だった可能性が高かろう。そして、半葉十三行二十六字というのは万暦前期の周曰校万巻楼仁寿堂の章回小説の定式であり、唐氏世徳堂は半葉十二行二十四字を定式としている（前稿参照）。挿画の風格や本文の字様も万暦年間の周氏刊本と認め得るものなので、『新刊大宋中興通俗演義』の①や、『三国演義』の周曰校乙本と同じく、周氏万巻楼仁寿堂の刊行と推定したい。刊行者名を記さないのは唐氏や周氏の章回小説版本としては異例の処置だが、現王朝を描くだけに、万が一何らかの禁忌に触れてしまった場合に備えて、責任の所在を版木に明記することを避けたのではないだろうか[14]。

挿画は一部欠葉があるものの（巻一第八則の図は両面とも、巻三第一則の図は右側が、巻五第六則の図は左側が欠葉。また、巻五第八則の図と巻六第八則の図は、いずれも右側の半分ほどが破損している）、本来は②と同じ位置に同じ枚数があったと見て差し支えない。画工・刻工の署名も②と同じ位置に一つだけである。他の章回小説の上元王氏挿画と共通の構図が多々使われており[15]、例えば巻二第八則「郭英単騎擒鄧清」の構図は、明らかに唐氏世徳堂刊本『唐書志伝題評』第三十一節「敬徳大戰美良川」（本シリーズ第九巻六六・六七頁）の使い回しである。何故こちらの方が後出と断じられるかというと、「敬徳大戰美良川」は作中屈指の見せ場の一つであり、その図には王少淮の署名が見える。上元王氏の双面連式挿画は、画工の署名がある図は他の図よりも出来映えが良いものが多く、署名した親方本人が描き下ろしたものである可能性が高い（前稿参照）。それに対して、「郭英単騎擒鄧清」はそこまでの名場面でもないし、主要人物のいない右半面が「敬徳大戰美良川」の図よりも遥かに簡略で、こちらが先行するとは非常に考え難い。他にもこのような例が散見されるので、「周氏万巻楼仁寿堂」刊本『新刻皇明開運輯略武功名世英烈傳』の刊行は、万暦二十一年十月序刊の『唐書志伝題評』よりも遅いと考えられる。周曰校の活動が確認出来るのは万暦二十八年までであり[16]、それ以降に万巻楼が上元王氏の双面連式挿画を持つ章回小説を刊行した例も確認出来ないので（前稿参照）、万暦二十年代の刊行と見て大過あるまい。

2、君召余應詔について

②の内閣文庫蔵本の封面の朱戳に刊行者として名が見える「余君召」については、刊年不詳『新刻明卿陳太史校正古本歴史大方通鑑』二十巻宋元二十一巻（国立国会図書館等蔵）の巻一、三、十一、十二、十三の各巻頭第四行に「（低十四格）君召　余應詔　刋行」とあるので、孫楷第氏や大塚氏の推定の通り、確かに名が「應詔」であったと確認出来る。「余應詔」も「余君召」も余氏の族譜には見えない名だが、族譜に見える余象斗の長男が余應甲（字君敏）だし、族譜には見えない余象斗の別の息子に余應科（字君翰）がいる（注6拙稿参照）。更に、余象斗の次弟象箕の六人の子を見ると、三弟象聖の養子となった三男を除く五人が、字の一字目を「元」で揃えている（同前）。してみると、「應」字輩は父ごとに字の一字目を変えていたと考えられる。よって、「君召」と名乗る余應詔は、余象斗の息子であった可能性が高い[17]。

となると、一つ疑問が生じる。前章で述べた通り、余象斗の長男は万暦十四年生まれである。その弟と思しき君召余應詔が成人して刻書に関わるようになるのは、早くても万暦三十年代半ば以降であろう。しかし、これも前述の通り、建陽余氏による金陵唐氏・周氏刊本の重刊本は、刊年の分かる限りでは金陵刊本の刊行から一～四年の間になされている。それに反して、『新刻皇明開運輯略武功名世英烈傳』だけは十年以上の時を隔てて初めて覆刻されたのだろうか？

結論から言えば、そうではあるまい。解決の鍵は、余君召というのはあくまで②の封面に捺された鼎式朱戳に見える名で、②の版木に彫られてはいないという点である。この鼎式朱戳と全く同じものが、哈佛燕京図書館が所蔵する萬暦十九年余象斗覆唐富春刊本『新鐫増補全像評林古今列女傳』八巻の封面にも捺されている[18]。同書は大尾に「萬暦辛卯（十九年）歳秋／月余文台重梓」という蓮牌木記があり、巻二～八の各巻頭第八・九行には「對溪書坊　唐富春　梓」と「文台書林　余象斗　重」とが併記されているので、明らかに万暦十九年に余象斗が唐富春刊本を覆刻したものだ。となれば、哈佛燕京蔵本『新鐫増補全像評林古今列女傳』は、君召余應詔が三台舘主人として活動するようになってから、余象斗が万暦十九年に刊行していた版木を用いて印行した後印本と看做すべきだろう。哈佛燕京蔵本は版木にかなり傷みが見られることがその推定の裏付けとなる。となれば、前述の通り後印と認められる葉を多く含む②の内閣文庫蔵本も、①の刊行から数年以内に余象斗が建陽で覆刻した版木がまずあって、余應詔が成人後（万暦後期以降）に父からその版木を継承して印行した後印本だと考えるべきであろう。つまり、②は［余象斗双峰堂］三台舘［万暦中期］刊本ということになる。

　最後に、君召余應詔についてもう一つ問題提起をしておきたい。孫楷第氏も大塚氏も、清代に禁書とされた「君召余應詔刊本」は②であると看做している。しかし、②は封面の朱戳に「余君召」と見えるだけで、版木に彼の名が刷られている訳ではない。従って、朱戳が捺されていない限り②に彼の名は見えないのだが、君召余應詔はどう長生きしたところで康熙年間には死んでいるはずなので、乾隆年間に彼の朱戳をわざわざ捺した本が禁書指定を受けるほど多数流通していたとは考えにくい。その上、彼の名が「應詔」であることは、彼の刊行した他の書物を見て初めて分かることなので、仮に内閣文庫蔵本そのものを見て禁書指定をするとしても、「余君召三台舘刊本」としか言えないはずなのだ。

　君召余應詔は別に『全像演義皇明英烈志傳』四巻（重慶市図書館、中国社会科学院文学研究所［存巻一、二］蔵）という上図下文本も刊行しているようなので（『中国古籍善本総目』（線装書局、二〇〇五）の著録による）、清代の禁書目に見えるのは、その上図下文本の後印本か、或いは刊行者名まで踏襲したその重刊本だったのではあるまいか。なお、蓬萊市文化局慕湘蔵書館にも同名の余應詔刊本（存巻三、四。未見）が所蔵されるとのことなので[19]、これも『中国古籍善本総目』著録の二本と同版か、さもなくばそれらと覆刻・翻刻の関係にある本であろう。

　更に、右に挙げたどの伝本も未見のため確実なことは言えないが、『中国古籍善本総目』の著録によれば、この上図下文本は「十四行二十五字白口四周単辺」だという。この書誌情報は、『古本小説叢刊』第十八輯に影印されている刊行者不詳の大英図書館蔵残本『全像演義皇明英烈志傳』（存巻一。四巻本と推定されている）と完全に一致する。大英図書館蔵残本の版式及び字様や画風は、前章で述べた余應鰲編次を謳う『唐書志伝』や『大宋中興演義』の上図下文本と酷似しているので、大英図書館蔵残本は余應詔刊上図下文本の残本なのかもしれない。大英図書館蔵残本の底本は楊明峰刊本に近い内容を持つ版本だったと見られているので（大塚注11論文参照）、右の推測が正しければ、余應詔は自分が版木を所有している父の刊本は底本に用いず、別の版本に基づいて新たな上図下文本を刊行したことになる。当時の書坊の活動実態を把握する上で示唆に富んだ事例となるかもしれない。

〈注釈〉

1　但し、『東西両晋志伝』は金陵周氏大業堂に版木が渡ってからの逓修本を底本とした。

2　巻一首のみこの題で、他の巻の首題はいずれも『新刊大宋中興通俗演義』となっている。なお、本文中で則目が確認出来るのは計七十四則であるが、後継版本との比較から巻三第十則と巻七第四則のそれぞれ最初の葉が欠葉となっていると認められるので、［七十六］則とした。

3　詳細は拙稿「唐氏世徳堂と周曰校万巻楼仁寿堂の章回小説刊本の覆刻及び後印の事例について」（『中国古典小説研究』第一六号、二〇一一）参照。

4　中国国家図書館蔵残本と傅斯年図書館蔵残本は残存箇所が全く重ならないため、この両者が同版であるか否かは厳密には分からない。周曰校万巻楼仁寿堂が万暦十九年に刊行した『三国演義』の周曰校乙本に、刊行者名も刊年の記載も全て同じながら全葉が異版の周曰校丙本という覆刻本が存在する（注3拙稿参照）という例もあるので、異版の可能性も皆無ではない。しかし、現状では両者を積極的に異版と看做すべき根拠も全く無いので、今後新たに①の伝本が見つかって版の異同に関する情報が増えることがない限り、どちらも同じ周曰校万巻楼仁寿堂刊本であると看做しておきたい。なお、日光蔵本は未見なので、本稿に記す②についての書誌情報は、全て内閣文庫蔵本による。長澤規矩也『日光山「天海蔵」主要古書解題』（日光山輪王寺、一九六六）によれば、「内閣文庫所蔵本と同版であろう」との所見が示されている（一一三頁）。長澤氏の著録の仕方から見て、日光蔵本に双峰堂の名が見えるのは確かなようなので、今はこの見解に従う。

5　拙稿「明末の商業出版における異姓書坊間の広域的連携の存在について」（『東方学』第一三一輯、二〇一六）参照。

6　林雅玲『余象斗小説評点及出版文化研究』（里仁書局、二〇〇九）二七頁。この時期の余氏一族の刻書家に関しては、拙稿「萃慶堂の歴代主人について――建陽余氏刻書活動研究(1)――附『書林余氏重修宗譜』「書坊文興公派下世系」第三十七世までの翻刻と校訂」（『中国古典小説研究』第一九号、二〇一六）も参照されたい。

7　全文は「白話小説古稱詩話歷為薦紳先生所弗道／而傳世遂亦綦少近数十年始漸為博斈／鴻儒所珍晧践僅由海内傳抄孤本如三／蔵取經暨大宋宣和故事二三種□商／務攈印正如出於天録尤□所不闌此帙／大宋演義内述金虜寇宋故事大約為／後世精忠傳之藍本抄寫格式与永楽／大典悉相胸合硃墨紙質皆為景泰正／悳間物意者為當時文學侍臣編纂進／呈者有分目而無囬次一事一篇可分可／合誠龍威之祕蔵鶏曙之孤星也余年／来頗喜度蔵明季士大夫箸作書畫／抱錢守闕不顧嗤呵破肆冷攤披检／□遍是冊不知何㫖由内閣書庫流□／地安门上偶践逬之非天掌也歟／　民國三十五年丙戌花□三台蕭璠題記（陰刻正方「蕭／璠」朱印）」（□は欠字ではなく、筆者が判読出来なかった文字）。

8　なお、本稿における著録の責任は筆者にあり、松浦氏も調査結果に基づく論文を別途公表予定である。

9　要するに、大塚秀高氏が本シリーズ第八集の解題二で示した「おそらく、万巻楼・仁寿堂の原刊本またはその余氏の双峯堂重刊本の挿画を模写して彩色を施したものであろうが、詳細については今後の調査に待つことにしたい」との見解が、刊本に無い場面も多々描いているので単なる模写とは言えない、という点以外は正鵠を射ていたということである。但し、前稿三四頁で指摘した通り、上元王氏の画風には万暦前期よりも前からの内府彩絵鈔本の画風と通じる点が見られるので、単純に内府彩絵鈔本の画工が坊刻本の挿画の画風を真似たという一方通行ではなく、両者の画風が長期的には相互に影響を与えあっていたという可能性を検討する必要は依然として残るだろう。

10　但し、彩絵鈔本の巻五の末葉裏の最後の四行は「……今日之禍端自（空五格）／（以下三行空行）」という形で終わっている。双峰堂覆万巻楼刊本は巻五第四十六葉裏第八行が「……今日之禍端自」で終わっており、あと二行本文が続いている。してみるに、彩絵鈔本の底本は巻五第四十六葉裏の第九行以降を欠損していたと思しい。

11　大塚秀高「嘉靖定本から萬暦新本へ――熊大木と英烈・忠義を端緒として――」（『東洋文化研究所紀要』第一二四冊、一九九四）一一九頁参照。

12　例えば、鄭振鐸撰・呉曉鈴整理『西諦書跋』（文物出版社、一九九八）で呉曉鈴が現在は中国国家図書館に入っている鄭振鐸旧蔵の①を「明万暦間書林余氏三台舘刊本」と著録しており、川浩二「一矢、晴を貫く――史書『皇明通紀』と歴史小説『英烈傳』の語り――」（『中国文学研究』第三〇号、二〇〇四）四五頁には「なお版面、特に挿画の状態から北京（上原注：中国国家図書館蔵本を指す）、内閣、日光の順で後印と思われる」との判断が示されている。

13　周蕪『金陵古版画』（江蘇美術出版社、一九九三）二八〇・二八一頁に「明萬暦間金陵大業堂複刻萬卷樓版」として中国国家図書館蔵本の書影が一幅だけ掲載されている（所蔵元は明記されないが、紙の破損箇所が一致するので間違いない）。もしかすると他に大業堂覆万巻楼刊本と分かる伝本があってそれに拠る著録かもしれないが、少なくとも中国国家図書館蔵本からは、それが大業堂刊本であるという根拠も、覆万巻楼刊本であるという根拠も何一つ得られない。

14　唐氏・周氏の章回小説と見られるものでは、他に唐氏富春堂刊との著録が散見され（但し根拠が不明。前稿参照）、確かにそれらしい特徴は備えている十二行本『新刻全像三寶太監西洋記通俗演義』二十巻百回（中国書店、東京大学東洋文化研究所ほか所蔵多数。但し、所見の伝本はいずれも清初の後印本と思しい）も、各巻巻頭第三行に「（低十五格）三山道人　　繡梓」とするだけで、封面以外に刊行者の書肆名や本名は見えない。これも明代を描いた小説なので、唐氏・周氏の書坊は明代を描く小説については刊行者名を伏せる方針を採っていたと考えれば辻褄は合いそうだ。

15　構図の使い回し自体は、上元王氏の章回小説挿画の常套手段である（前稿参照）。

16　拙稿「金陵書坊周曰校万巻楼仁寿堂と周氏大業堂の関係について」（『斯道文庫論集』第四八輯、二〇一四）参照。

17　但し、余象斗には余思雅（字仲穆）という息子もおり（注6拙稿参照）、余象斗の子が全員「應」で始まる名や「君」で始まる字であった訳ではない。もしかすると、同父兄弟間でも母によって名や字に用いる文字の使い分けがあったのかもしれない。なお、前章で見た余應鰲は、現時点では字が不明なため、この方法で父を推定することは出来ない。

18　哈佛燕京蔵本の封面は上図下文で、下層は更に三欄に区切られ、左右に「全像古今／烈女誌傳」、細い中央に下寄せで「三台舘刊行」と刻し、下層中央上の空きにこの朱甗が捺してある。なお、哈佛燕京蔵本と同版で、それよりもやや刷りが遅いと思われる龍谷大学図書館蔵本は、同じ封面に別の無字の鼎式朱甗を捺している。また、唐富春刊本は万暦十五年刊（注5拙稿参照）。

19　『山東省珍貴古籍名録（第一批）』（斉魯書社、二〇〇九）五四頁の著録による。

（附記）
本稿は平成二十七年度日本学術振興会科学研究費補助金（研究活動スタート支援、課題番号：一五Ｈ〇六二三八）の助成を受けた研究成果の一部である。

『征播奏捷伝通俗演義』の挿画について

松浦　智子

一、『征播奏捷伝通俗演義』とは

本書が挿絵を紹介する『新刻全像音詮征播奏捷伝通俗演義』六巻全百回(1)（以下『征播奏捷伝』と略称）は、播州の「楊応龍の乱」を題材とする小説である。「楊応龍の乱」とは、現在の四川と貴州の境界にあたる播州一帯を代々おさめていた有力土司・楊氏一族の統領である楊応龍が、万暦十九年（一五九一）ごろから明朝に叛意を示し、万暦二十八年（一六〇〇）に李化龍や郭子章ら率いる官軍に平定された反乱である。「万暦の三大征」に数えられるこの反乱には当時高い関心が向けられていたようで、その経緯を記す実録書や伝奇などが乱の平定直後から次々と出されている。『征播奏捷伝』も、こうした流れのなかで刊行されたものと思しい(2)。

版本は、京都大学文学部図書室蔵本と尊経閣文庫蔵本の二本のみが現存し、実見したところ両者は同版であると思しい。封面と末尾の木記に「巫峡望僊巌蔵版」（封面）、「萬歴癸卯秋、佳麗書林按原本重鐫」（封面）、「癸卯冬名衢逸狂白」（木記）と刻されているのによれば、現存『征播奏捷伝』は乱の平定からわずか三年後の万暦三十一年（一六〇三）に、佳麗書林という書肆からだされたものだということになる。しかも、「原本」にもとづいた「重鐫（重刊）」という。各巻の冒頭に「清虚居　吉瞻僊客　考正／巫峡岩　道聴野史　紀略／棲真齋　名衢逸狂　演義／凌雲閣　鎮宇儒生　音詮」と四行で刻され、第六巻末の「新刻征播奏捷伝演義後叙」に「棲真齋　玄真子　譔」とあることから、作者は棲真齋名衢逸狂、その別名を玄真子とする人物であったと思われる。

この小説ができるまでの経緯は、冒頭の「刻征播奏捷伝引（引言）」や木記に書かれている。それによれば、「勅奏文表」などを収載した西蜀省院発行の『平播事略』や、道聴山人（道聴子）が自分で見聞きしたことを書物にした『平播集』などをまとめて合わせ、それを通俗化して『征播奏捷伝』をなしたという(3)。このうち『平播集』を作った道聴山人＝道聴子なる人物は、『征播奏捷伝』各巻の冒頭に「巫峡岩　道聴野史　紀略」と書かれる道聴野史と同人物と考えてよいだろう。そして、この道聴野史の名前に「巫峡岩（巌）」という文字が冠されていることから、道聴野史＝道聴山人＝道聴子がなした『平播集』と、佳麗書林が現存『征播奏捷伝』刊行の際に依拠した「巫峡望僊巌蔵版」は、何らかの関係があったと推測される。

一方、現存『征播奏捷伝』を出版した佳麗書林についてであるが、どの地域のどのような書肆であったか詳細はわかっていない。また、佳麗書林の名が刻されている作品も、『征播奏捷伝』以外には見あたらない。これについては、現存『征播奏捷伝』は四川地域で刊行された「蜀刊本」であるとする説が複数存在している(4)。この説は、上述の「巫峡岩」や「巫峡望僊巌蔵版」の「巫峡」が広義の「蜀」を指し、『征播奏捷伝』作成の際に作者が依拠した『平播事略』を刊行したのが西蜀省院であったことを根拠としているようである。しかしこれらの事は、佳麗書林が、『平播事略』や道聴野史の書、そして「巫峡望僊巌蔵版」といった蜀地方と関わりのある書を利用したことは示していても、現存『征播奏捷伝』を出版した佳麗書林自体が蜀の書肆であったという直接的な証拠にはなり得ないだろう。

これに対し、現存『征播奏捷伝』もしくはその原本の刊行地は金陵=南京であったとする説がでている(5)。この金陵(南京)説の主な根拠となっているのが、本書があつかう『征播奏捷伝』の挿画である。

二、挿画の特徴

『征播奏捷伝』の挿画は、本文中に挟みこむ見開き形式(ある葉のB面と次の葉のA面を見開きとする図版)で、見開きの右(B面)と左(次の葉のA面)の両端にそれぞれ十一文字の対句が、その上部に八文字の表題が掲げられる。

挿画は全部で三十一図あり、冒頭の凡例に「播州方輿総覧」として見開きの地図が一図はさまれ、残りの三十図は、第一巻礼集に五図、第二巻楽集に五図、第三巻射集に五図、第四巻御集に五図、第五巻書集に五図、第六巻数集に五図と、各巻にそれぞれに五図ずつふりわけられている。

また、第三巻射集の第一図の右肩部分(第三巻第三葉のB面)に画工名として「汝南 王臣会」の文字がみえる。

中国の長編小説にこうした見開き形式の挿画が多く見えるようになったのは、万暦年間以降の金陵版からである(6)。見開き形式の挿画を本文中にはさむ現存最古の小説は、(成立年代がはっきりしているものとしては)万暦十九年刊の金陵周曰校万巻楼仁寿堂原刊『新刻校正古本音釋三国志演義』(周曰校乙本)である。それ以前の挿画入り小説の中心は建陽(福建)で刊行されていた上図下文形式のものであったという(*嘉靖三十一年刊楊氏清白堂・清江堂『新刊大宋演義中興英烈伝』の挿画を例外とする。注6記載書「小説集〔二〕」の大塚秀高氏【解題二】を参照)。

万暦十九年に刊行された『三国志演義』の挿画の形式は、見開きの左右両端に対句を添えたものである。画は上元泉水の王希尭という画工の手になり、線が太く力強い画風である。この画風は、同じく金陵の世徳堂や大業堂が出した『南北宋志伝』や『唐書志伝通俗演義題評』などにもみえ、それらの挿画には王少淮という画工の名前が刻まれている。王少淮は本籍も姓も王希尭と同じであることから、両者は当時金陵で画工を家業としていた同族であったと思われる(7)。そして、同じく王少淮の名前が記される挿画をもつ小説に金陵世徳堂本『出像官板大字西遊記』(浅野文庫蔵本)があるが、その挿画の形式は上部に画題を掲げるものである。『征播奏捷伝』の挿画は、こうした金陵版に特徴的な、左右両端に対句を添え、上部に画題を掲げるという形式をともに用いたものと言えよう(第三節【A図、B図、C図】参照)。また、左右の対句と上部の表題をともに掲げるこの形式は、早くはやはり金陵版の書物である万暦十五年(万暦丁亥)刊の金陵富春堂『新鐫増補全像評林古今列女伝』にみえていた。つまりこうした版式の特徴から、『征播奏捷伝』の刊行地が金陵であったとする説がでている訳である。

『征播奏捷伝』は、挿画の画風にも王少淮など線の太い金陵派の影響があきらかに見て取れるが(後述参照)、同時にそこにより強く見えるのは徽派の特色である。

万暦中期以降に本格的に普及しはじめた徽派版画は、柔らかで繊細な曲線による描写を特徴とし、始めの頃はとくに戯曲や博物図鑑・人物図説的な書物などに多く附されていた。小説『征播奏捷伝』の本文中に附された挿画は多く徽派の風格をもち、その数は金陵派の風格をもつ挿画を圧倒している。ただし『征播奏捷伝』の挿画には、後半に進むにつれ、彫りの荒く稚拙な画面が増えてくる。これは、一つには『征播奏捷伝』が乱の平定から三年という短時間で出版された小説であるということに原因があるだろう。そして『征播奏捷伝』には、短時間で刊行にこぎつけた痕跡が他にも見える。他の小説や戯曲作品などからの挿画および本文文言の借用である。

三、他作品からの挿画の借用

『征播奏捷伝』が出版されたのは、出版界が隆盛をきわめ、大量の書物が刊行されていた万暦後期という時代であった。注目されるのは、当時の著名な出版人であった陳継儒が、色々な書物の文章を切り貼りさせる方法で多くの書物を短時間のうちに刊行していたという記録が残っていることである(8)。万暦年間における書物の出版点数の多さからみるに、このような切り貼り編輯の手法を用いていたのは陳継儒だけではなかったことは容易に察せられる。実際、『征播奏捷伝』の制作者も編輯にこの切り貼りの方法をもちいており、『水滸伝』、『英烈伝』、『西遊記』、『三宝太監西洋記』などの小説から物語の情景描写を行う詩詞・駢語を大量に借用している(9)。そして、『征播奏捷伝』は本文の文言だけでなく、挿画も他作品から借用していた。

他作品の挿画と構図の類似が明確に見られる『征播奏捷伝』の挿画は、A：巻一第一図「張真人叩丹陛陳情」【A図】、B：巻一第三図「楊應龍諧鸞鳳佳配」【B図】、C：巻四第二図「潘經歴血戦退楊兵」【C図】の三つである（以下『征播奏捷伝』の挿画は全て京都大学蔵本による）。

三－一、A図の構図について

まずA図であるが、小説で恐らく最初にこの構図の挿図を附したのは、岳飛の物語を描く金陵の周氏万巻楼・仁寿堂刊『新刊大宋中興通俗演義』であろう。巻七「岳飛上表辞官爵」（【図２】）にA図と類似する構図が見えている。同書の他の挿画に王少淮の名が刻まれることから、この画は金陵派のものと認定できる。この書の刊年については明確なことは分からないが、大塚氏によれば、万暦十年代の後半と推定されるということである(10)。【図２】にみえるようにこの画の構図は、見開き右側に午門を描き、画面中央の階に衣冠をまとい跪く男を、その両脇に武具を持ち侍立する武将を描く

【A図】『征播奏捷伝』巻1第1図「張真人叩丹陛陳情」

【B図】『征播奏捷伝』巻1第3図「楊應龍諧鸞鳳佳配」

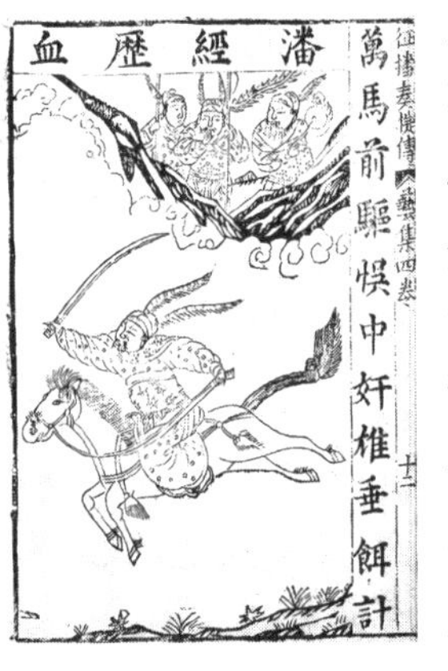

【C図】『征播奏捷伝』巻4第2図「潘經歴血戦退楊兵」

点で、『征播奏捷伝』のA図と明らかに同じである。ただし、跪く男の前方に立つ官服姿の男は、『征播奏捷伝』A図には見えない。

これに次いで同様の構図が見えるのは、万暦二十一年序刊の金陵の唐氏世徳堂『唐書志伝通俗演義題評』である。A図に類似しているのは、巻六の「張玄素上書諫太宗」（【図３】）である。同書の他図にやはり王少淮の署名がみえることから、この画も金陵派のものと見なせる。画面中央の階の脇に丸い敷石が描かれる点や、跪く男の前方に『大宋中興通俗演義』とはまた異なる官服姿の男が立っている点、武将の武具の角度などに細かい違いはあるものの、基本的な構図は『征播奏捷伝』A図と同じである。むしろ、画面右の建物のラインがなだらかになっている点、画面左の背景に飾り柱と石獅子が見え、その上部に松の枝が描かれている点などにおいて、本図は『大宋中興通俗演義』よりも『征播奏捷伝』A図と近似している。

さらに、この構図は本書にも収載される『新刻皇明開運輯略武功名世英烈伝』六巻本の①[金陵周曰校]万巻楼仁寿堂[万暦前期]刊本と②建陽余象斗双峰堂[万暦前期]覆刻本の巻三「花雲妾雙全節義」にもみえる（【図４】は②版本のもの）。本書に収載される①版本が、金陵の周氏万巻楼仁寿堂によって万暦二十年代に刊行されたものと推定され、②版本が建陽の三台館によって金陵版をもとに覆刻されたものであると考えられることは、本書上原氏の解題に述べられているとおりである。また、①②版本の他の挿画にも金陵の画工・王少淮の署名が刻されていることから、この画もやはり金陵派に属すものと言える。画面左にA図にはない赤ん坊を抱えた一組の夫婦の姿が描かれるものの、画面右の午門が白抜きとなりその形状と角度もA図とほぼ同じものとなっている点、階に跪く男の位置がそれまでの左からA図と同じ画面右に移っている点などにおいて、『英烈伝』のこの挿画は『大宋

【図２】『大宋中興通俗演義』巻7「岳飛上表辭官爵」（国立公文書館内閣文庫蔵本）

【図1】『裴度香山還帯記』巻3「花雲妾雙全節義」（『古本戯曲叢刊』第一輯所収本）

中興通俗演義』や『唐書志伝』のそれよりも、『征播奏捷伝』A図の構図にさらに近い。

そして、万暦二十五年序刊の『新刻全像三宝太監西洋記通俗演義』巻二の挿画「張天師金階面主」（【図5】）も、やはり『征播奏捷伝』A図とほぼ同様の構図をもつ。ただし、『西洋記』の画面左背景に飾り柱と石獅子が見えない点を考慮すると、『征播奏捷伝』A図に一番近いのは、【図4】『英烈伝』挿画の構図であると言えるかもしれない。

ここまで、『大宋中興通俗演義』、『唐書志伝』、『英烈伝』、『三宝太監西洋記』などの小説に『征播奏捷伝』A図と同じ構図の挿画があることを見てきた。『三宝太監西洋記』を除いた三者には、みな金陵の画工・王少淮の署名があり、その刊行者もほとんど金陵の書肆であったことに鑑みれば、A図の構図は金陵版に特徴的に使われるものであったと指摘できるだろう。そして、このことをさらに強く示しているのは、これらの小説より早い時期に金陵で刊行された戯曲に附された挿画である。

【図1】は、金陵の唐氏世徳堂から刊行された戯曲『新刊重訂出相附釈標註裴度香山還帯記』巻下の挿画である。『裴

【図3】『唐書志伝通俗演義題評』巻6「張玄素上書諫太宗」（静嘉堂文庫蔵本）

【図4】『新刻皇明開運輯略武功名世英烈伝』巻3「花雲妾雙全節義」（国立公文書館内閣文庫蔵本）

【図5】『新刻全像三宝太監西洋記通俗演義』巻2「張天師金階面主」（国立公文書館内閣文庫蔵本、十二行本）

度香山還帯記』の冒頭には「星源游氏興賢堂重訂／繍谷唐氏世徳堂校梓」との署名がみえる。唐氏世徳堂からはこの他にも、書名に「新刊重訂出相附釋標註」の語が冠され「星源游氏」が重訂した戯曲シリーズが出版されている。そのうち、「徽郡星源游子重訂／金陵書林世徳堂梓」の『新刊重訂出相附釋標註節義荊釵記』の封面に「萬暦乙酉（万暦十三年）冬月世徳堂校梓」とあり(11)、「星源游氏興賢堂重訂／繍谷唐氏世徳堂校梓」の『新刊重訂出相附釋標註裴淑英断髪記』の封面に「萬暦丙戌（万暦十四年）春月世徳堂校梓」とあることから、世徳堂の同シリーズの戯曲である『裴度香山還帯記』も万暦十年代の前半に上梓されたものと考えられる。

「上表帰田」との表題が掲げられるこの挿画は、左図右文の片面（A面）挿画ではあるが、画面の中心に階に跪く男を描き、右側上部に楼を描いている。両脇に侍立する武将がいないこと等の差異はあるものの、その基本的な構図は『征播奏捷伝』A図に連なる一連の挿画の構図と一致すると言えるだろう。

以上のことを整理すると、現存する資料にみえるA図のおおよその流れは【表1】のようになる。ここからA図は、もともと金陵版の戯曲に附されていた挿画を金陵版の小説に転用し、『征播奏捷伝』にも取り入れた、金陵版特有の構図であるということがわかる。書籍化された通俗文芸の上図下文以外の挿画に関しては、全体的に小説よりも戯曲が先行していたという現象がある以上、この流れはある意味当然のこととも言えるだろう。そして、戯曲からの転用がさらに色濃く見えているのが『征播奏捷伝』B図である。

【表1】

書名	書肆	画工名	ジャンル	年代
『裴度香山還帯記』	金陵唐氏世徳堂	なし	戯曲	万暦十三―十四年頃？
『大宋中興通俗演義』	金陵周氏万巻楼仁寿堂	王少淮	小説	万暦十年代後半？
『唐書志伝』	金陵唐氏世徳堂	王少淮	小説	万暦二十一年
『英烈伝』	［金陵周氏万巻楼仁寿堂］	王少淮	小説	［万暦二十年代］
『三宝太監西洋記』			小説	万暦二十五年
『征播奏捷伝』	佳麗書林	王臣会	小説	万暦三十一年

三－二、B図の構図について

『征播奏捷伝』B図は表題の「楊應龍諧鸞鳳佳配」からもわかるように、結婚典礼の様子を表す挿画である。この構図が最初にみえるのは、管見の限り、万暦二十五年に徽州の玩虎軒が刊行した『元本出相琵琶記』の第十九齣「強就鸞鳳」である（【図６】）。これと同じ挿画をもつ『琵琶記』が、翌万暦二十六年に金陵の陳氏継志斎から重刊されており、その挿画には汪耕の署名がみえる（【図７】）。ここから、現存する資料のみから判断すれば、B図はもともと戯曲『琵琶記』の挿画であった可能性が高いと言えるだろう。

さらにB図と同じ構図の挿画は、万暦三十年に金陵の広慶堂唐振吾が刊行し秦淮墨客が校正した散齣集『楽府紅珊』にも、巻二「蔡議郎牛府成親」の挿画として附されている（【図８】）。広慶堂唐振吾と秦淮墨客は、万暦三十年前後に

【図６】『元本出相琵琶記』「強就鸞鳳」万暦二十五年徽州玩虎軒『元本出相琵琶記』（中国国家図書館蔵本）

【図７】『琵琶記』金陵陳氏継志斎本　万暦二十六年序刊金陵陳氏継志斎重校　汪耕画（国立公文書館内閣文庫蔵本）

【図８】『楽府紅珊』巻2「蔡議郎牛府成親」万暦三十年序、金陵唐振吾刊秦淮墨客校正（現存は嘉慶五年重刻本のみ。『善本戯曲叢刊』所収大英図書館蔵本影印）

『折桂記』、『宵光記』、『八義雙杯記』、『西湖記』、『武侯七勝記』、『霞箋記』といった多くの戯曲に、刊行者・校正者の組み合わせとして名前が見える人物である(12)。現存する『楽府紅珊』の版本は、清の嘉靖五年(一八〇〇)積秀堂復刻本(『新刊分類出像陶真選粋楽府紅珊』)(13)のみであるため、挿画の画線はかなり荒く複雑な線描部分が省略されたものとなっている。しかし、唐振吾と秦淮墨客が組んで出した他の現存戯曲の挿画の緻密さから判断するかぎり、万暦三十年の原刊本は『琵琶記』の挿画と遜色ないものであったと考えられる。これらの情報に基づけば、『征播奏捷伝』のB図もやはり金陵版の戯曲から転用された可能性が高いと言えるだろう。

ここで注意されるのが、B図と同じ構図の挿画をもつ『楽府紅珊』に校正者として秦淮墨客の名がみえることである。というのも、同じく校正者として秦淮墨客の名をあげる万暦三十四年序刊の小説『新編全像楊家府世代忠勇演義志伝』(以下、『楊家府演義』と表記)に、『征播奏捷伝』C図とほぼ同じ構図の挿画が見えるからである。

三-三、C図の構図について

小説『楊家府演義』は全八巻五十八則で、北宋時代山西の英雄的武将・楊業一族の話を描く。万暦三十四年の序刊本があり、各巻首に「秦淮墨客校閲/煙波釣叟参訂」の文字が見える。挿画の形式は金陵版に特徴的な見開きで、左右に十一字の対句を、上部に六字の画題を掲げる。画風は徽派の特色をもち、本文に挿入される計五十一図に画工名は見えない(14)。現存する万暦三十四年序刊本は臥松閣もしくは天徳堂の刊本とされるが、実際には詳しいことはわかっていない(15)。序末にみえる「萬暦丙午長至日、秦淮墨客書」の署名と、「紀氏振倫」と「春華」の二つの印章の存在から、秦淮墨客とは紀振倫、字は春華という人物であることが見て取れる。

この秦淮墨客こと紀振倫についての詳細はわからない。しかし、前節で述べたように、万暦三十年前後に広慶堂の唐振吾を始めとした金陵の書肆・唐氏一族と組んで多くの戯曲や散齣集を出していることから(16)、秦淮墨客は唐氏一族と密接な関係にあった金陵の下級文人であったと指摘できるだろう。ならば、秦淮墨客と組んで『楊家府演義』を刊行したのも、唐氏に関連する金陵の書肆であった可能性が高いだろう。挿画の形式が金陵版に特徴的なものであることも、これを裏付けている。

『征播奏捷伝』C図と酷似する構図の挿画は、『楊家府演義』巻六に附された「六郎救出朝臣」である。両者ともに、見開きの右面に刀を振りかざし追撃する武将が、左面に槍を構え敗走する武将が描かれる(【図9】、【C図】)。左面の敗走する武将の馬首の方向が異なることや、歩卒の有無など細かい異同はあるものの、基本的な構図は同じものと言え

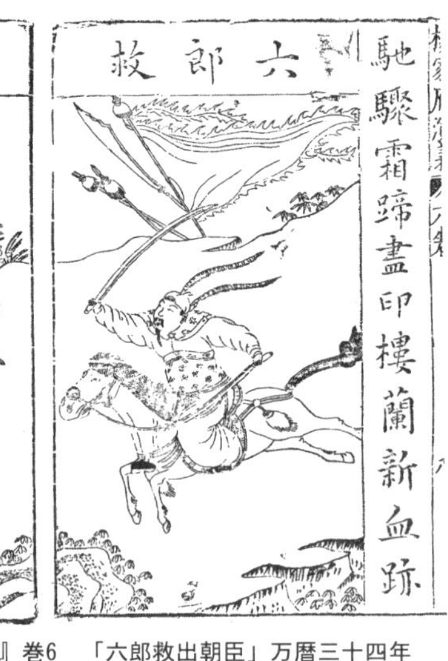

【図９】『楊家府演義』巻6　「六郎救出朝臣」万暦三十四年
（国立国会図書館蔵本）

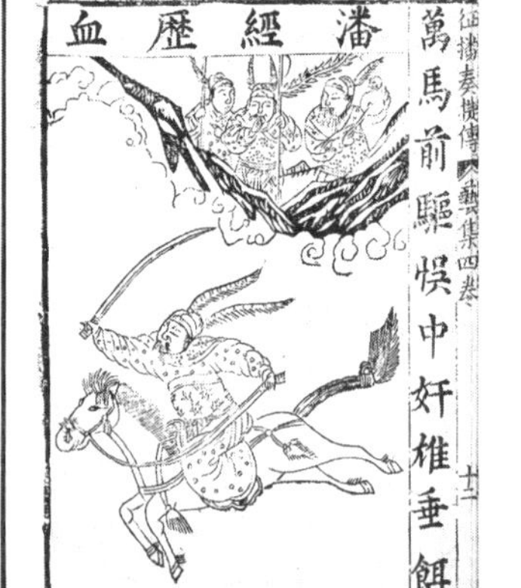

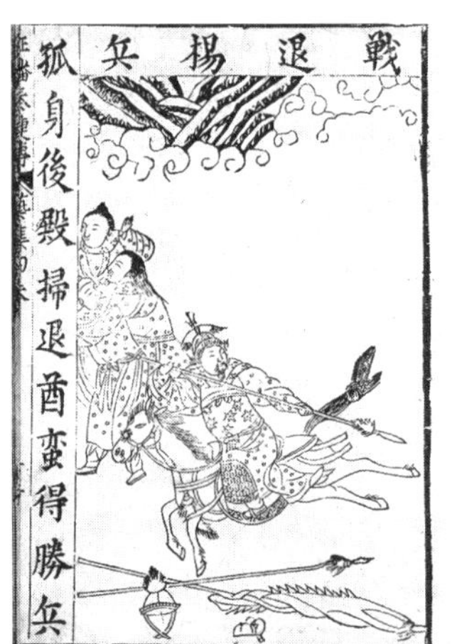

【Ｃ図】『征播奏捷伝』4巻「潘經歷血戦退楊兵」万暦三十一年
（京都大学蔵本）

るだろう。特に、右面の武将の姿は、両者とも服装から馬飾りに至るまでほぼ同一である。

『征播奏捷伝』と『楊家府演義』の両者の挿画が似ているのは、構図だけではない。左右に各十一文字の対句を配し、八字（『征播奏捷伝』）と六字（『楊家府演義』）の画題を掲げるという形式もよく似ている【図９】、【Ｃ図】）。

両者の前後関係は、刊年のみから判断すれば、万暦三十一年の『征播奏捷伝』が万暦三十四年の『楊家府演義』に先行することになる。しかし、挿画の出来は『楊家府演義』の方がはるかに緻密であり、その前後関係は現存する作品の刊年からだけでは一概に判断きでないだろう。ともあれ、『征播奏捷伝』と『楊家府演義』の挿画の形式・画風・構図に共通項が多いことには変わりはない。

ここで『征播奏捷伝』の挿画を検証してきた結果を整理すると、①挿画の形式が金陵版の特徴をもつ、②挿画の数頁（Ａ図、Ｂ図、Ｃ図）が金陵の書肆（特に唐氏一族が多い）から刊行された小説・戯曲作品と同じ構図をもつ、③画線が強い王少淮系統の金陵派（Ａ図）と、柔らかな曲線の徽派（Ｂ図、Ｃ図）の二系統の画風が混在している、④『征播奏捷伝』と刊年が近く『征播奏捷伝』Ｂ図と同構図を持つ『楽府紅珊』及び、『征播奏捷伝』Ｃ図と同構図をもつ『楊家府演義』の出版に、ともに「秦淮墨客」が関与している、などの点が指摘できる。

①と②の結果は、『征播奏捷伝』を刊行した佳麗書林が金陵の書肆であった蓋然性が高いことを表しているだろう。で

は、この推定が正しいとすれば③は何を意味しているのか。実は、『征播奏捷伝』が出版された万暦三十一年という万暦中・後期は、ちょうど金陵版画が全体的に徽派から強い影響を受けていた時期であった。ならば、挿画に金陵派と徽派の二系統の風格が混在しているというこの現象も、『征播奏捷伝』を刊行したのが万暦中・後期の金陵の書肆であったという蓋然性を裏付けているだろう。

では、④は何を表しているのだろうか。結論から言えば、『征播奏捷伝』の制作に、楊家将の一族やその故事に関する情報を持っていた金陵の書肆が関与していたという一つの可能性を示していると思われる。というのも、『征播奏捷伝』で題材となる播州楊氏は、楊家将と深い関わりを持つ一族であったからである。

四、播州楊氏と「楊家将」

播州楊氏は北宋の頃にはすでに播州を統治するようになっており、その当時は「烏蠻に近」い辺疆の領主と見なされていた。しかし、元代に入ると彼らの地位は総体的に向上し、著名な翰林文人たちと交流をもつようになっていた。これに伴い、広く名を馳せるようになった播州楊氏は、北宋山西の英雄的一族である「楊家将」の末裔を自称し始めた（元初・程鉅夫『雪楼集』巻十六「忠烈廟碑」参照）。もちろん、播州楊氏が山西「楊家将」の子孫であるというのは全く根拠のない言説であり、播州楊氏は、自らの宗族に権威付けするために、名族「楊家将」の系譜を利用したに過ぎない(17)。しかし、播州楊氏が創作した系譜はその後も翰林文人たちの手を通じ広まってゆく。明初には、大学者として有名な宋濂も「楊氏家伝」（『翰園別集』巻一）をなして、播州楊氏の楊家将末裔説を細かに説明している。

そして、播州楊氏が行ったこの系譜創作は、それ以降の「楊家将」故事の話柄形成にも影響を与えた。特にその影響は『楊家府演義』の女将・楊宜娘(18)による儂智高征伐故事（征南故事）（第四一則〜四五則）に強くみえている（注17前掲拙稿参照）。

ここで指摘したいのは、『征播奏捷伝』にこの楊宜娘に関する記述が見えるということである。『征播奏捷伝』第一七〜一八回には、明朝に叛逆する前の楊応龍が、柳州城でおきた叛乱を平定する話が描かれている。その中で「柳州城」という語に対して、「宋の楊文廣 征蠻し、曾て此城に陥り入る、後に妹宜娘計を用いて救出するを得る。此れ『征蛮伝』に載る」という注が施されているのである。楊文広が柳州城で囲まれ楊宜娘に救出されるのは儂智高征伐故事のストーリーであり、『楊家府演義』にも見えることは上述のとおりである。このストーリーは、当時民間で人気を博していたようで、万暦二十一年序の劉元卿『賢奕編』巻三にも「沈屯子友と偕に市に入り、打談者の『楊文廣 柳州城中に圍困せらる』を説くを聴く」という記述が残っている。

そして、この楊文広らの征南の話が播州楊氏と関係していたということを示唆する記述が、明代当時すでに存在していた。王世貞は『宛委餘篇』巻六において、嘉靖時代の「俚歌」に楊文広が征南して「南中に陥った」という内容が唱われていたと述べる。その後に、宋濂の「楊氏家伝」を引いて播州楊氏と楊家将の関係をのべ、楊文広が「征南し南中に陥」ったとうたう俚歌の由来は播州楊氏にあると示唆しているのである。また、播州楊氏と楊家将の関係を述べる書籍は、「楊応龍の乱」平定後にも複数あらわれており、ここから明代当時にこの説が広く流布していたことが見て取れる。

以上を踏まえれば、播州楊氏を題材に扱う『征播奏捷伝』は、楊家将やその故事と繋がりを持っていたと考えることができるだろう。そして、『征播奏捷伝』と楊家将故事を描く『楊家府演義』は同じ構図の挿画を有しており、両者の形式は金陵版の特徴をもつ非常によく似たものであった。ここから、『征播奏捷伝』と『楊家府演義』という二つの作品の間にも、なんらかの繋がりがあったことが推定されるだろう。このことの傍証となるのが、やはり『征播奏捷伝』と同構図の挿画をもつ『楽府紅珊』の校正者が、『楊家府演義』の編者と同じ「秦淮墨客」であった、ということである。となれば、『征播奏捷伝』は楊氏一族や楊家将故事に関する情報を有していた金陵の書肆（金陵広慶堂唐振吾と秦淮墨客が関与していた可能性もあるか）あるいはその周辺が、楊家将の故事を意識しながら刊行した作品であったとの新たな可能性が提示できるのではないだろうか。

五、小結

以上、楊応龍の乱という時事をあつかう小説『征播奏捷伝』の挿画について見てきた。これまで『征播奏捷伝』刊行の背景については、佳麗書林がどこの地域のどのような書肆であったかという問題をはじめ不明な点が多くあった。しかし挿画を詳細に検証することで、この小説は楊氏一族やその故事に関する情報をもっていた金陵の書肆が、楊家将故事を意識しながら刊行したものであった、という出版背景に関する一つの可能性を見いだすことができた(19)。このように、小説の挿画はその作品を理解する上で多くの情報を教えてくれる。ならば、改めて指摘するまでもないかもしれないが、未だ開拓の余地が多くのこされている挿画研究を進めてゆくことにより、通俗文学研究の進展をもはかることが可能となるのではないだろうか。

注　釈

(1)六巻にはそれぞれ巻首題に禮集一巻、樂集二巻、射集三巻、御集四巻(ただし、この巻のみ巻首題と版心題が異なり、版心題は「藝集四巻」)、書集五巻、數集六巻と名前がついている。また、回数は実質的には二回で一回の形式になっており、小説の本文は全部で四十九回分である。残る第九九回・第一〇〇回（＝五〇回）にはそれぞれ「玄真子賛平播功臣詩集」と「翰林川貴用兵議」が収録される。

(2)拙稿「時事小説『征播奏捷伝通俗演義』の成立とその背景―もう一つの「楊家将」物語」（『早稲田大学大学院文学研究科紀要』五三（二）、二〇〇八）参照。

(3)引言「…觀其言事論畧，皆有根由實跡，悉同■蜀院發刊『平播事畧』、並秋淵野人『平西凱歌』、道聴山人『平播集』等書中來。…」、木記「…西蜀省院刊有『平播事畧』，備載勅奏文表，風示天下。道聴子紀其耳聆目矚事之顛末，積成一帙，梓行坊中。不佞因合二書之所述事蹟，敷演其義，而以通俗命名，令人之易曉也。…」

(4)孫楷第『中国通俗小説書目』（人民文学出版社、一九八二）、符愛民「明代楊家将小説的発展与播州楊氏家族」（『楊家将研究』歴史巻、人民出版社、二〇〇七）他。

(5)周心慧『中国古版画通史』（学苑出版社、二〇〇〇）、大塚秀高「「戦闘時事版画」の誕生をめぐって」（『埼玉大学紀要』教養学部四八（一）、二〇一二）他。

(6)瀧本弘之編『中国古典文学挿画集成』「小説集（二）」（遊子館、二〇一二）の瀧本氏および大塚秀高氏【解題】他。

(7)王希尭や王少淮ら一族については、瀧本弘之編『中国古典文学挿画集成』「小説集（三）」（遊子館、二〇一四）所収の上原究一氏【解題】「二、上元王氏画工の双面連式挿画について」に詳しい。

(8)銭謙益『列朝詩集』丁集下「陳徴士継儒」小伝。

(9)注2前掲拙稿参照。

(10)注6前掲書、大塚氏【解題】。

(11)京都大学文学部所蔵影抄本。当該書の刊行年代については、上原究一「金陵書房唐氏世徳堂主人考―二人の「唐光禄」―」（『中国―社会と文化』二七、二〇一二）の注釈17を参照。

(12)広慶堂唐振吾と秦淮墨客については、京都大学漢籍善本叢書十七『折桂記』（同朋舎出版、一九八一）所収の金文京氏「解説」、および日本所蔵稀見中国戯曲文献叢刊第一輯『新刊校正全相音釋折桂記』（広西師範大学出版社、二〇〇六）にも指摘されている。

(13)『善本戲曲叢刊』所収『新刊分類出像陶真選粋楽府紅珊』。大英図書館所蔵嘉慶庚甲（一八〇〇）積秀堂復印本影印。当該刊本に関してはPatrick Hanan著、王秋桂訳「楽府紅珊考」（『韓南中国小説論集』、北京大学出版社、二〇〇八所収。初出『中外文学』四巻九期、一九七六）に詳しい。

(14)『楊家府演義』の挿画は、注6前掲書『中国古典文学挿画集成』「小説（二）」に収録されており、瀧本氏による解題も附されている。

(15)『楊家府』を「臥松閣」刊とする根拠は、北京大学図書館馬廉旧蔵本（巻四欠。後修。大塚氏はこの後修部分を清乾隆五十一年天徳堂刊のものとする）の封面にみえる「秦淮墨客編緝／楊家將演義／臥松閣蔵板」の文字である。但し臥松閣の名が記された作品は『楊家府演義』以外みえないため、どこの地域の書肆であるか未詳である。天徳堂は万暦より後の崇禎年間あるいは清の乾隆年間に活動していた本屋であるが、どこの地域の書肆であるかは未詳。

(16)秦淮墨客校正・唐氏対渓刊行『三桂聯芳記』；秦淮墨客校正・唐氏振吾梓『武侯七勝記』；秦淮墨客校正・唐氏振吾刊行『宵光記（挿絵全欠）』；秦淮墨客校正・唐氏振吾刊行『西湖記』；秦淮墨客校正・唐振吾梓行『折桂記』；秦淮墨客校正・唐氏振吾刊行『八義双杯記』；秦淮墨客校正・唐氏振吾刊行『霞箋記』；秦淮墨客選輯・唐氏振吾刊行『楽府紅珊（散齣集）』

(17)詳しくは、拙稿「楊門女将「宜娘」考―楊家将故事と播州楊氏」（『東方学』一二一、二〇一一）、及び拙稿「楊家将の系譜と石碑―楊家将故事発展との関わりから」（『日本中国学会報』六三、二〇一一）を参照。

(18)『楊家府演義』は女将の名を「楊宣娘」に作るが、『北宋志伝』や『征播奏捷伝』等の資料をつきわせると、女将の名は本来「楊宜娘（姨娘）」であったと考えられる。詳しくは、注17前掲拙稿「楊門女将「宜娘」考―楊家将故事と播州楊氏」第一節を参照。

(19)また、佳麗書林は、『征播奏捷伝』を実名で刊行することを恐れた金陵のいずれかの書肆の仮名であった可能性がある。その根拠となりうるのが、①現存作品を見る限り『征播奏捷伝』以外に書籍を刊行した形跡が見えない、②『征播奏捷伝』は直近におきた叛乱という政治的時事を題材に扱うもので、刊行者も扱いに慎重にならざるを得ない性質を有していた、などのことである。事実、例えば「楊応龍の乱」の鎮圧軍統帥をつとめた郭子章などは、この叛乱を題材とする文芸を「功績を飾張し、多く事実に乖」くデタラメを描くものだと強く批判していた（『四庫全書総目提要』巻五四「雑史類存目三、平播始末二巻」）。『征播奏捷伝』がこのような批判の対象となりうる政治的題材を扱う小説であった以上、この推論の妥当性も低くないと言えよう。そして、このことはすでに、前掲注5大塚氏論文でも指摘されており、また、本書所収の上原氏解題の注14も、「(金陵の)唐氏・周氏の書坊は明代を描く小説については刊行者名を伏せる方針を採っていた」との可能性を示している。

(附記)本稿は日本学術振興会科学研究費補助金、若手研究（B）「中国近世北方系「家将もの」通俗文芸の普及に関する考察」（二〇一三〜二〇一六年度課題番号：二五七七〇一三六）による成果の一部である。

漢壽亭侯誌八卷

新刋大宋中興通俗演義八卷附二卷

新刻皇明開運輯略武功名世英烈傳六巻

【参考図版】新刻皇明開運輯略武功名世英烈傳六卷

新刻全像音詮征播奏捷傳通俗演義六卷

漢壽亭侯誌八卷

万暦二十八年（一六〇〇）序刊〔金陵〕唐貞予刊

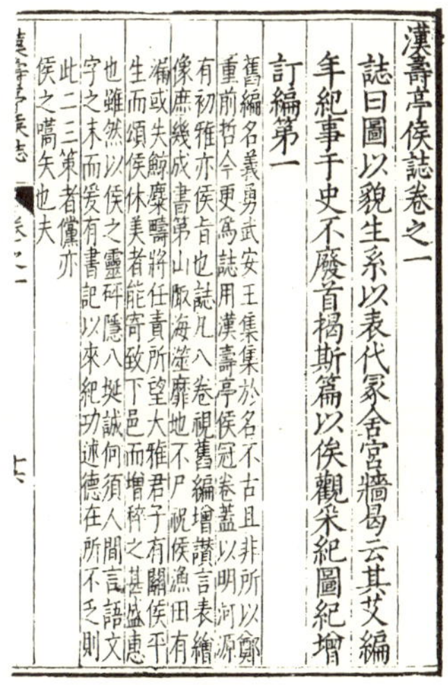

漢壽亭侯誌卷之一

誌曰圖以貌生系以表代冢舍宮牆昜云其艾編
年紀事于史不廢首揭斯篇以俟觀采紀圖紀增
訂編第一

舊編名義勇武安王集集於名不古且非所以鄭
重前哲今更爲誌用漢壽亭侯冠卷蓋以明河源
有初稚亦侯旨也誌凡八卷視舊編增讚言表續
像庶幾成書第山陬海澨靡地不尸祝侯漁田有
漏或失餉糜疇將任責所望大雅君子有關侯乎
生而頌侯休美者能寄敢下邑而增稡之甚盛惠
也雖然以侯之靈砰隱八埏誠何須人間言語文
字之末而爰有書記以來紀功述德在所不乏則
此二三策者儻亦
侯之嚆矢也夫

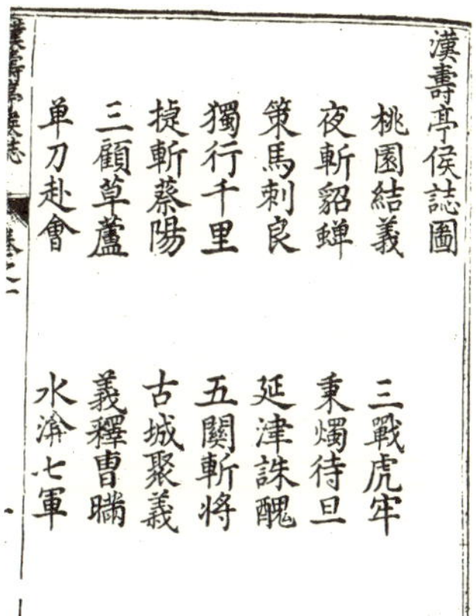

漢壽亭侯誌圖

桃園結義　三戰虎牢
夜斬貂蟬　秉燭待旦
策馬刺良　延津誅醜
獨行千里　五關斬将
擬斬蔡陽　古城聚義
三顧草蘆　義釋曹瞞
单刀赴會　水淹七軍

計圖像二十折

漢壽亭侯誌

唐貞于氏敬梓

重脩漢壽亭侯誌序

余家解代以詩書耕耨爲業蕩蕩董董不
獲知有越思事顧一念丹貇每式
漢壽亭侯之廟而嗟焉曰余小子侯鄉人
不能毛髮爲侯讚詡何以稱爲士農之世
而列眉樹齒乎爰自筮仕迨今三十年日
攜一編動加採討其有關于侯者存之其
有關于侯而中費辨置者扢揚可否之又

漢壽亭侯誌目録

漢壽亭侯誌圖

漢壽亭侯誌卷之一

誌曰圖以貌生系以表代冢舍宮牆曷云其艾編年紀事于史不廢首揭斯篇以侯觀采紀圖紀增

訂編第一

舊編名義勇武安王集集集於名不古且非所以鄭重前哲今更爲誌用漢壽亭侯冠卷蓋以明河源有初雅亦侯旨也誌凡八卷視舊編增讚言表繪像庶幾成書第山陬海澨靡地不尸祝侯漁田有漏或失鮮纍疇將任責所望大雅君子有關侯乎生而頌侯休美者能寄致下邑而增梓之甚盛惠也雖然以侯之靈砰隱八埏誠何須人間言語文字之末而爰有書記以來紀功述德在所不乏則此二三策者儻亦侯之嚆矢也夫

義重君臣赤漢河山堪鼎峙
桃園結義

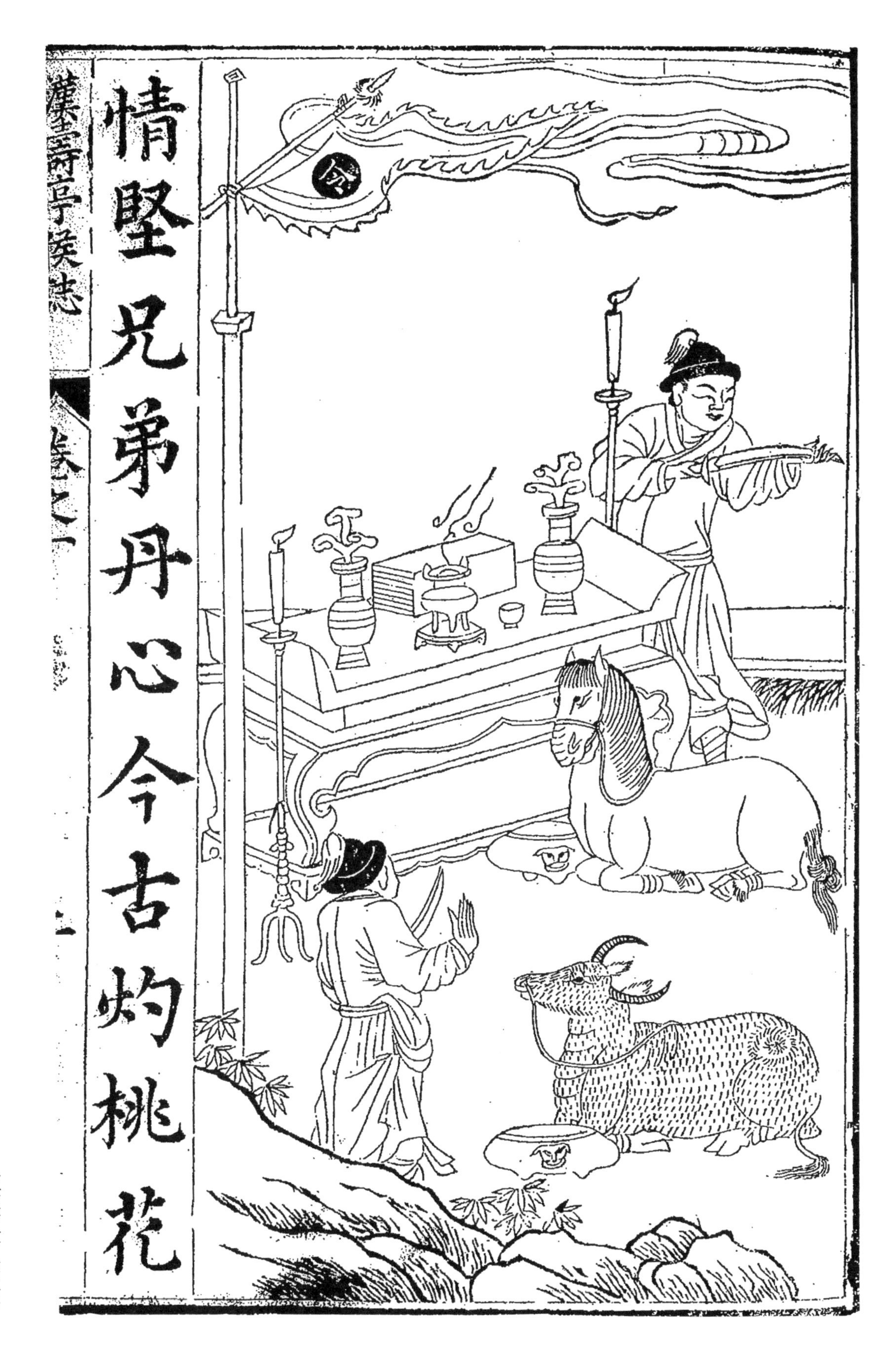
情堅兄弟丹心今古灼桃花
漢壽亭侯志
卷之一
令

漢壽亭侯志

三戰虎牢
掐馬倚長虹一怒鯨吞山嶽撼

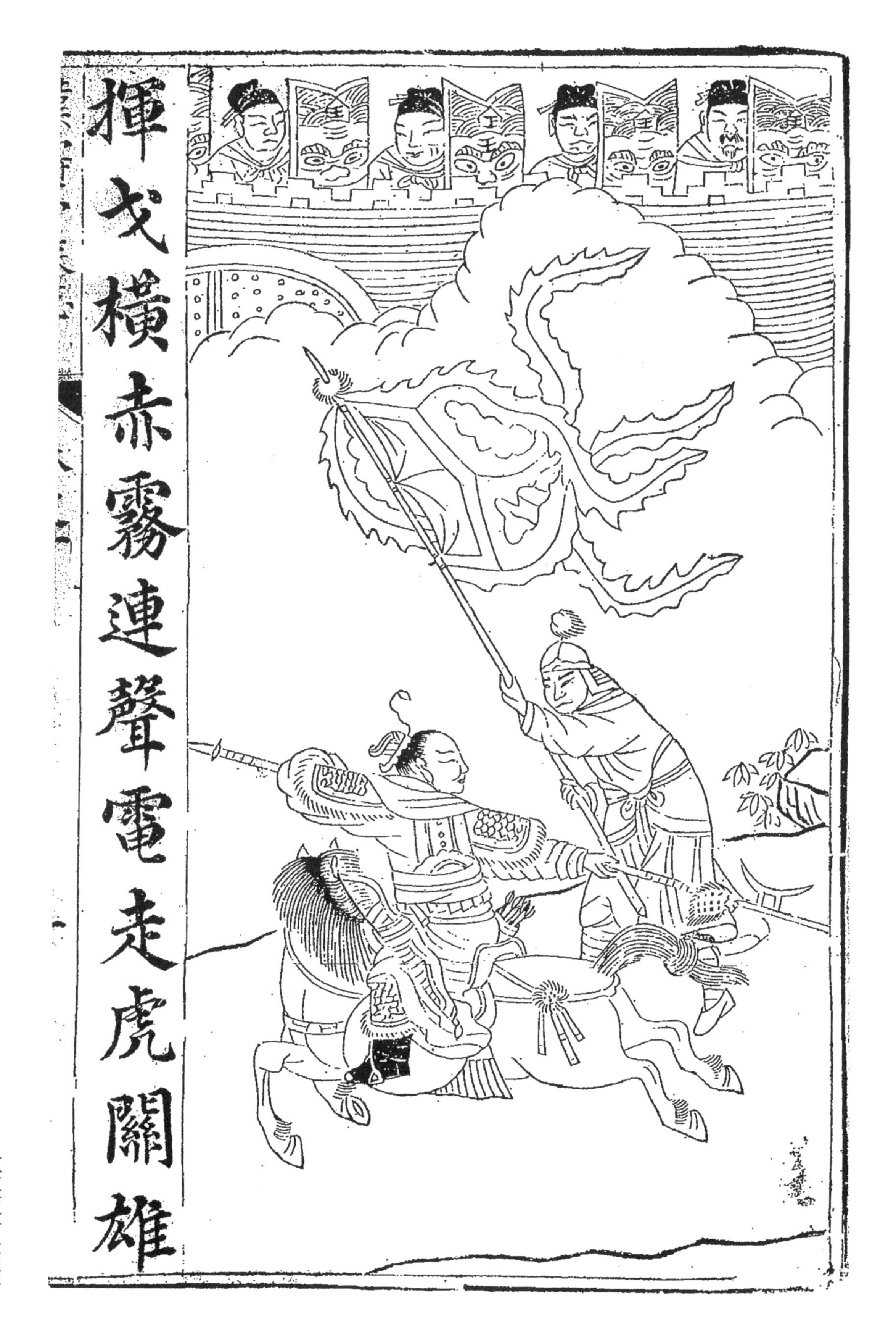
揮戈横赤霧連聲電走虎關雄

夜斬貂蟬　漢壽亭侯誌卷之一　三～四

將軍愛國剛心月下盪妖氛

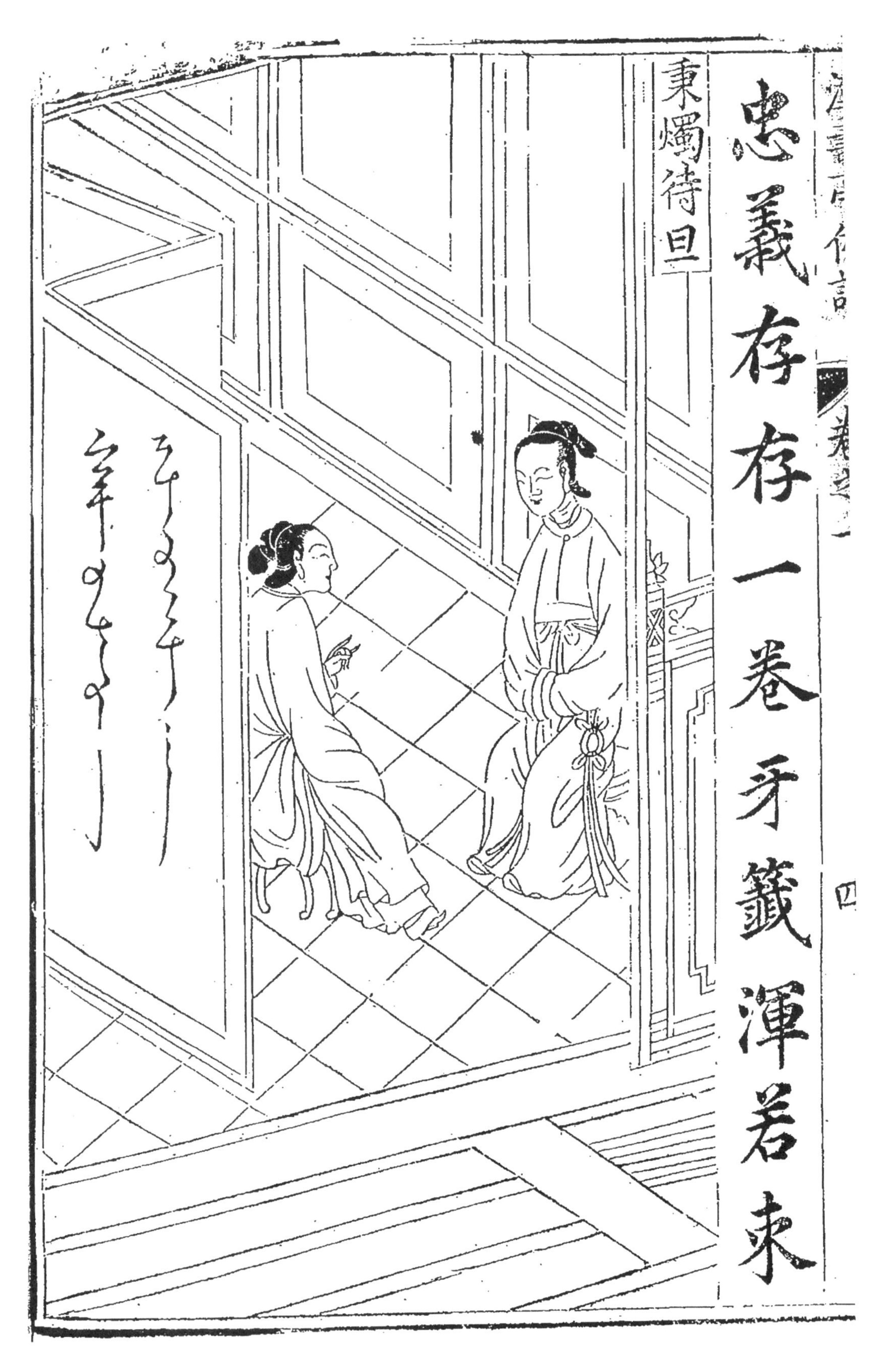
秉燭待旦
忠義存存一卷牙籤渾若來
四

秉燭待旦　漢壽亭侯誌卷之一　四～五

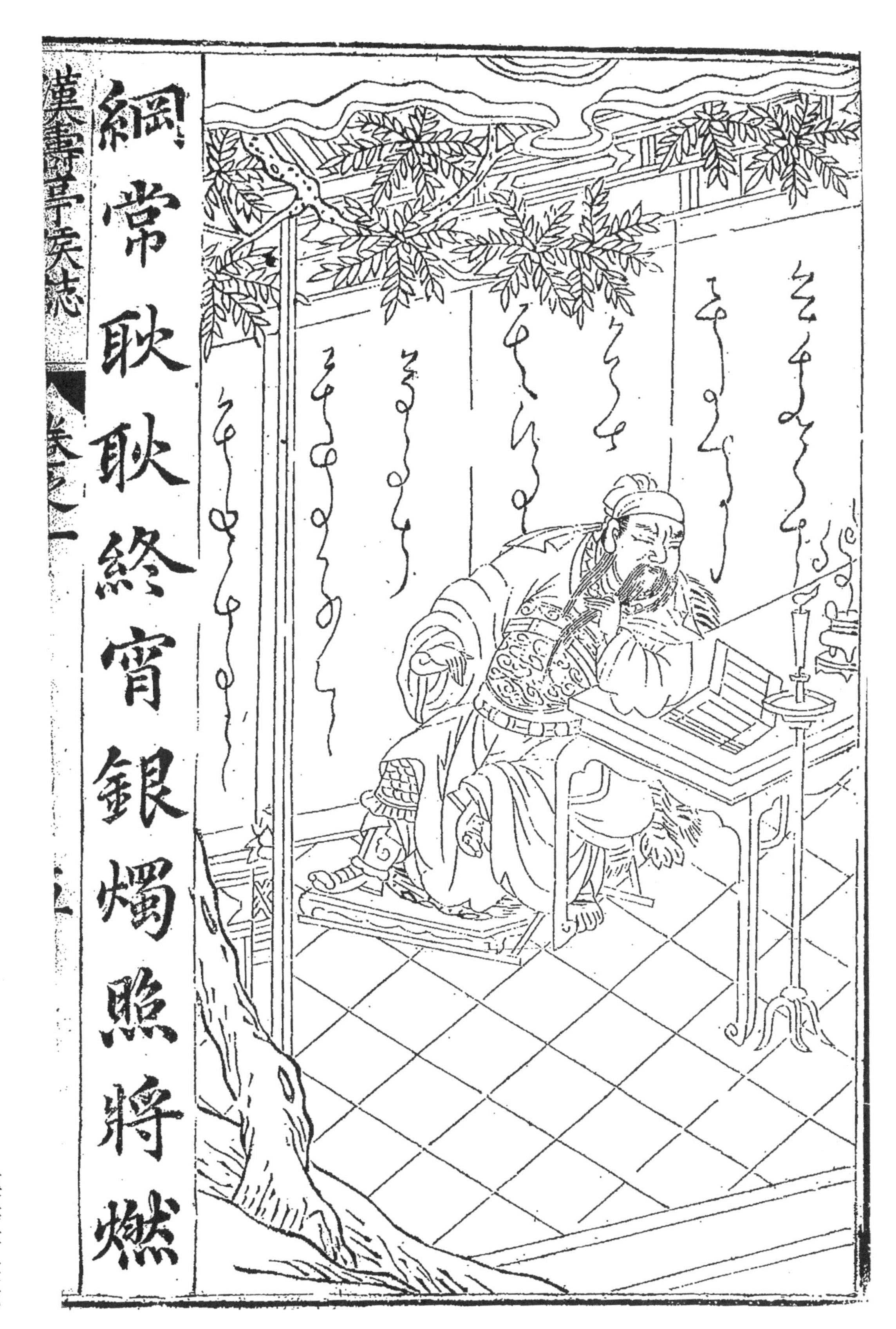
綱常耿耿終宵銀燭照將燃
漢壽亭侯志
卷之一

策馬刺良
赤騎逐雲高鞭下尸魂啼怨鳥

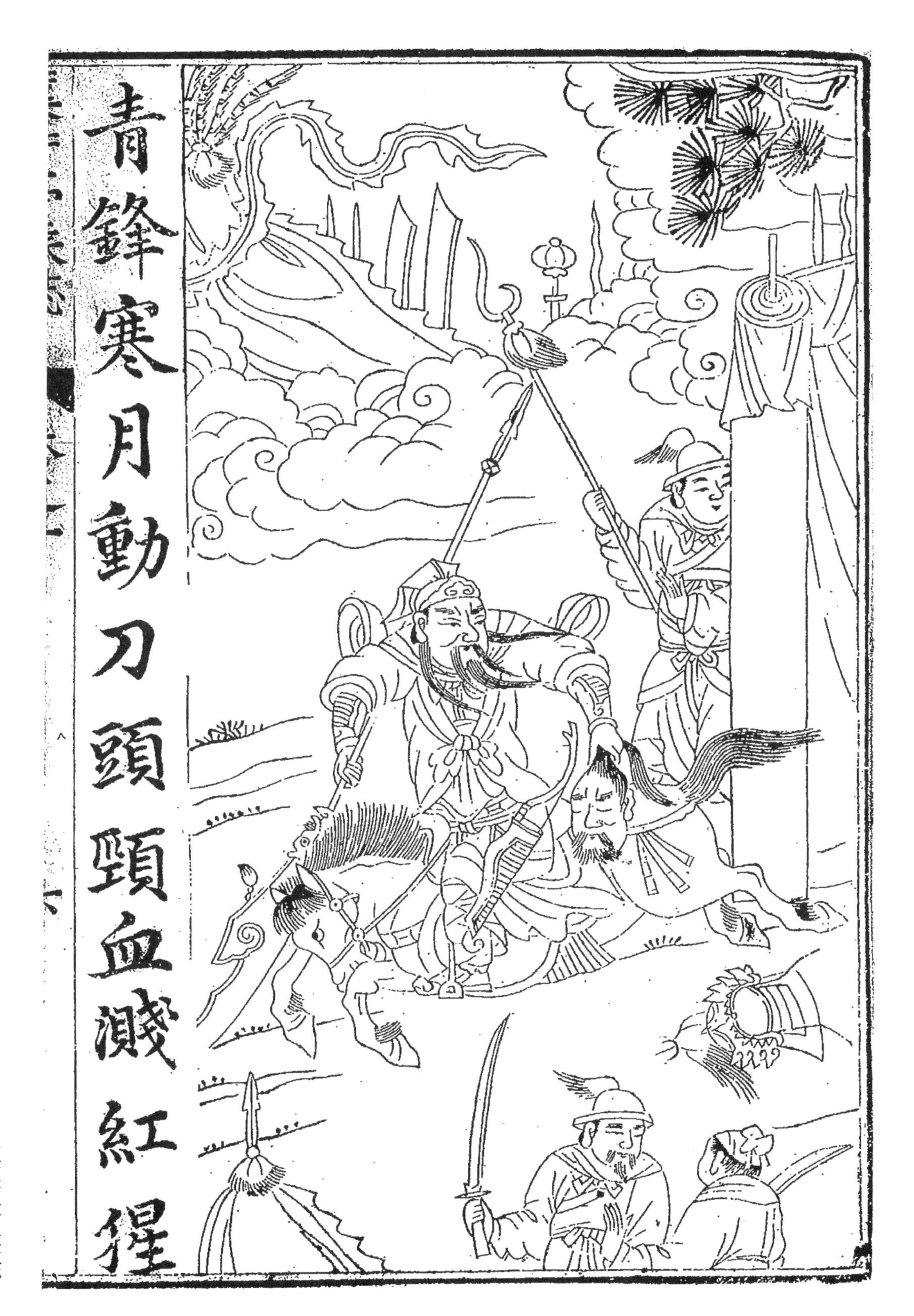
青鋒寒月動刀頭頸血濺紅猩

延津誅醜
白馬餘威再斬英雄如拉朽
漢壽亭侯誌
卷之一

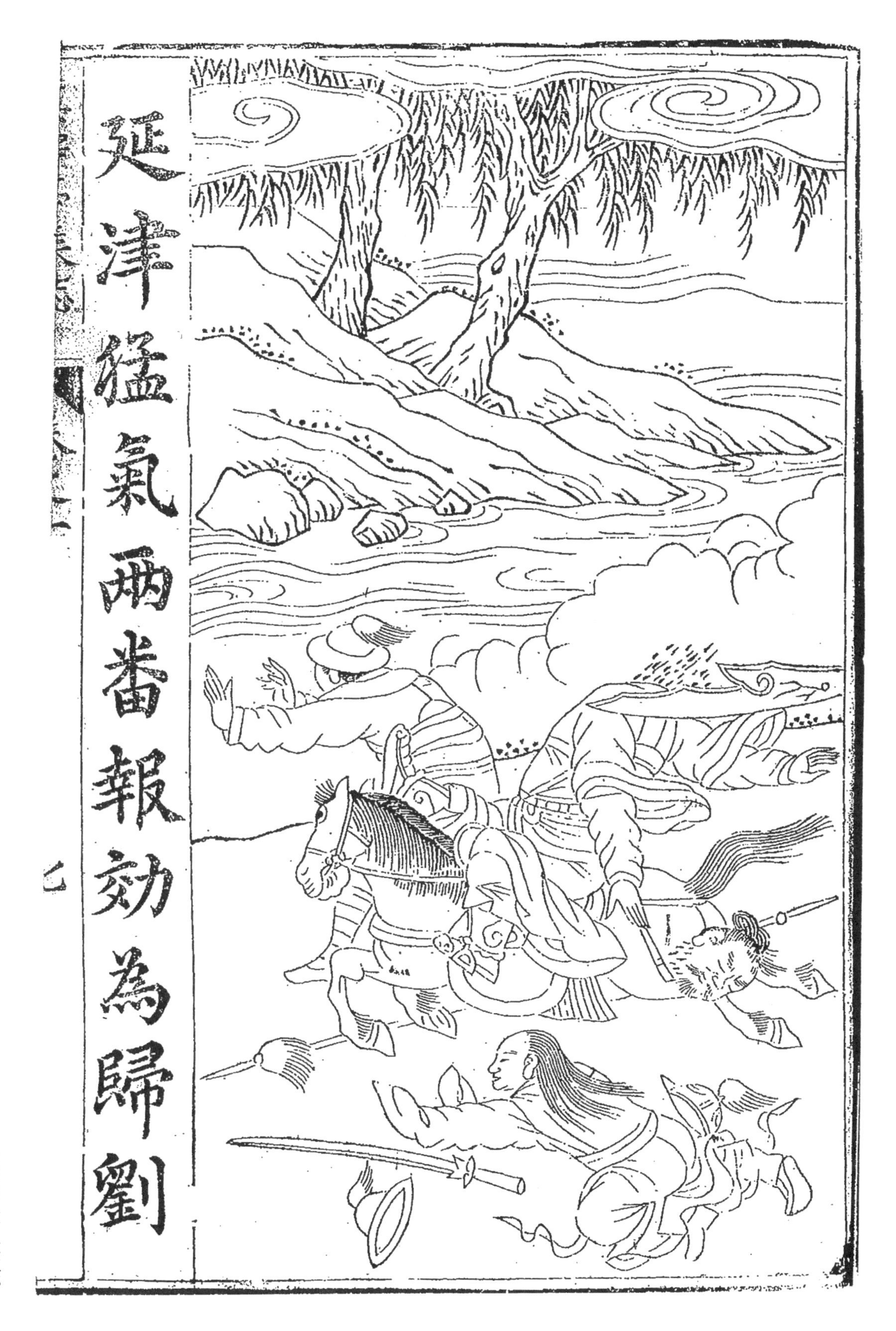

延津猛氣兩番報効為歸劉

漢壽亭侯誌　卷之一
獨行千里
千里留行一騎權奇凌虎豹

九軍雄入數聲霹靂走風雷
漢壽亭侯志
卷之二
八

五關斬将
雲暗關山五渡險崎天日曉

煙橫塞草六誅將校霧氛清

漢壽亭侯誌
卷之一
捷斬蔡陽
殺氣凌霜旗影開時横血丹

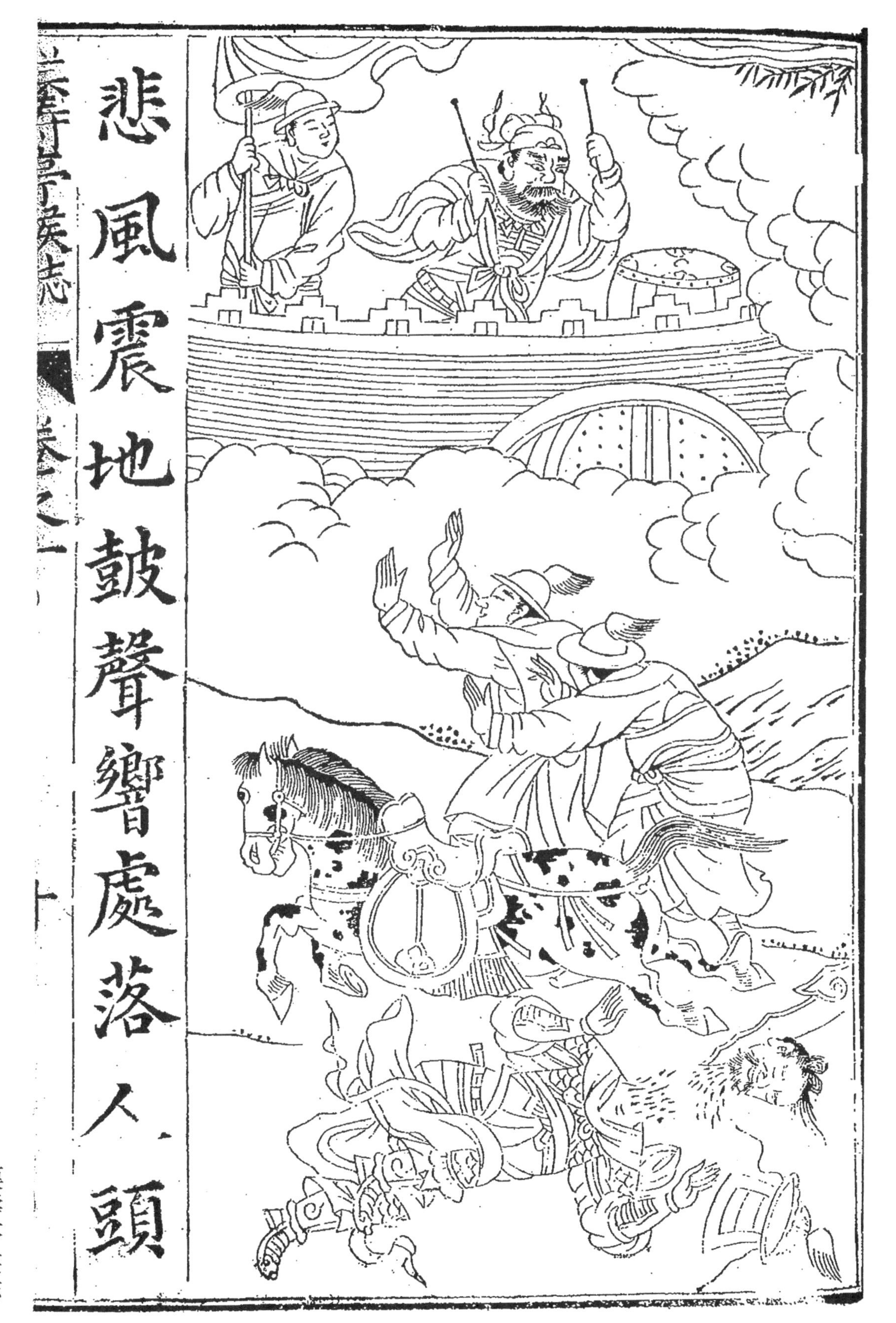
悲風震地鼓聲響處落人頭

古城聚義
匹馬帯霜来忻遇干戈歸士女

一城如斗大重逢龍虎會風雲

三顧茅蘆
龍臥南陽王伯全才和霧隱

魚投漢水君臣一德慶雲從

義釋曹瞞　漢壽亭侯誌卷之一　十二～十三

王圖有數故交千古大名垂

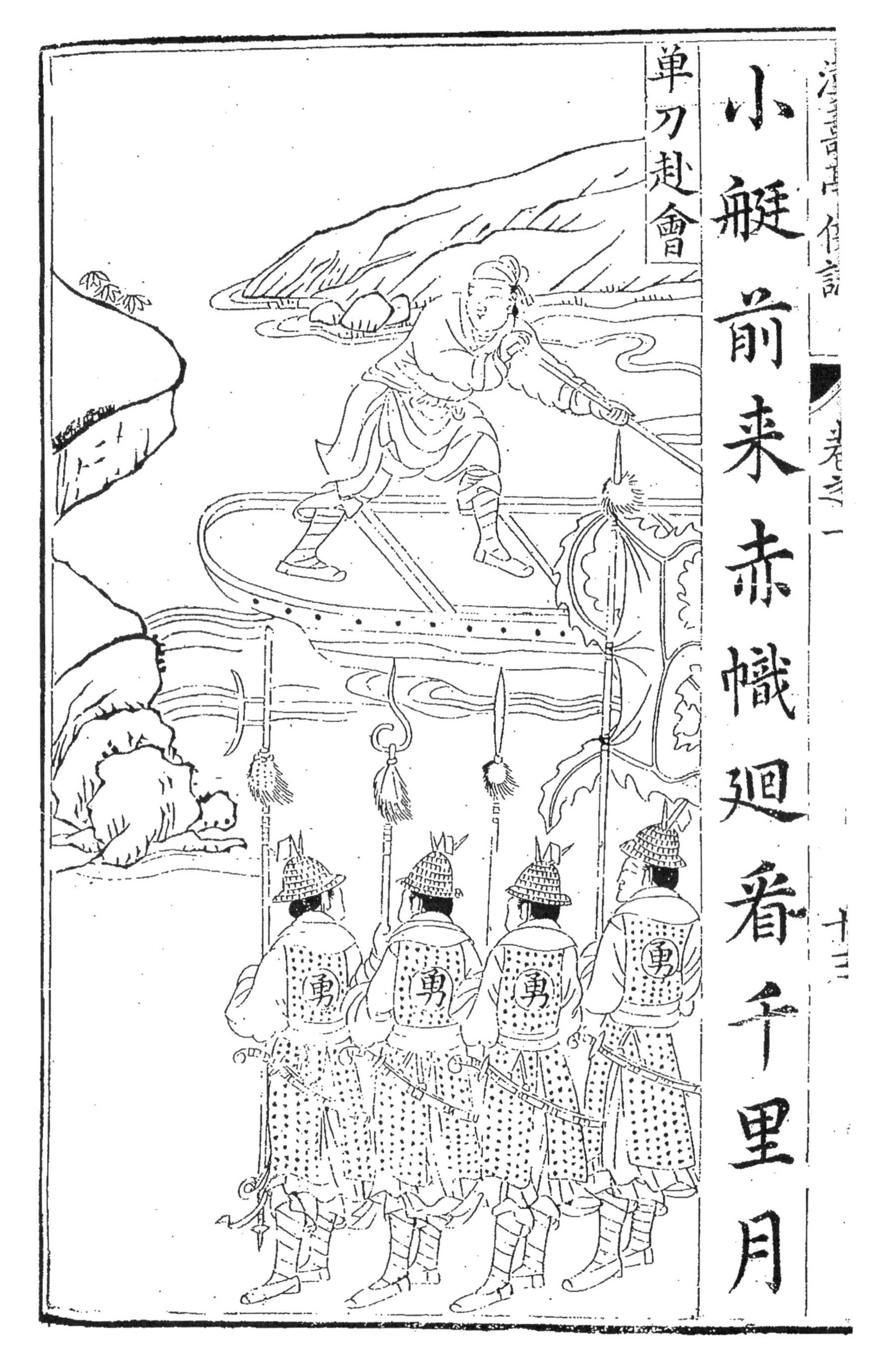

単刀赴會　漢壽亭侯誌卷之一　十三〜十四

大江東去單刀挑起一帆風
漢壽亭侯志
卷之一
十四

水滸七軍　漢壽亭侯誌卷之一　十四〜十五

濯征潛九地真成京觀戮鯨鯢
一五

曲江侯巴寫〔関羽像〕　漢壽亭侯誌卷之一　十五

新刊大宋中興通俗演義八卷附二卷

〔万曆〕刊　建陽余氏三台舘覆〔金陵周氏〕刊

王少淮画　国立公文書館内閣文庫蔵

大宋武穆王演義序

武穆王精忠[illegible]小説未及

於全文全得[illegible]本着述王

之事實[illegible]得其悉然而意寓文

墨綱由大紀士大夫以下遽爾

未明乎理者或有之矣近因眷

連楊子素號湧泉者挾是書謁

大宋武穆王[illegible]

武穆王精忠[illegible]小說未及
於全文今得[illegible]本著述王
之事實[illegible]得其悉然而意寓文
墨綱由大紀士大夫以下遽爾
未明乎理者或有之矣近因眷
連楊子素號湧泉者挾是書謁

於予曰敢勞代吾演出辭話庶
使愚夫愚婦亦識其意思之一
二余自以才不及班馬之萬一
顧奚能用廣發揮哉既而懇致
再三義弗獲辭於是不吝臆見
以王本傳行狀之實迹按通鑑
綱目而取義至於小說與本傳

互有同異者兩存之以備參考
或謂小說不可紊之以正史余
深服其論然而稗官野史實記
正史之未備若使的以事跡顯
然不泯者得錄則是書竟難以
成野史之餘意矣如西子事昔
人文辭往往及之而其說不一

吳越春秋云吳亡西子被殺則西子之在當時固已死矣唐宋之間詩云一朝還舊都靚粧尋若耶鳥驚入松網魚畏沈荷花則西子嘗復還會稽矣杜牧之詩云西子下姑蘇一舸逐鴟夷是西子甘心於隨蠡矣及觀東城題范蠡詩云誰遣姑蘇有麋鹿更憐夫子得西施則又以為蠡竊西子而隨蠡者或非其本心也質是而論之則史書小說有不同者無足怪矣屢易日月書已告成鋟梓公諸天下未知覽者而以邪說罪予否

旹

嘉靖三十一年歲在壬子冬十一月望日鰲峰熊大木鍾谷甫序

序終

大宋中興通俗演義目錄

刋大宋中興通俗演義卷之一

鰲峰　熊大木　編輯
書林　雙峰堂　刋行

起靖康元年丙午歲
止建炎元年丁未歲　首尾凡一年事實
按宋史本傳節目

天地元先一氣胚　乾坤定位有三才
洪荒世代無稽考　三皇之世尚難推
畫卦造書從太昊　神農耕種始交財
干戈戰鬭軒轅始　服冕封官築室臺
五帝少昊幷顓頊　帝嚳唐堯仁義推
孝弟兩全姚氏子　有虞禪位德巍巍
三王夏禹殷湯繼　滅紂周家民自歸

斡離不興兵寇宋
百萬貔貅擾亂中原熙境界
金陵王少淮寫

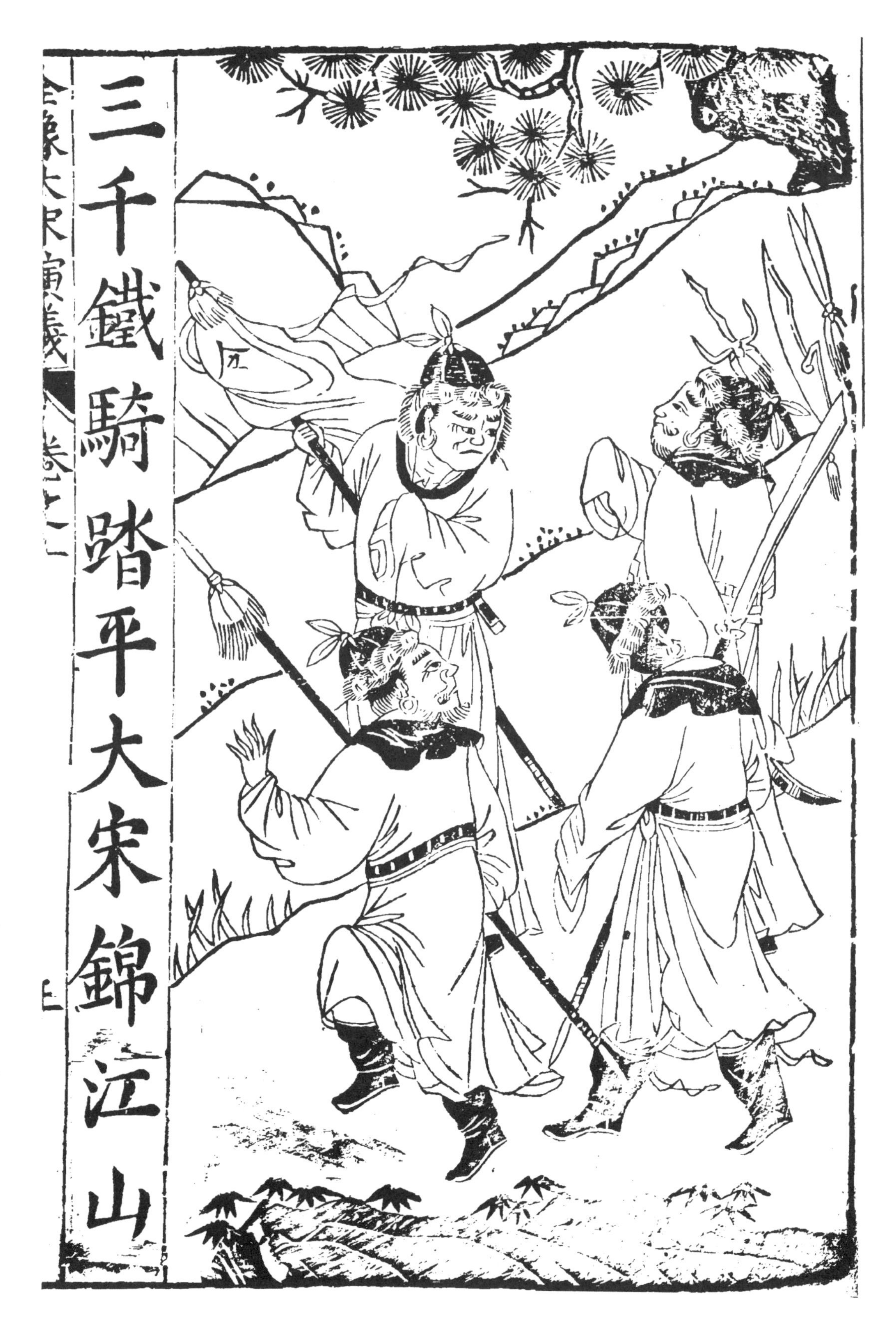
三千鐵騎踏平大宋錦江山
全像大宋演義 卷之一

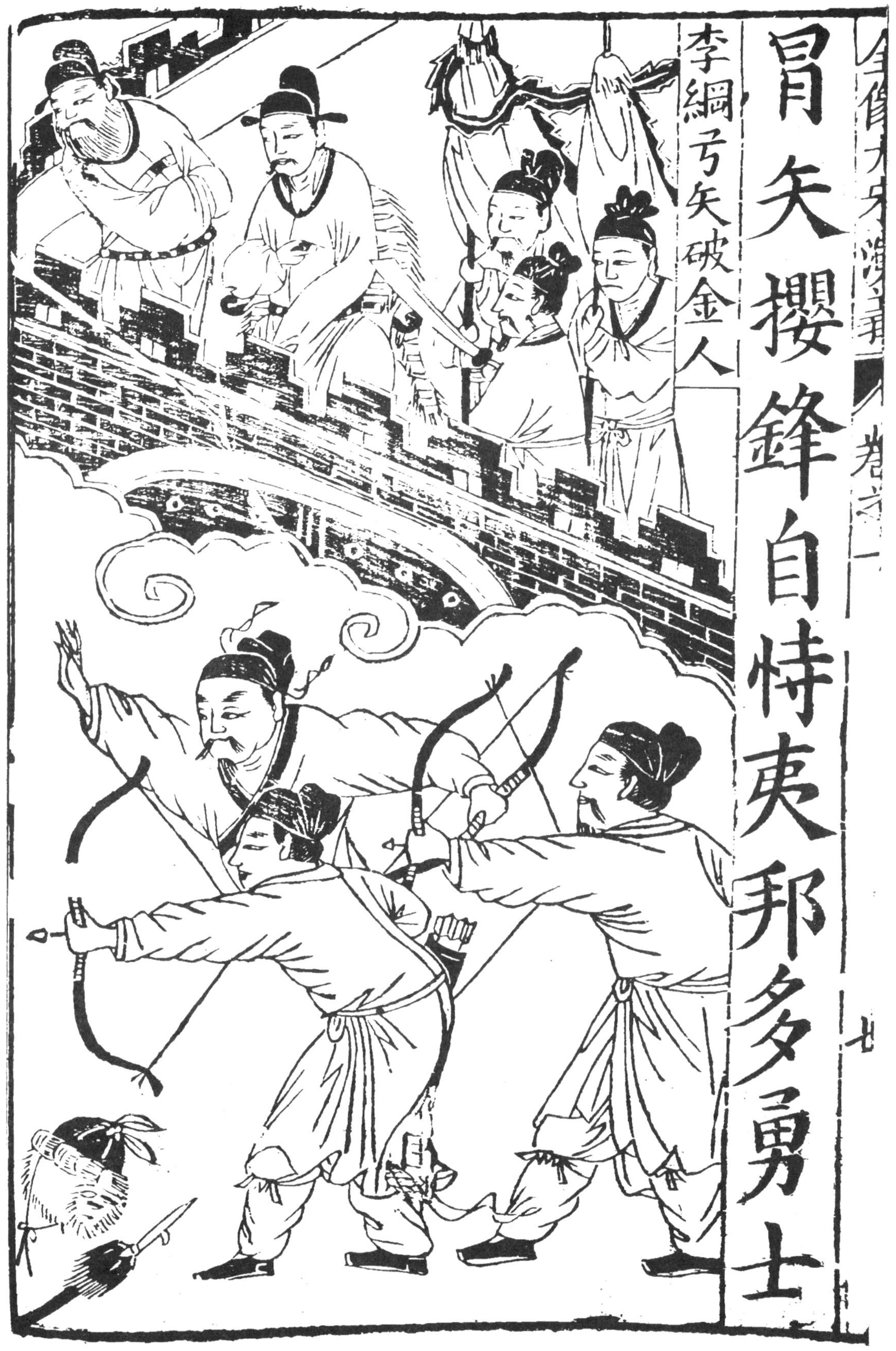
冒矢攖鋒自恃夷邦多勇士
李綱弓矢破金人

李綱弓矢破金人

棄兵曳甲豈期南國有雄師

柔懦宋君聽信讒言和羯虜
宋欽宗倡議講和

猖狂金卒惟憑驍勇陷宸京

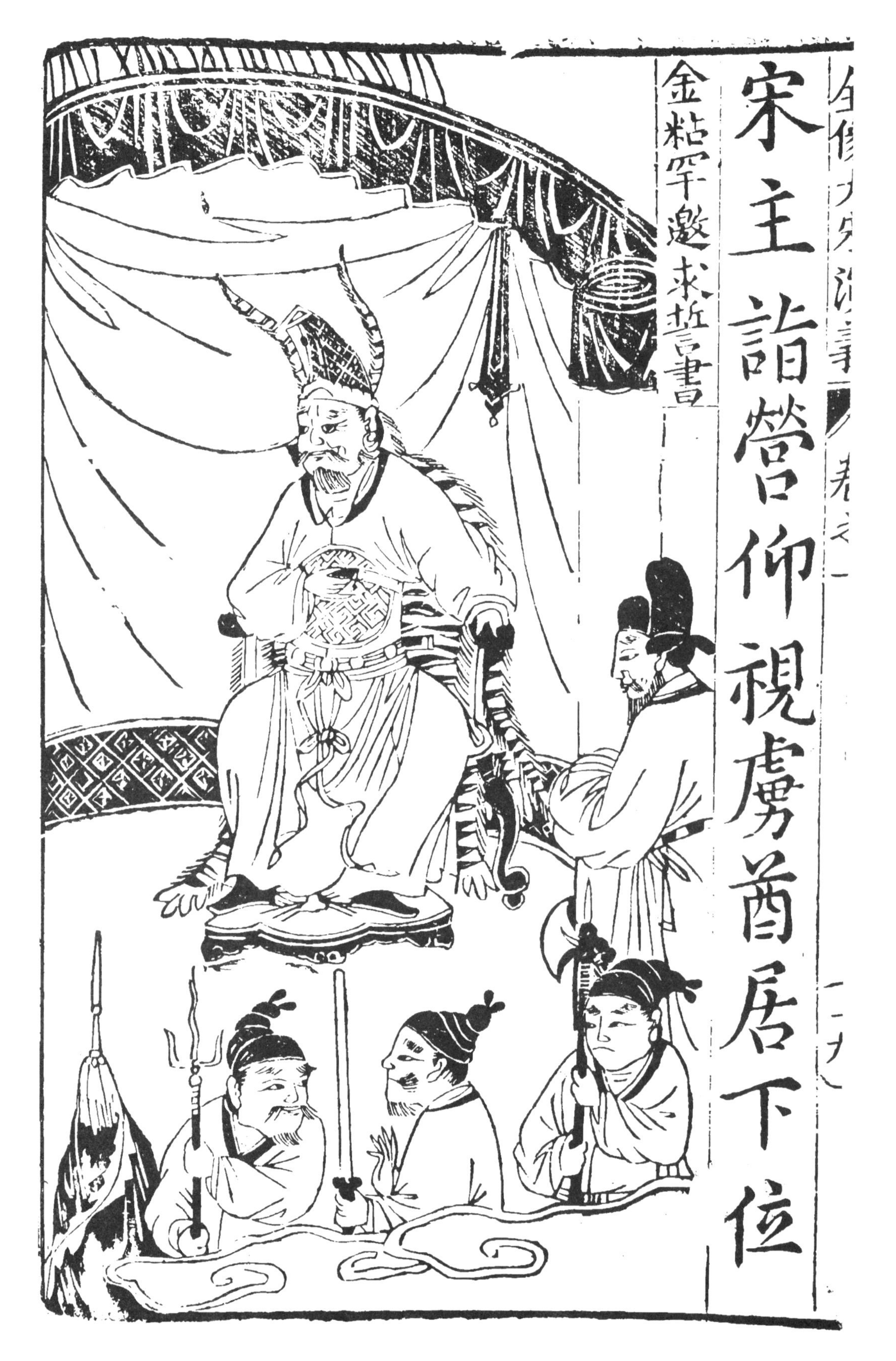
宋主詣營仰視虜酋居下位
金粘罕邀求誓書

金粘罕邀求誓書

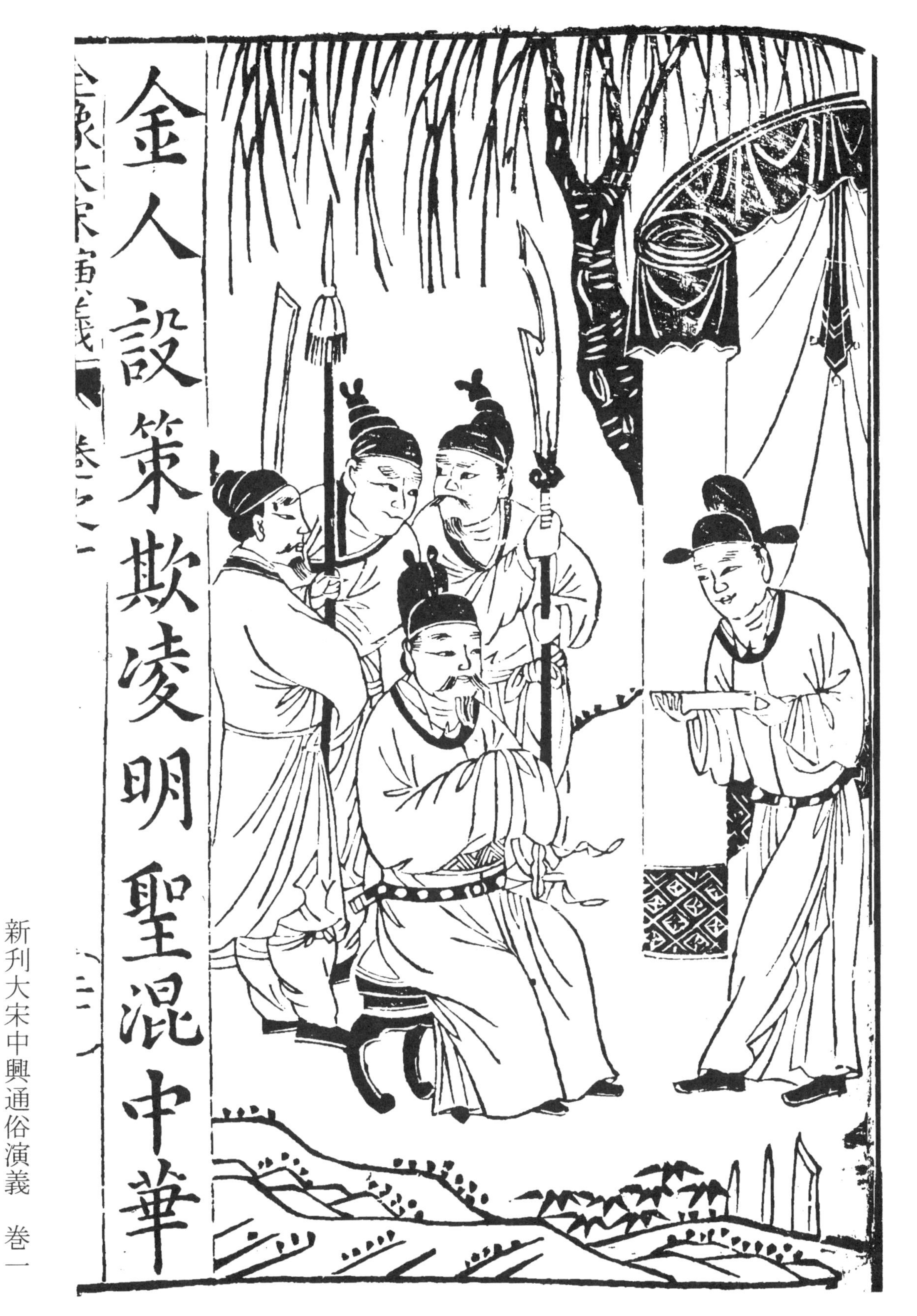
金人設策欺凌明聖混中華

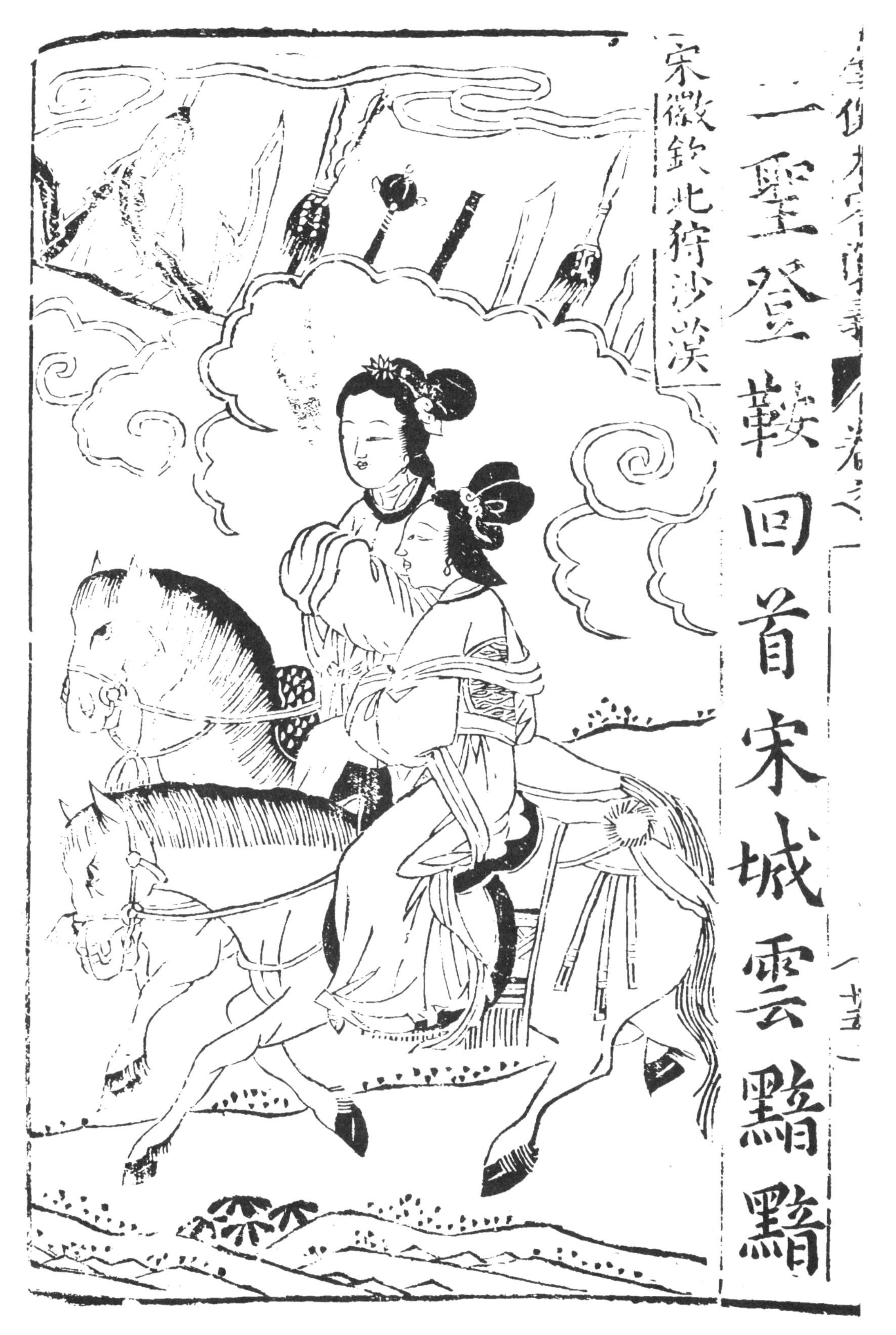

宋徽欽北狩沙漠

兩妃攬轡凝眸胡地霧漫漫

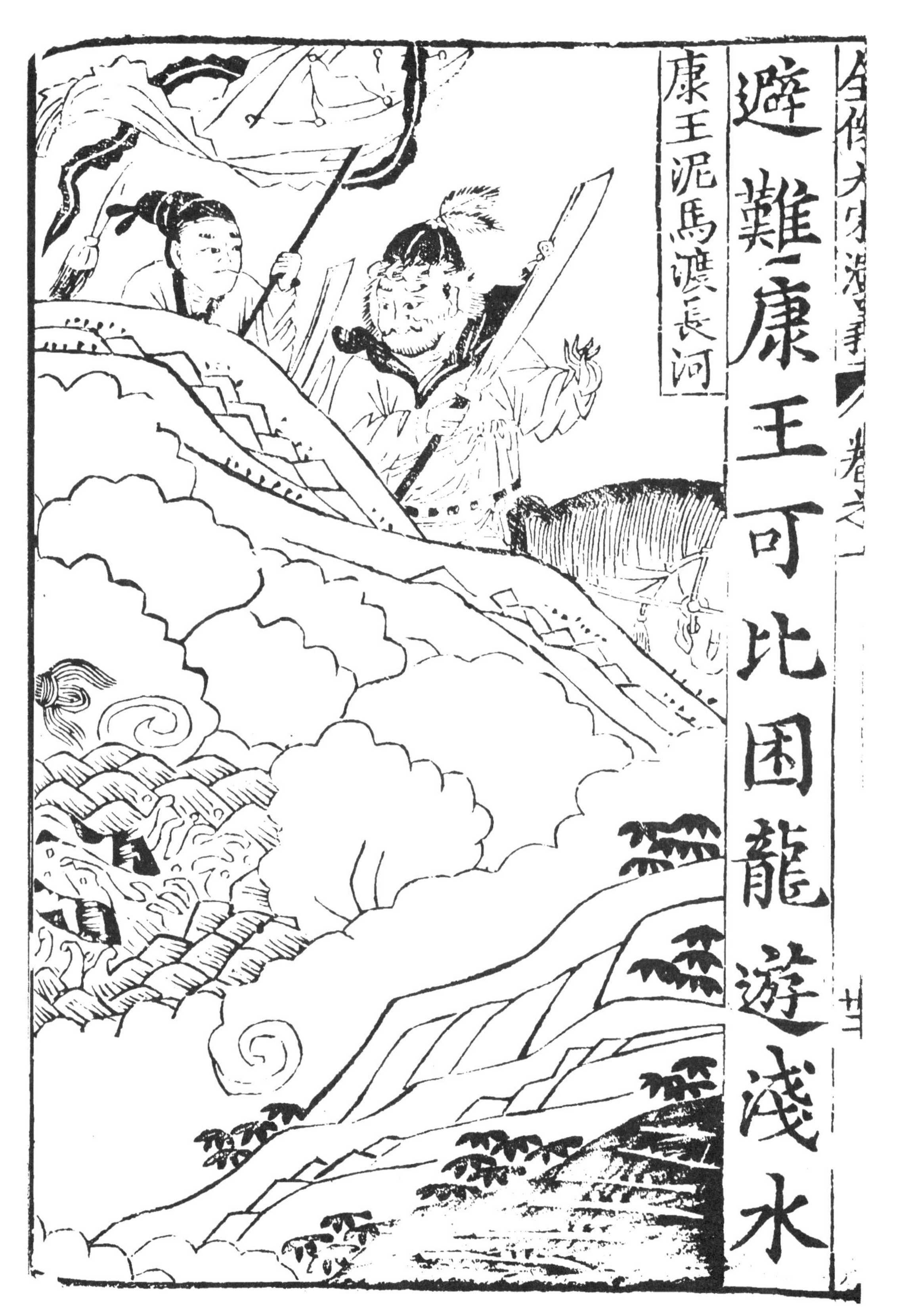

康王泥馬渡長河
避難康王可比困龍遊淺水

康王泥馬渡長河

顯靈崔子曾敎泥馬渡長河

岳鵬擧辞親應募

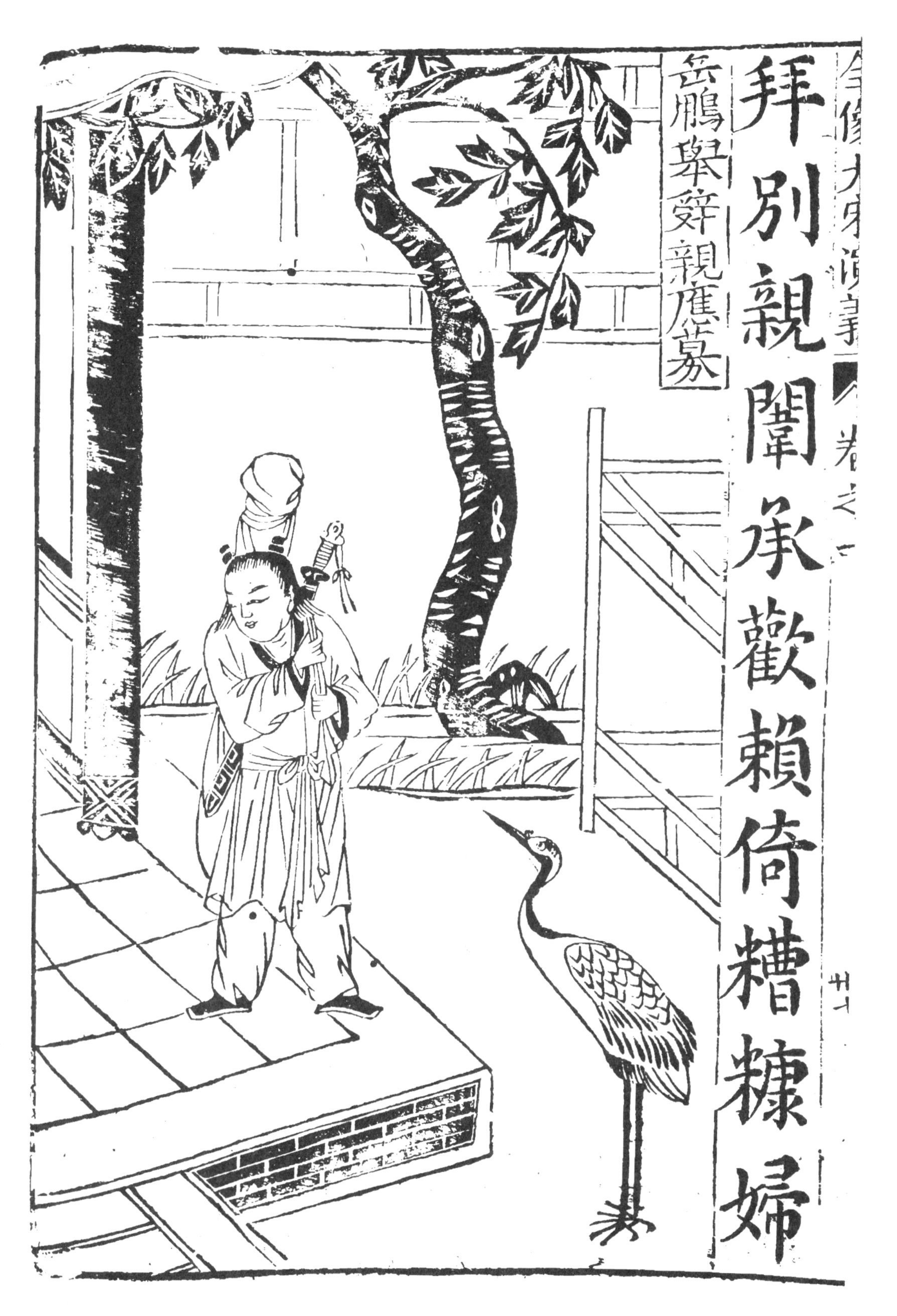

拜別親闈承歡賴倚糟糠婦
岳鵬擧辞親應募

奔投帥府奮武堪為柱石臣

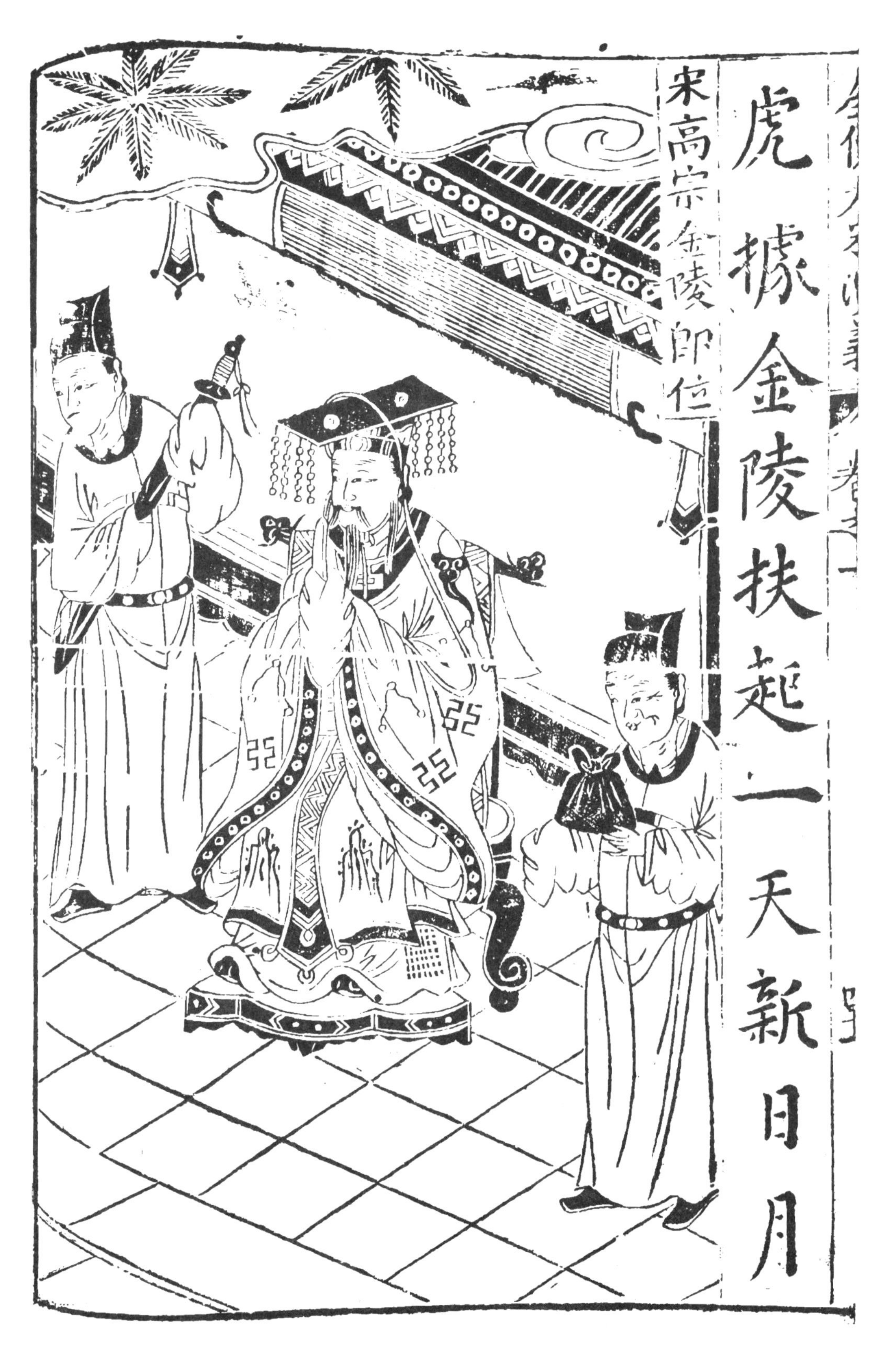

宋高宗金陵卽位
虎據金陵扶起一天新日月

龍飛淮甸收回萬里舊山河
大宋演義
卷之一

李綱奏陳開國計

逆天邪佞議和醜虜亂軍情

李綱力劾張邦昌

忠心耿耿願新君道靖蠻夷

岳飛與宗澤談兵

經文緯武岳飛心上運神機

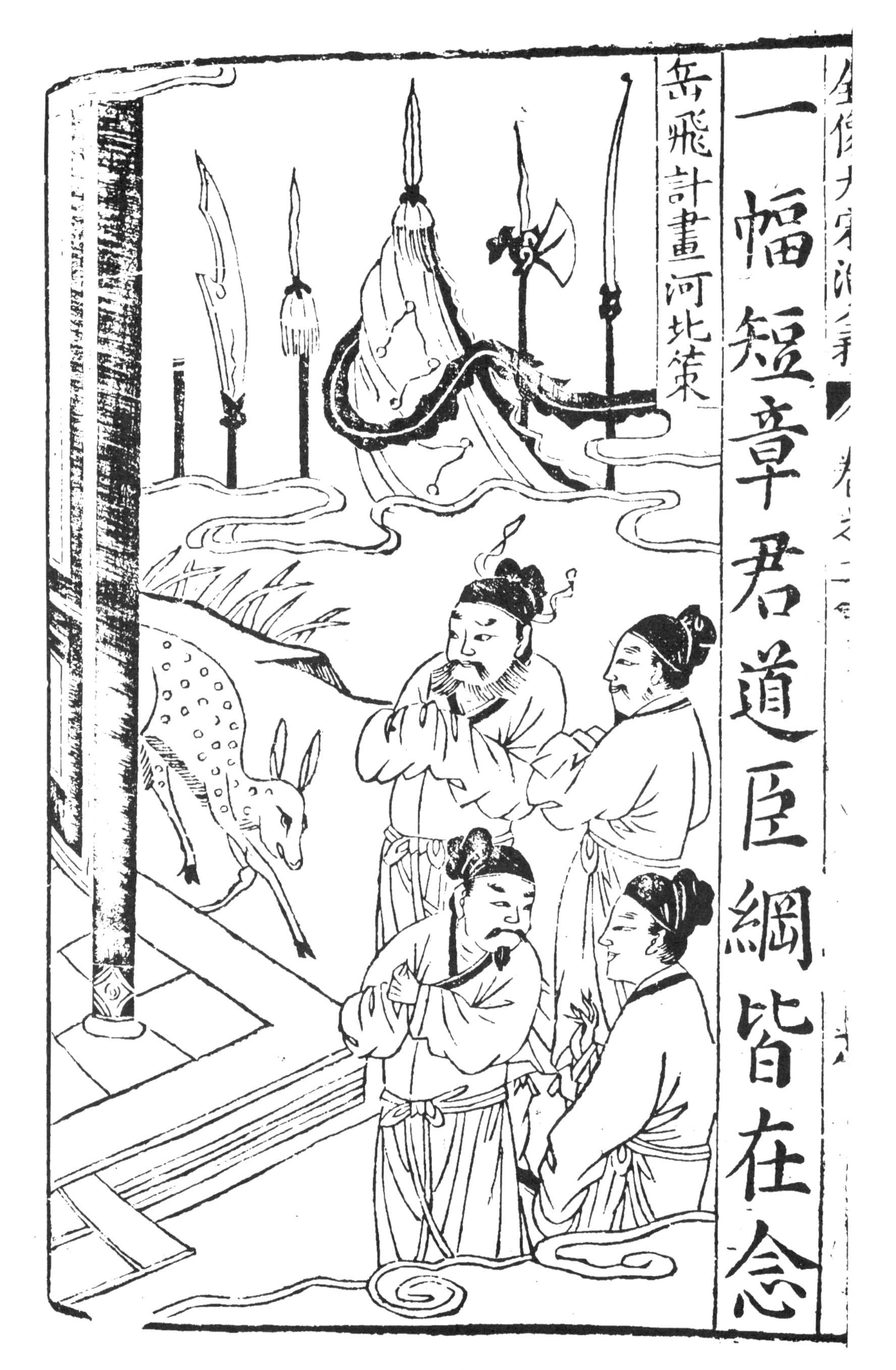
岳飛計畫河北策
一幅短章君道臣綱皆在念

岳飛計畫河北策

三杯別酒宦情戎政總關心

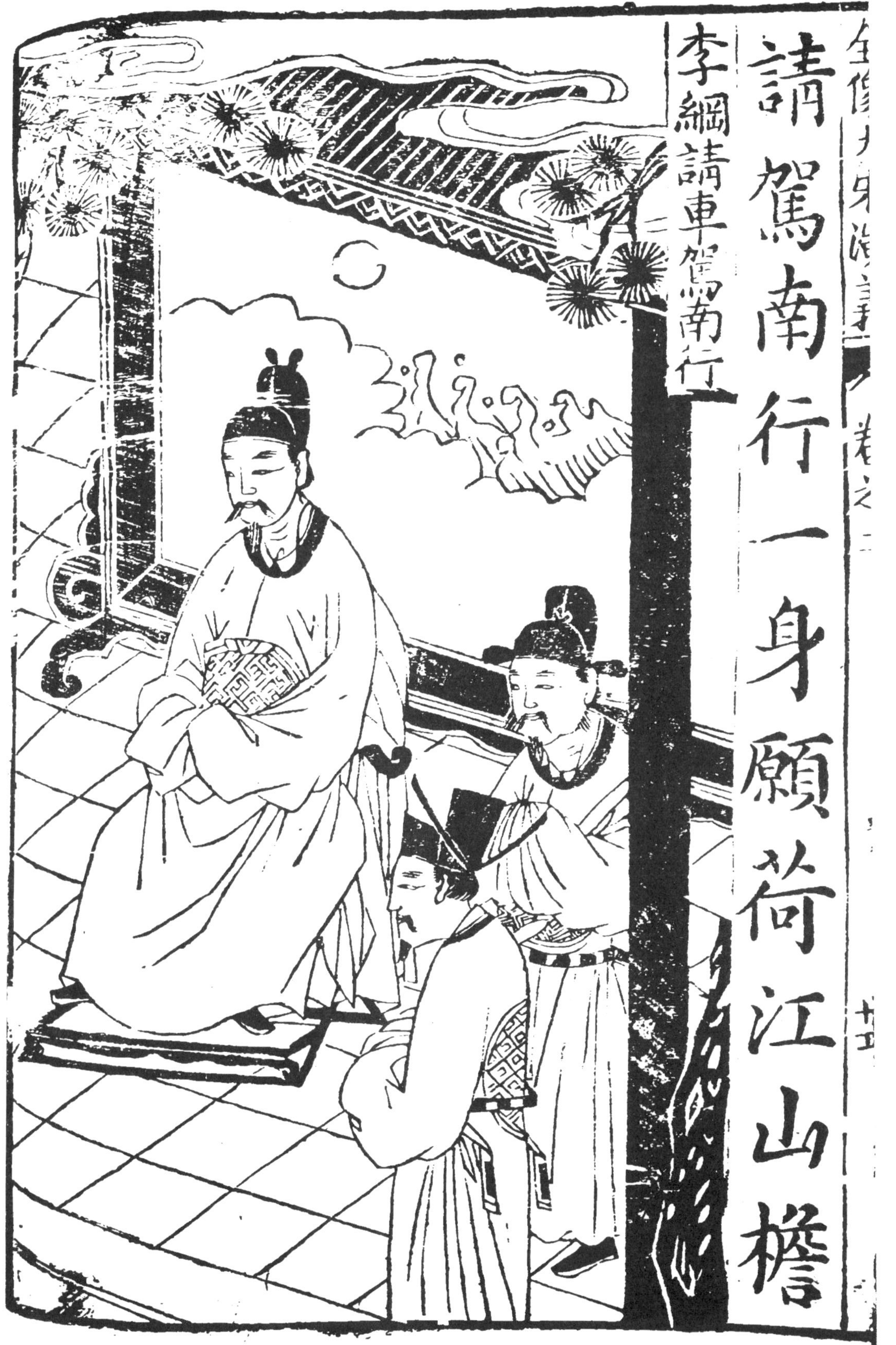
請駕南行一身願荷江山擔
李綱請車駕南行

李綱請車駕南行

諫君東宰衆口相戕帝主心

宗澤約張所出兵

書授河北會同兵卒動干戈

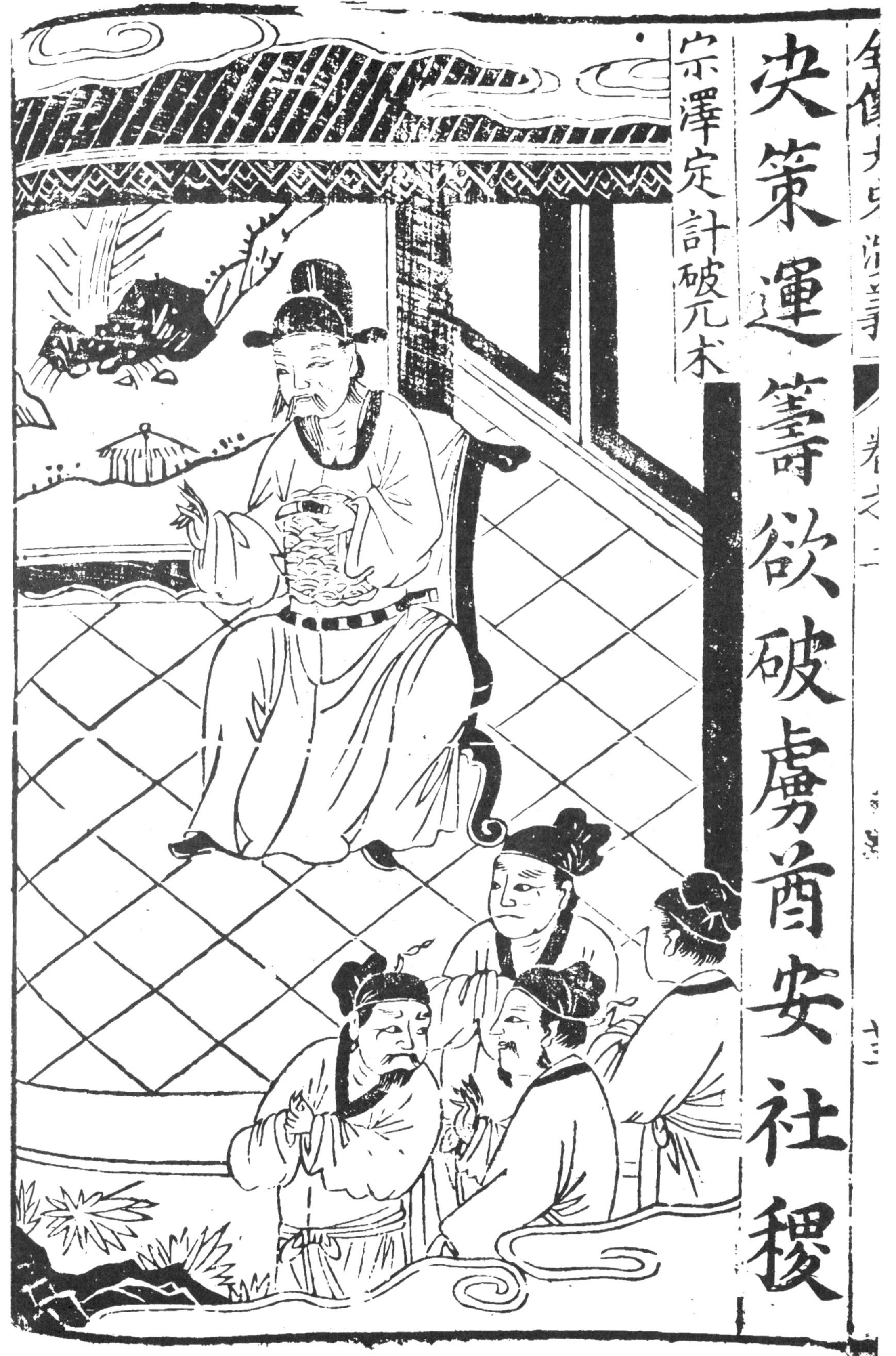
宗澤定計破兀朮
决策運籌欲破虜酋安社稷

搖旗擊鼓預雷兵卒伏山林

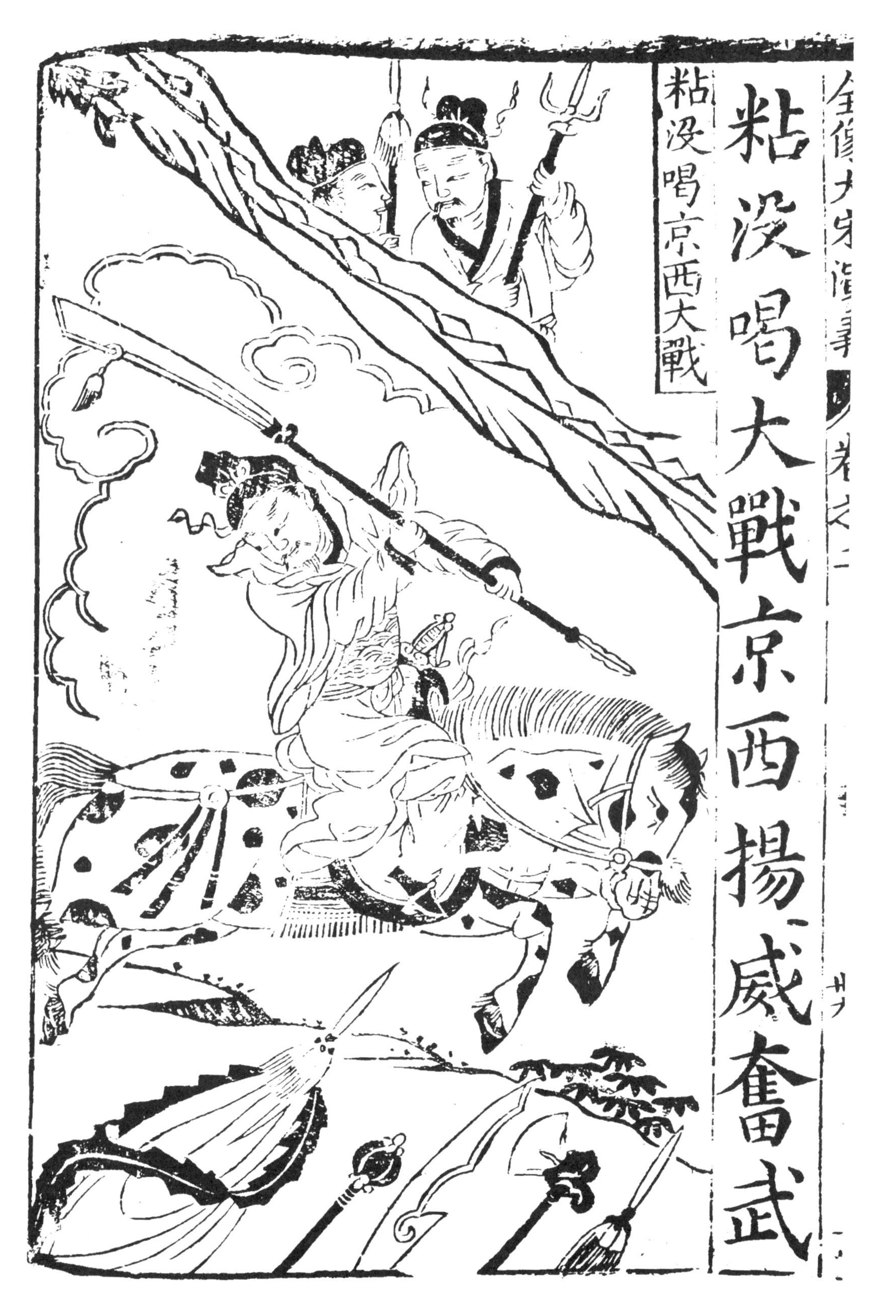
粘没喝大戰京西揚威奮武
粘没喝京西大戰
卷之二

郭俊民投降冀北喪節忘君

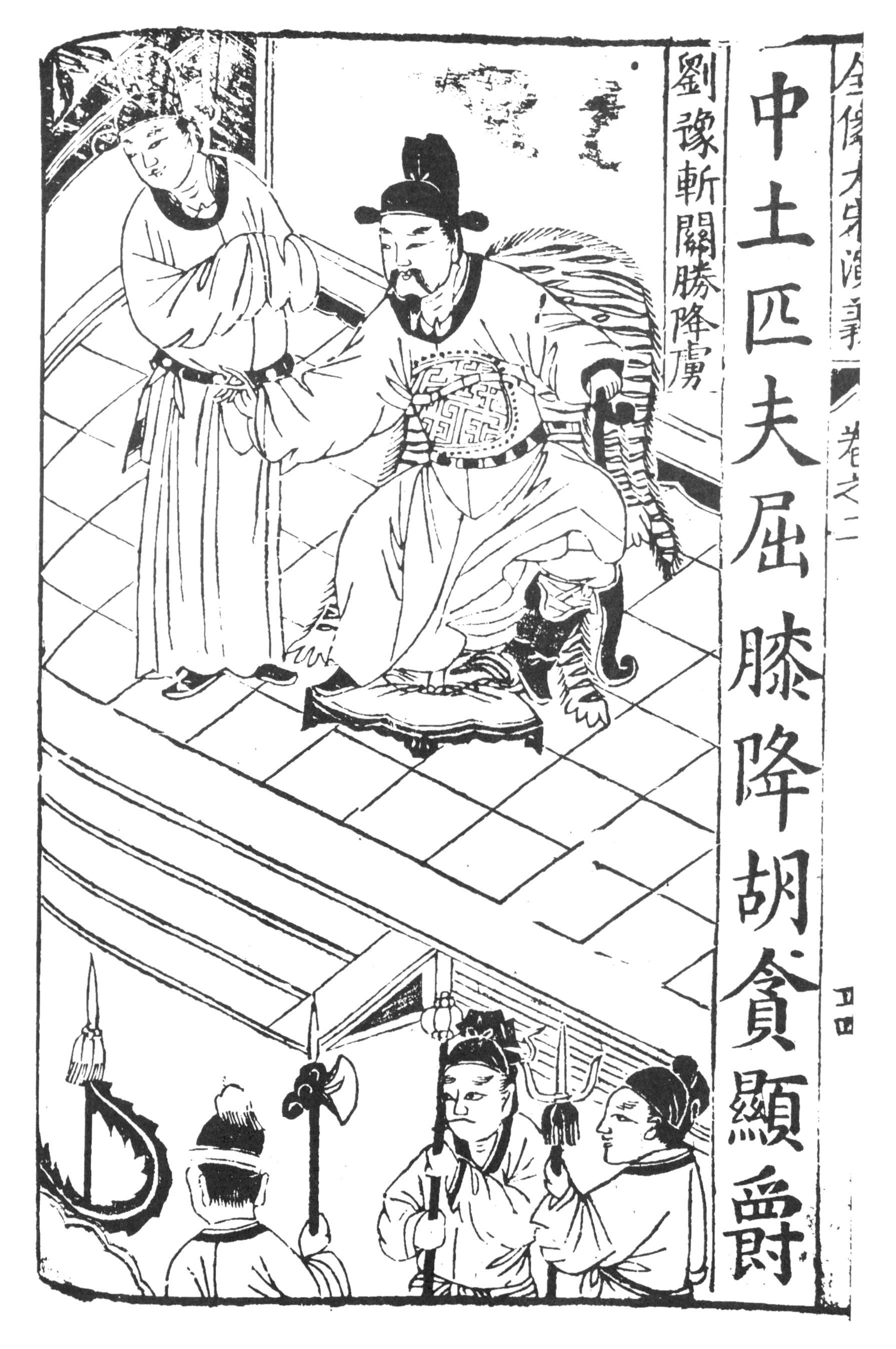

劉豫斬關勝降虜

梁山義士捐軀報國著芳名
轅門

高宗車駕走杭州

虜酋犯境可憐烟火燭揚州

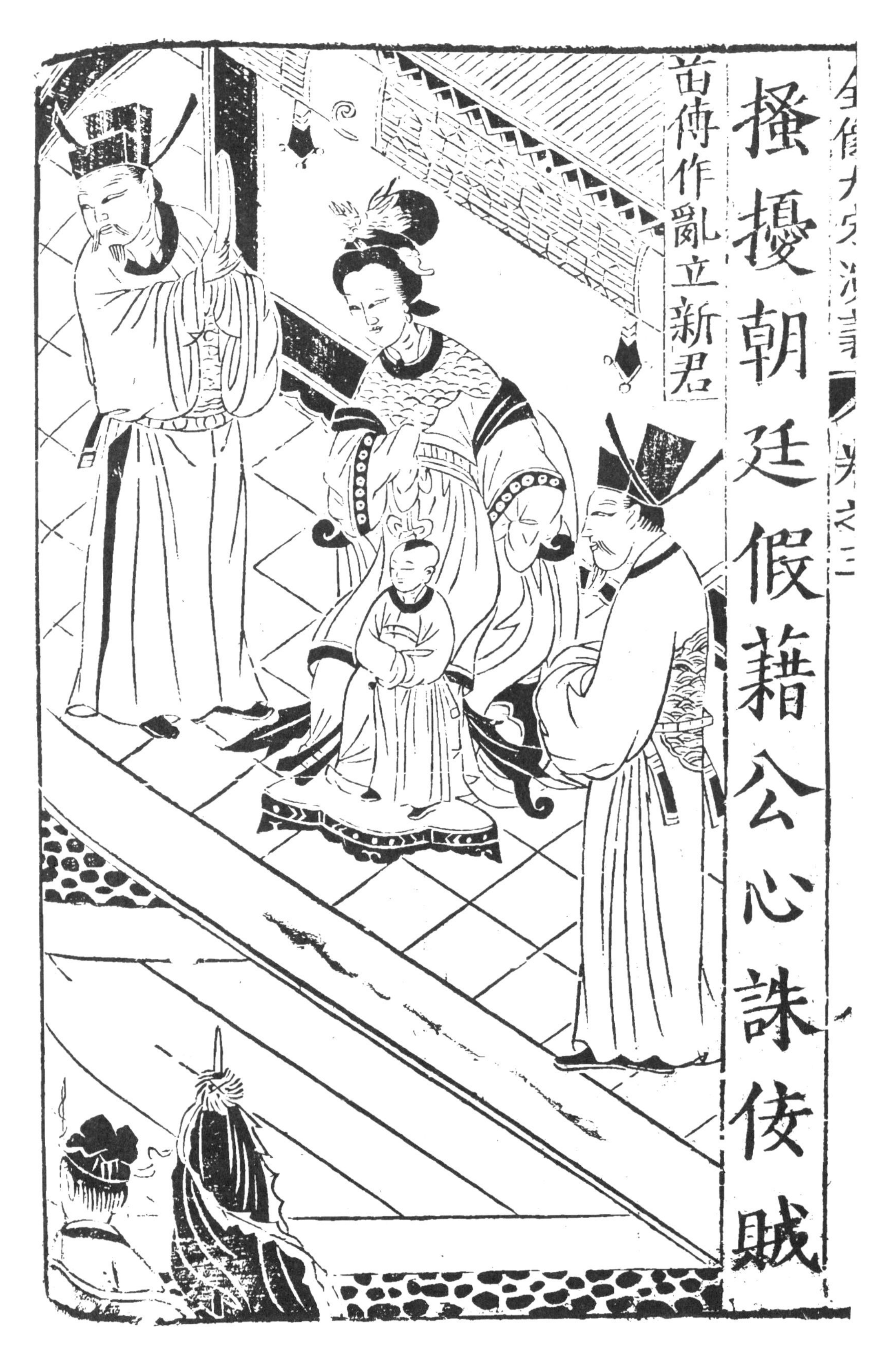
搔擾朝廷假藉公心誅佞賊
苗傅作亂立新君

苗傅作亂立新君

震驚爲宮闕
倡爲異說立新君

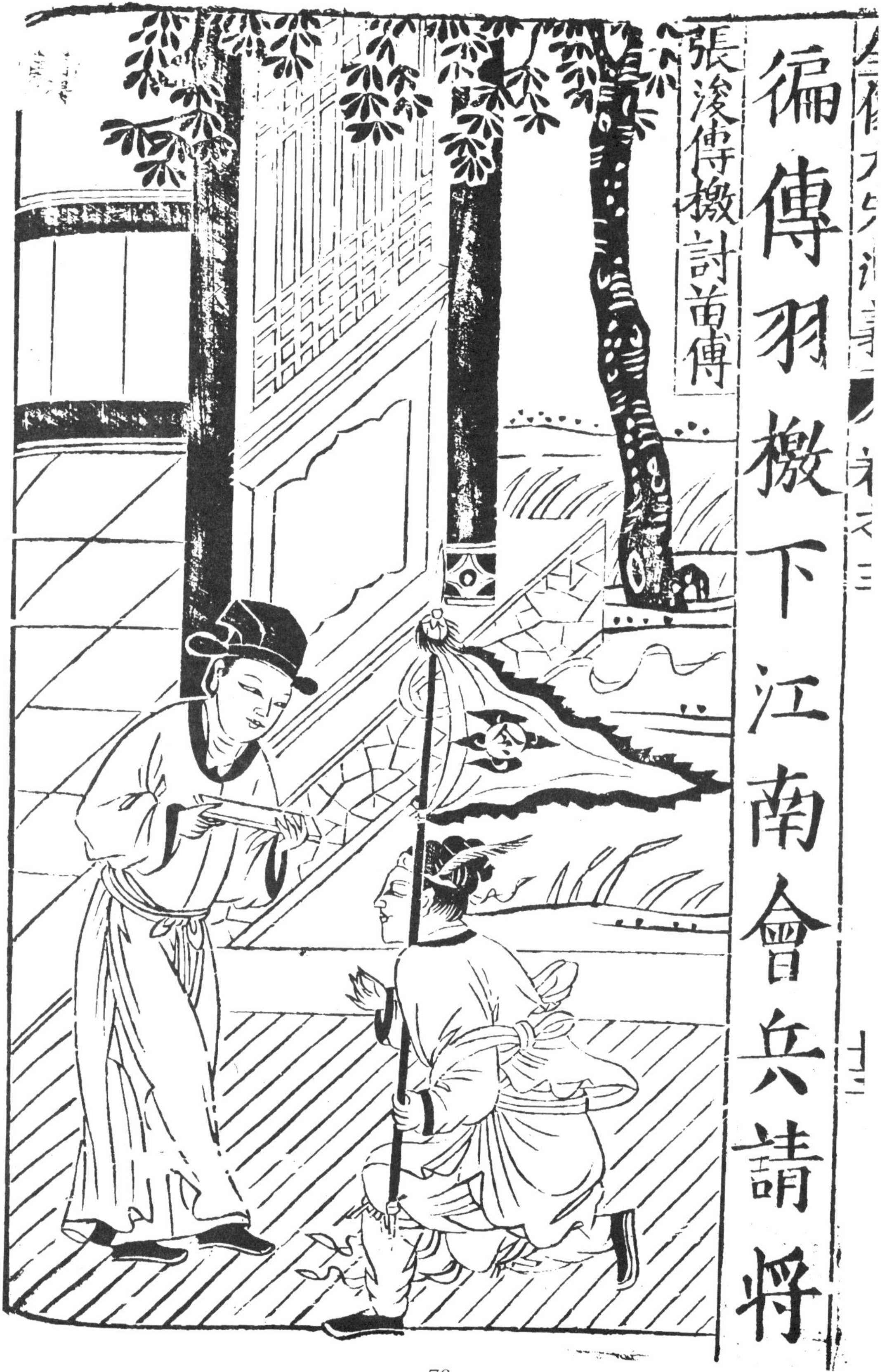
張浚傳檄討苗傳
偏傳羽檄下江南會兵請將

張浚傳檄討苗傳

謀動干戈於邦内討賊安民

全像大宋演義　卷之三

五

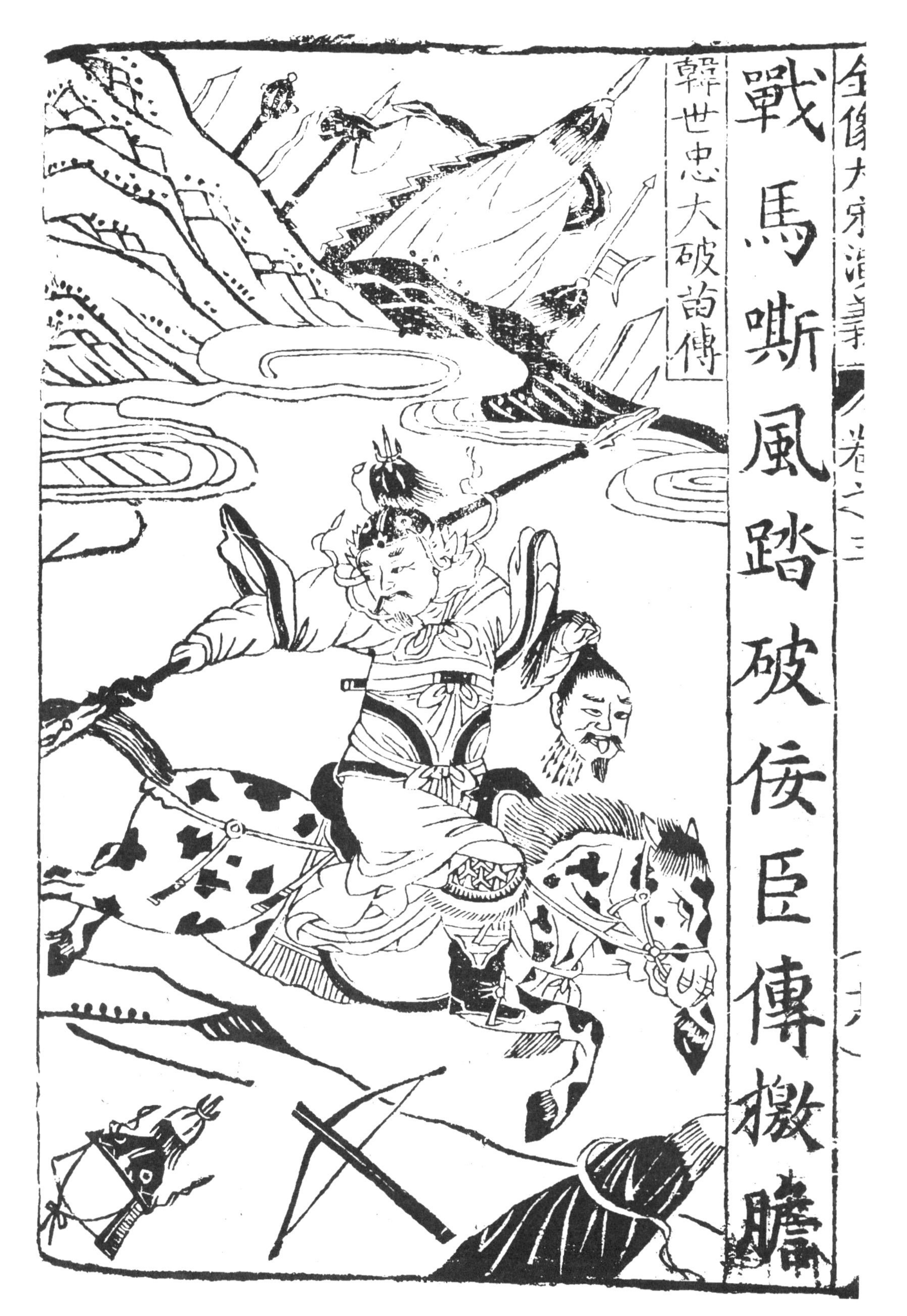

戰馬嘶風踏破佞臣傳檄膽
韓世忠大破苗傳

鋼刀耀日劈開逆賊廢君心

洪皓持節使金國

輕騎出塞寸心欲復帝王仇

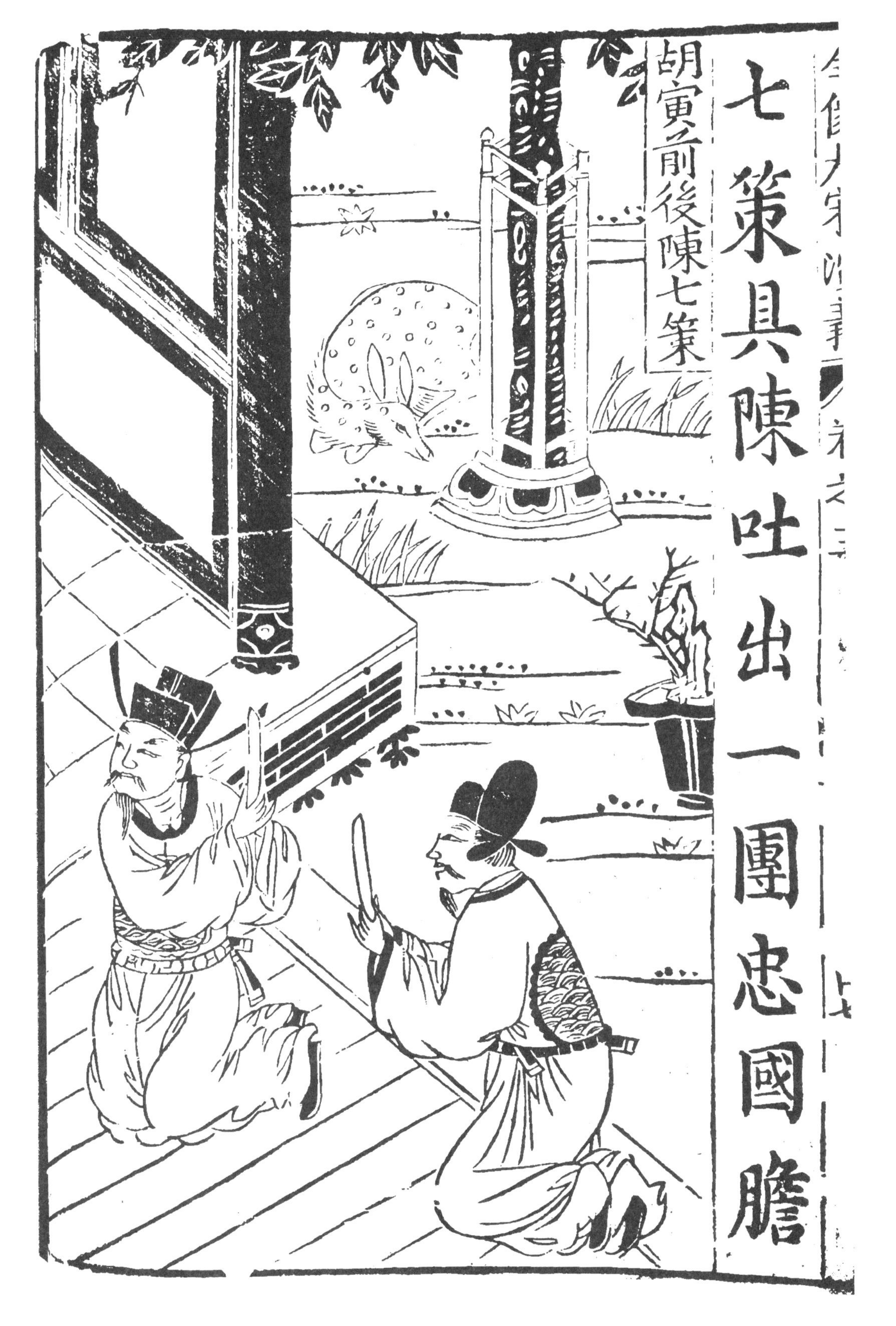
胡寅前後陳七策
七策具陳吐出一團忠國膽

胡寅前後陳七策

片言不納全無半點救民

岳飛破虜釋王權

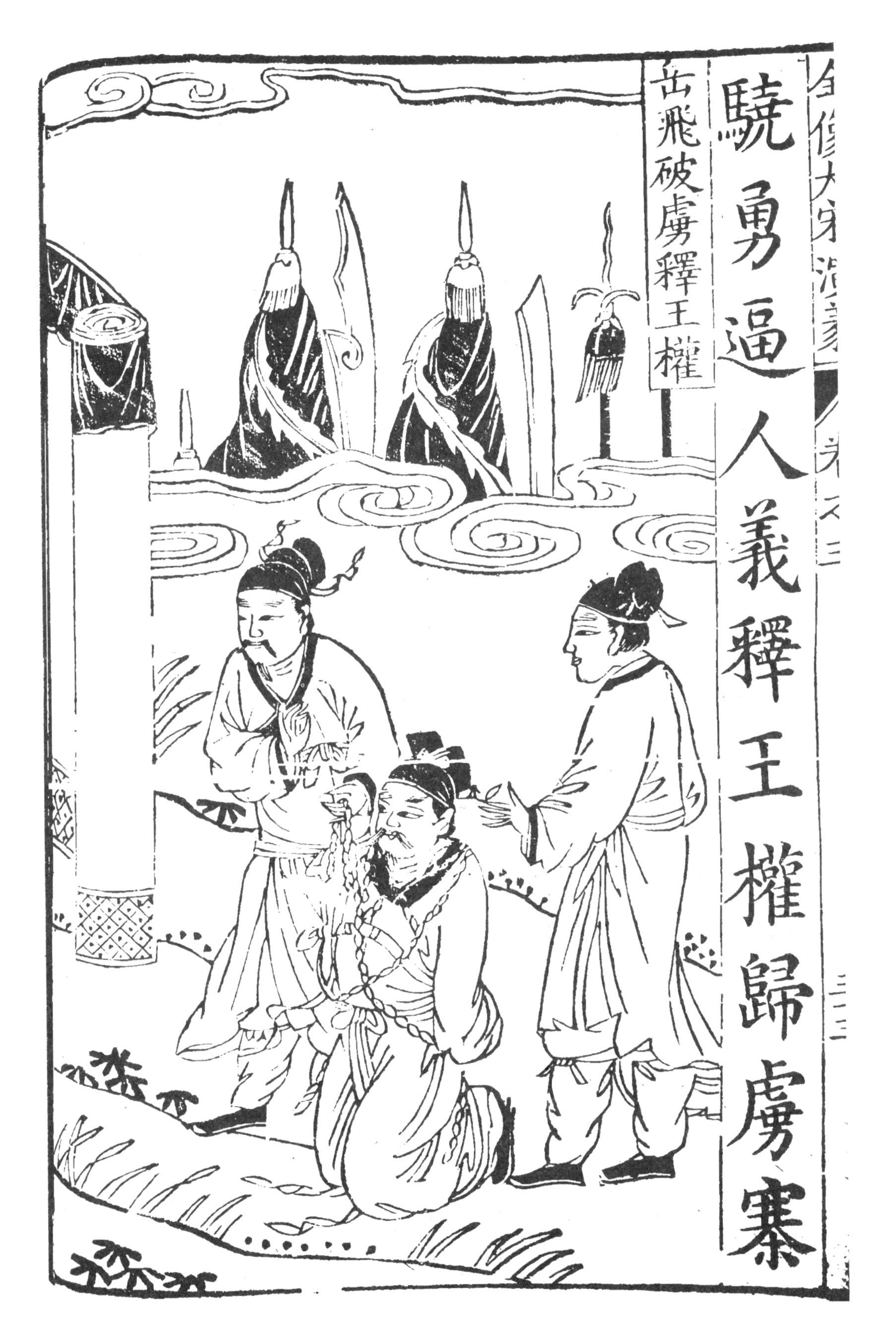

驍勇逼人義釋王權歸虜寨
岳飛破虜釋王權

英雄蓋世力追兀术走沙塵

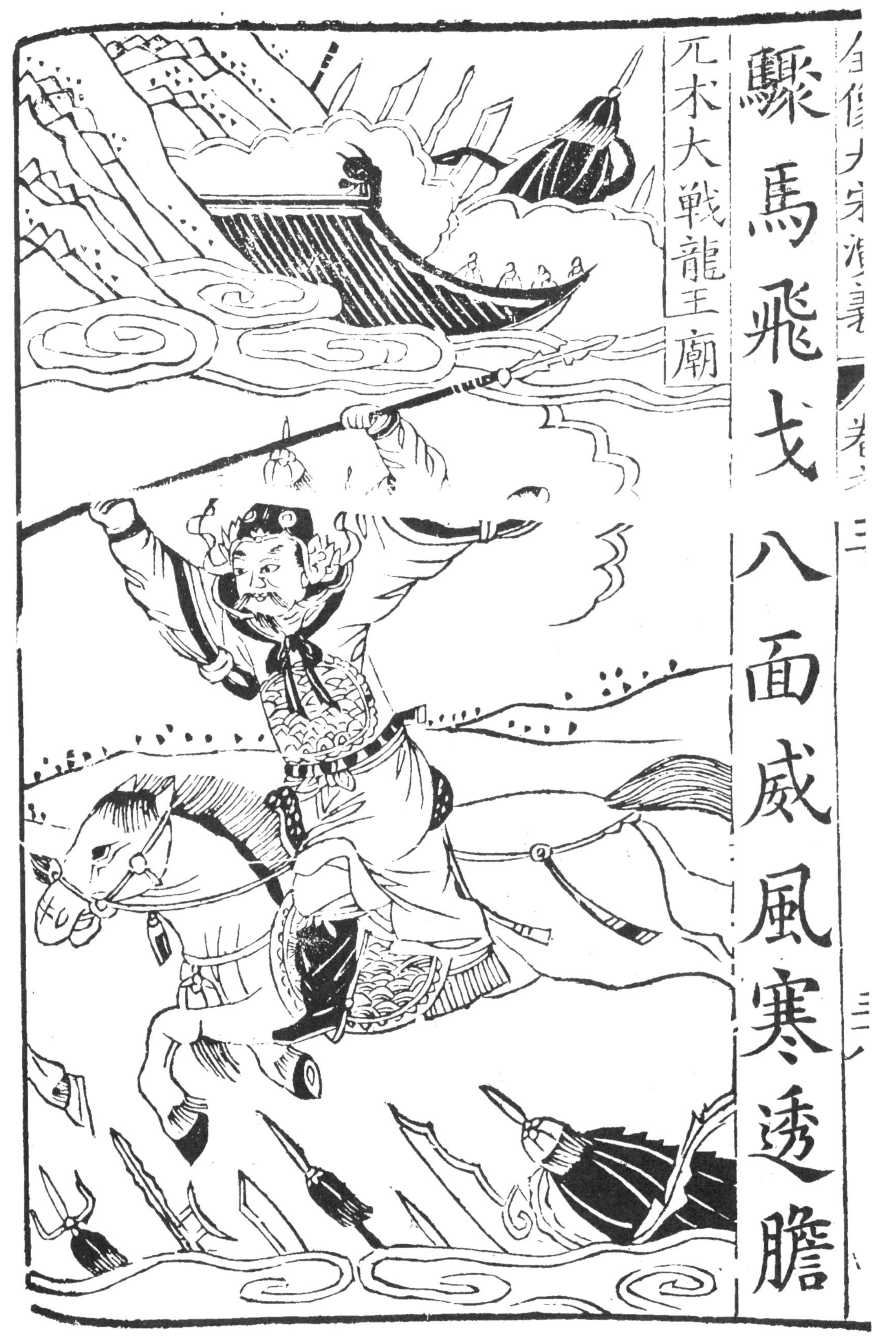
兀朮大戰龍王廟
驟馬飛戈八面威風寒透膽

兀朮大戰龍王廟

攖鋒冒矢一身鮮血濕沾衣

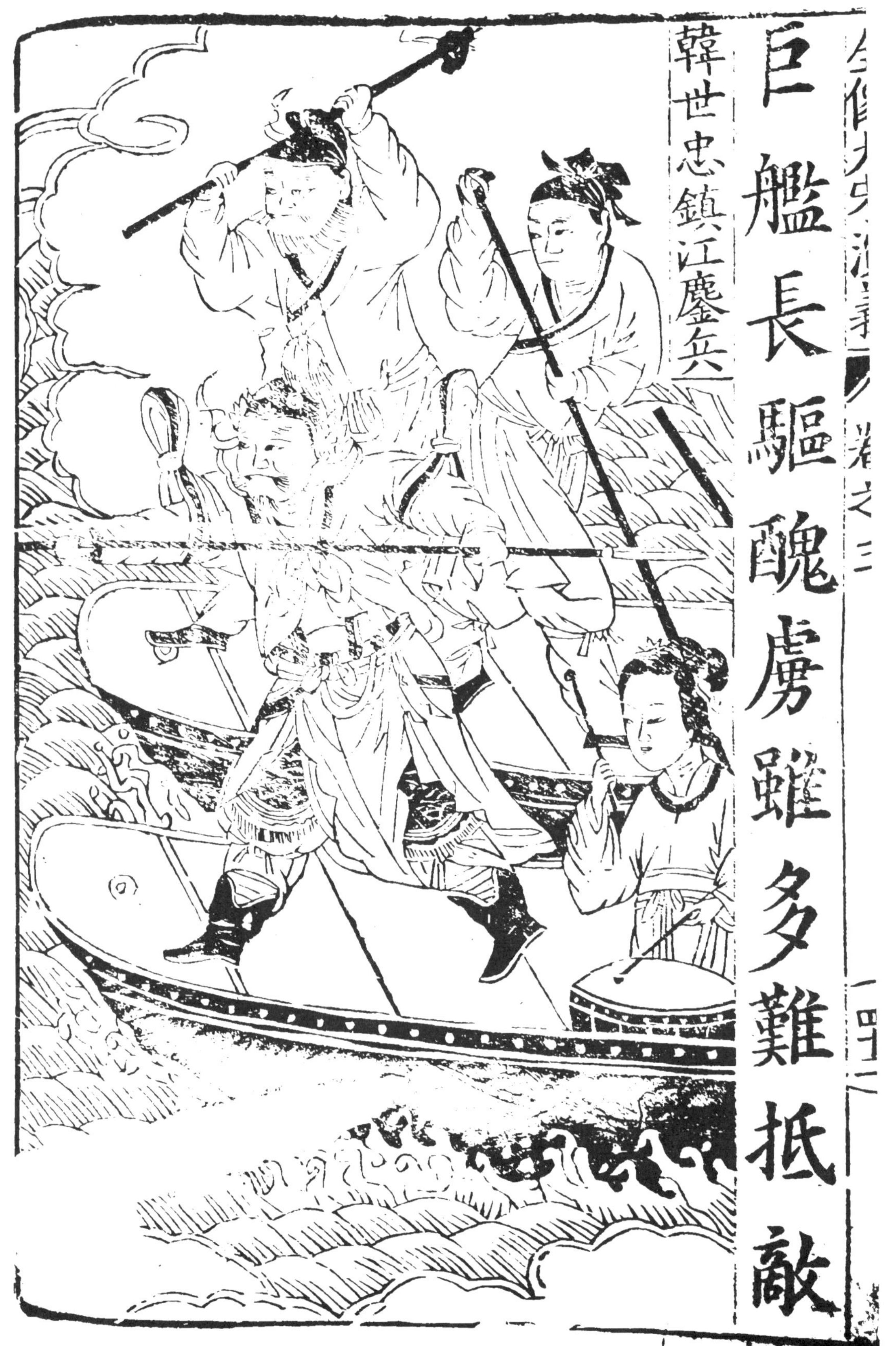
巨艦長驅醜虜雖多難抵敵
韓世忠鎮江鏖兵

韓世忠鎮江鏖兵

長戈交展南兵縱寡敢爭鋒

岳統制楚州解圍

馳驅達旦都聞賊黨自投降

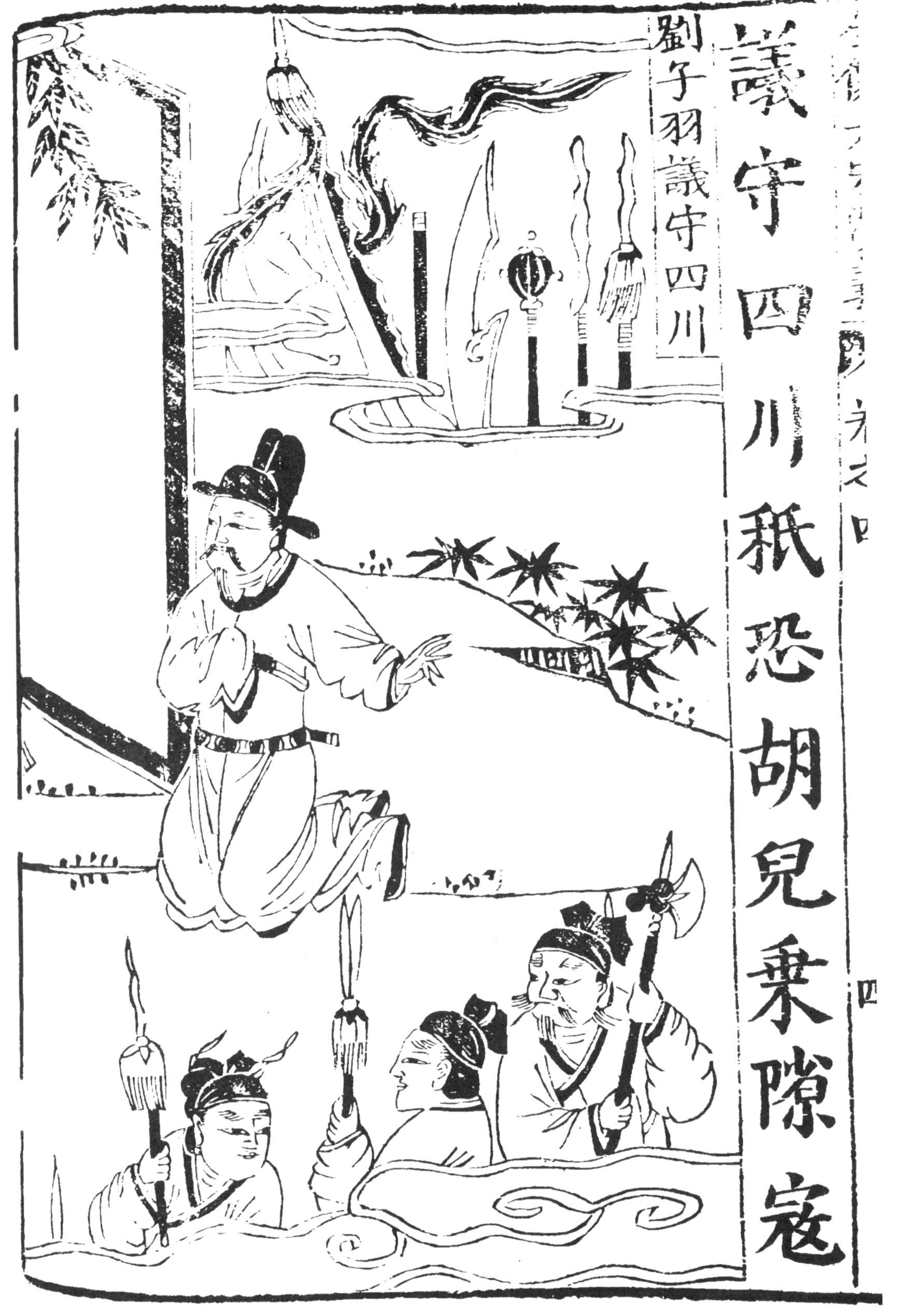

劉子羽議守四川
議守四川秖恐胡兒乗隙寇

劉子羽議守四川

堅持棧道何妨虜卒不時侵

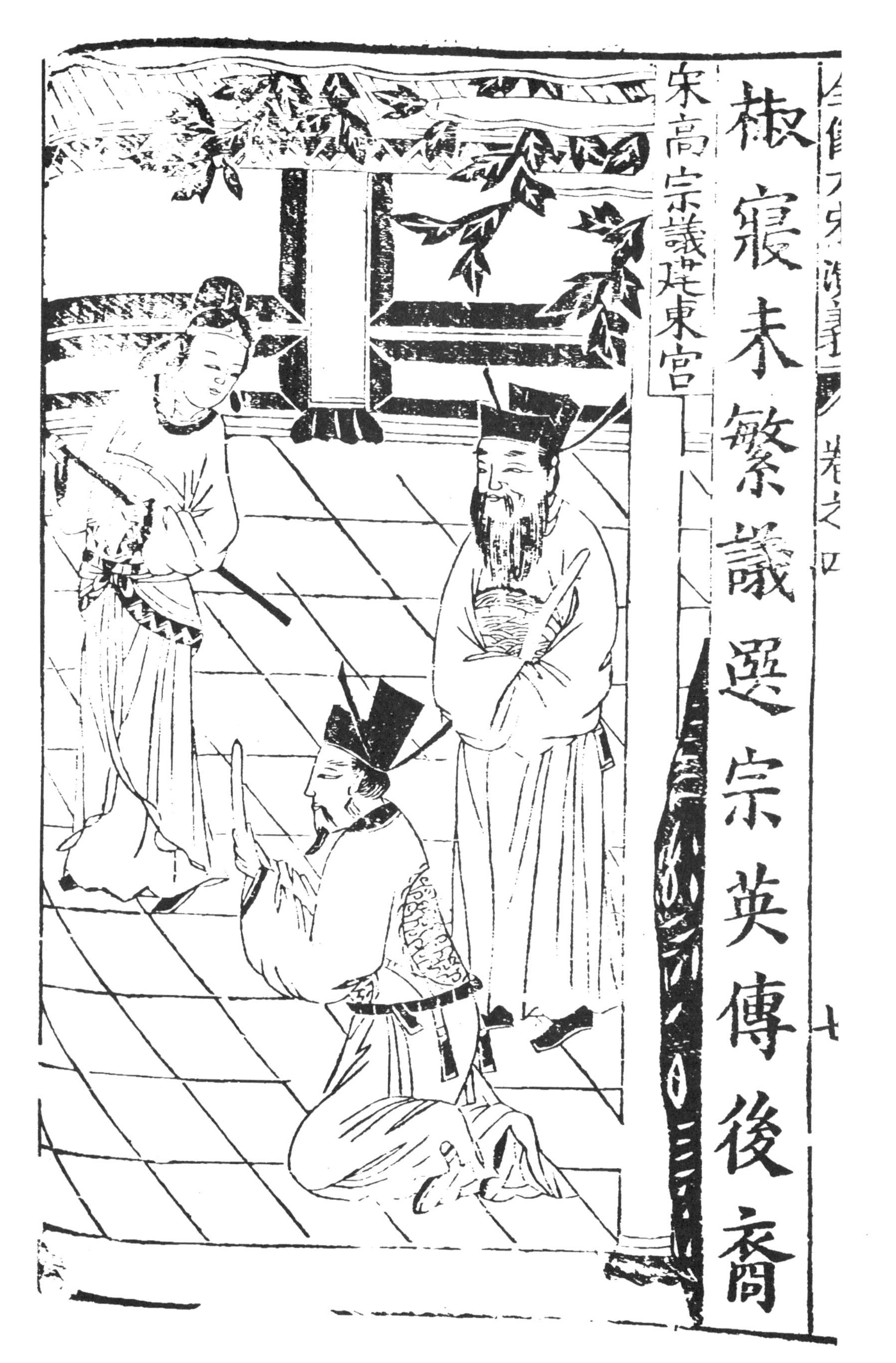

宋高宗議建東宮
椒寢未繁議選宗英傳後裔
卷之四

宋高宗議建東宮

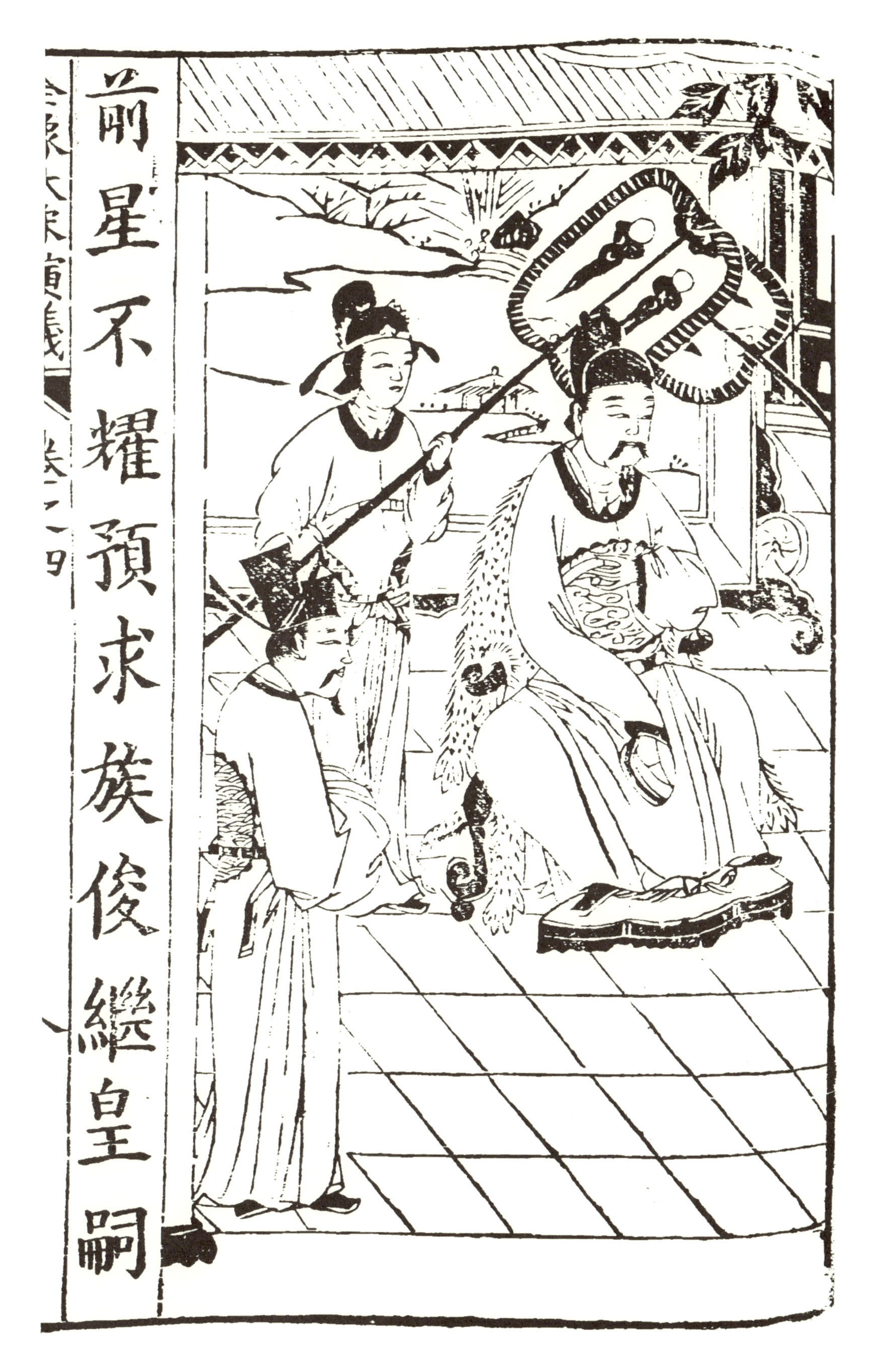
罡星不耀預求族俊繼皇嗣

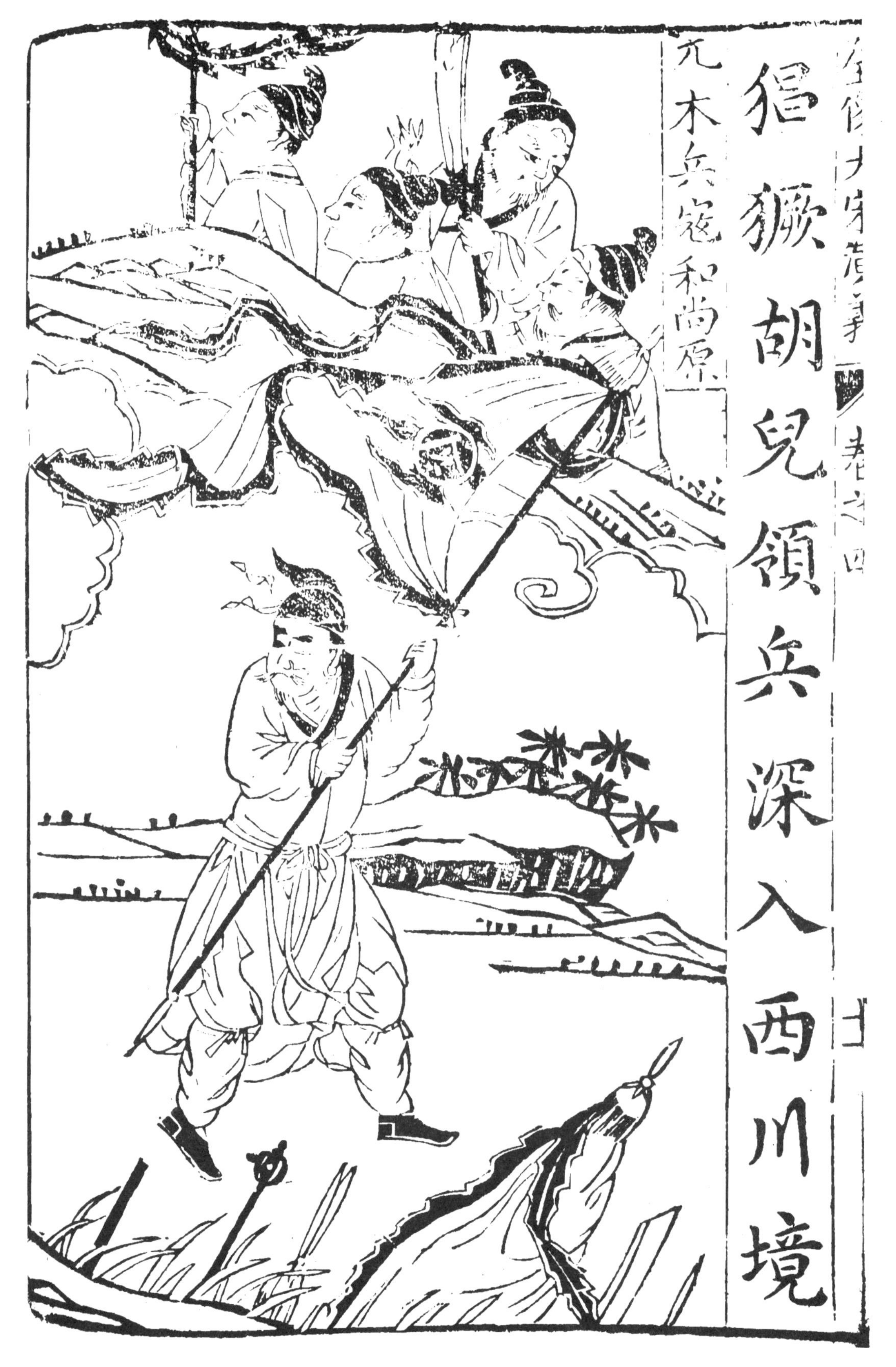

猖獗胡兒領兵深入西川境
兀朮兵寇和尚原

兀朮兵寇和尚原

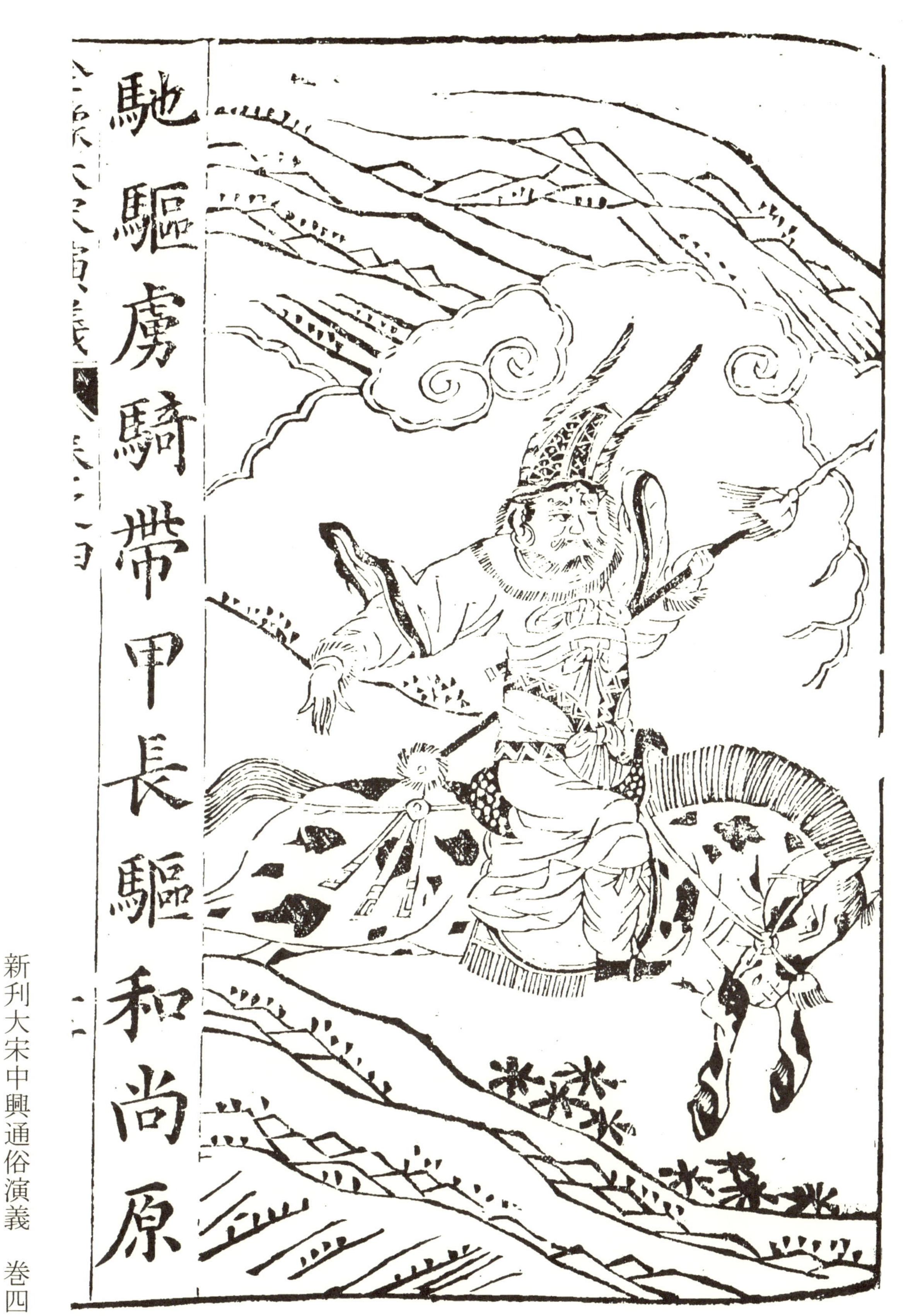
馳驅虜騎帶甲長驅和尚原

韓世忠平定建州

兩淮統制殄除賊黨奠家邦

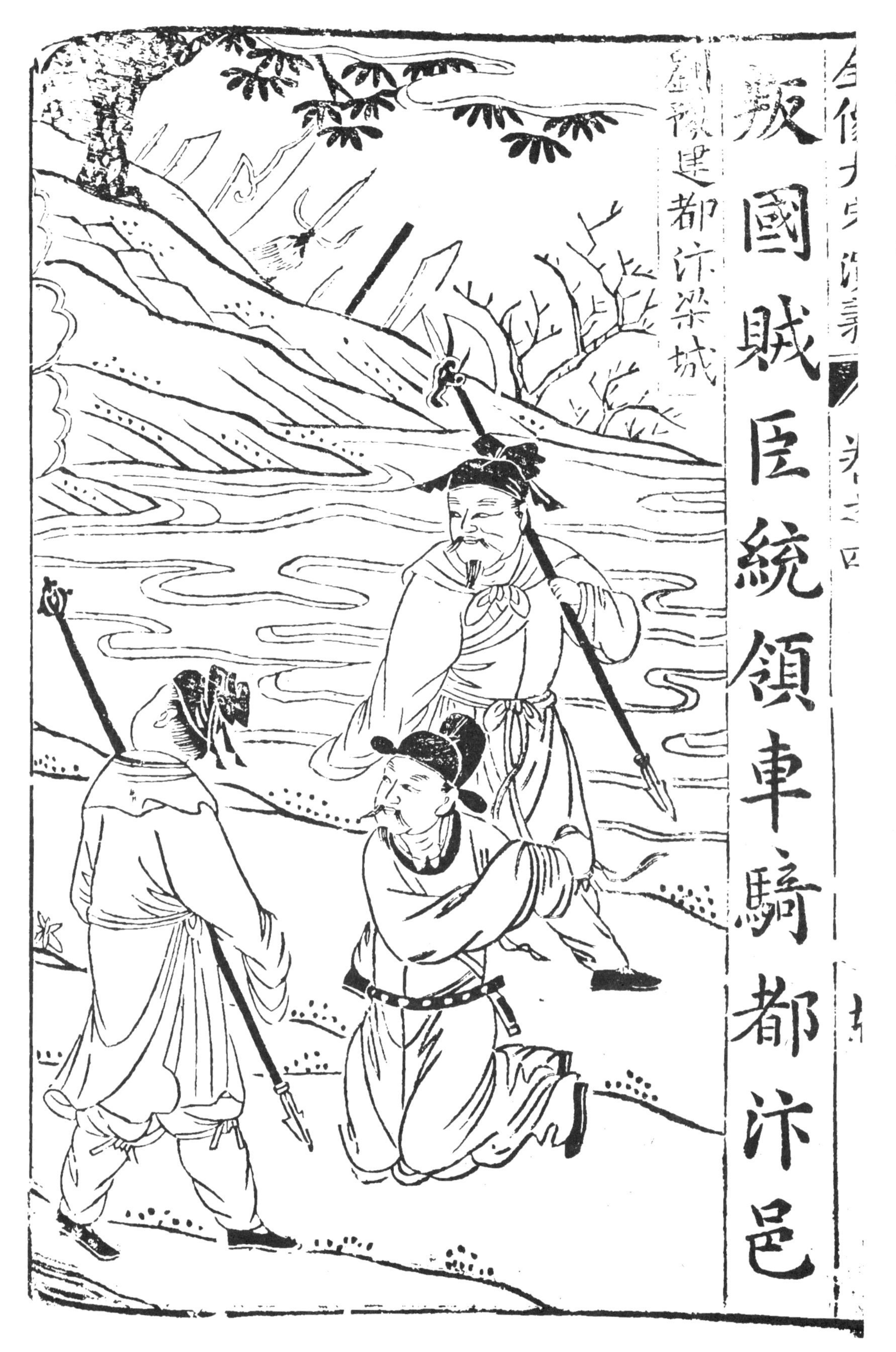
叛國賊臣統領車騎都汴邑
劉豫建都汴梁城

劉豫建都汴梁城

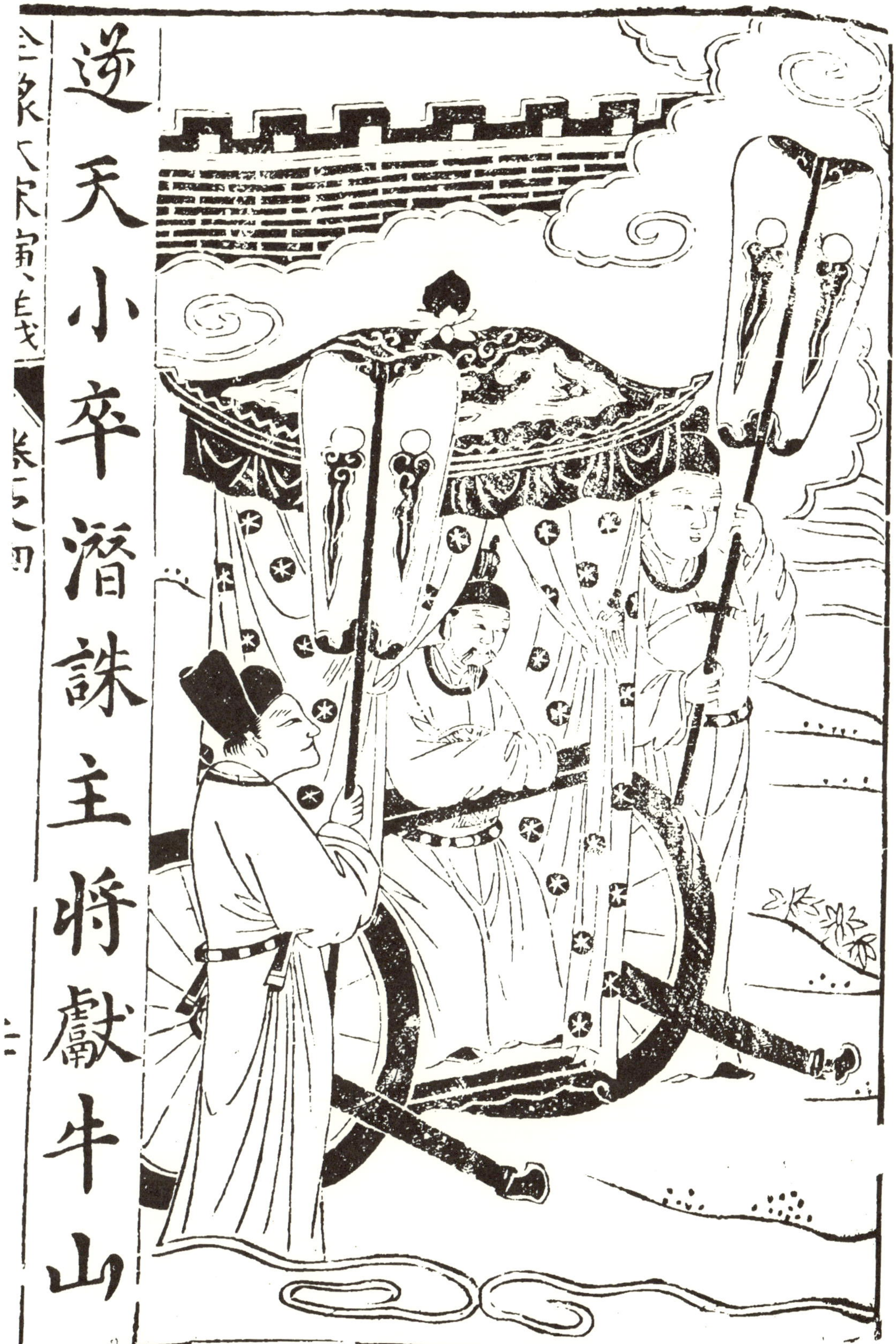

逆天小卒潛誅主將獻牛山

全像大宋演義 巻之四

二

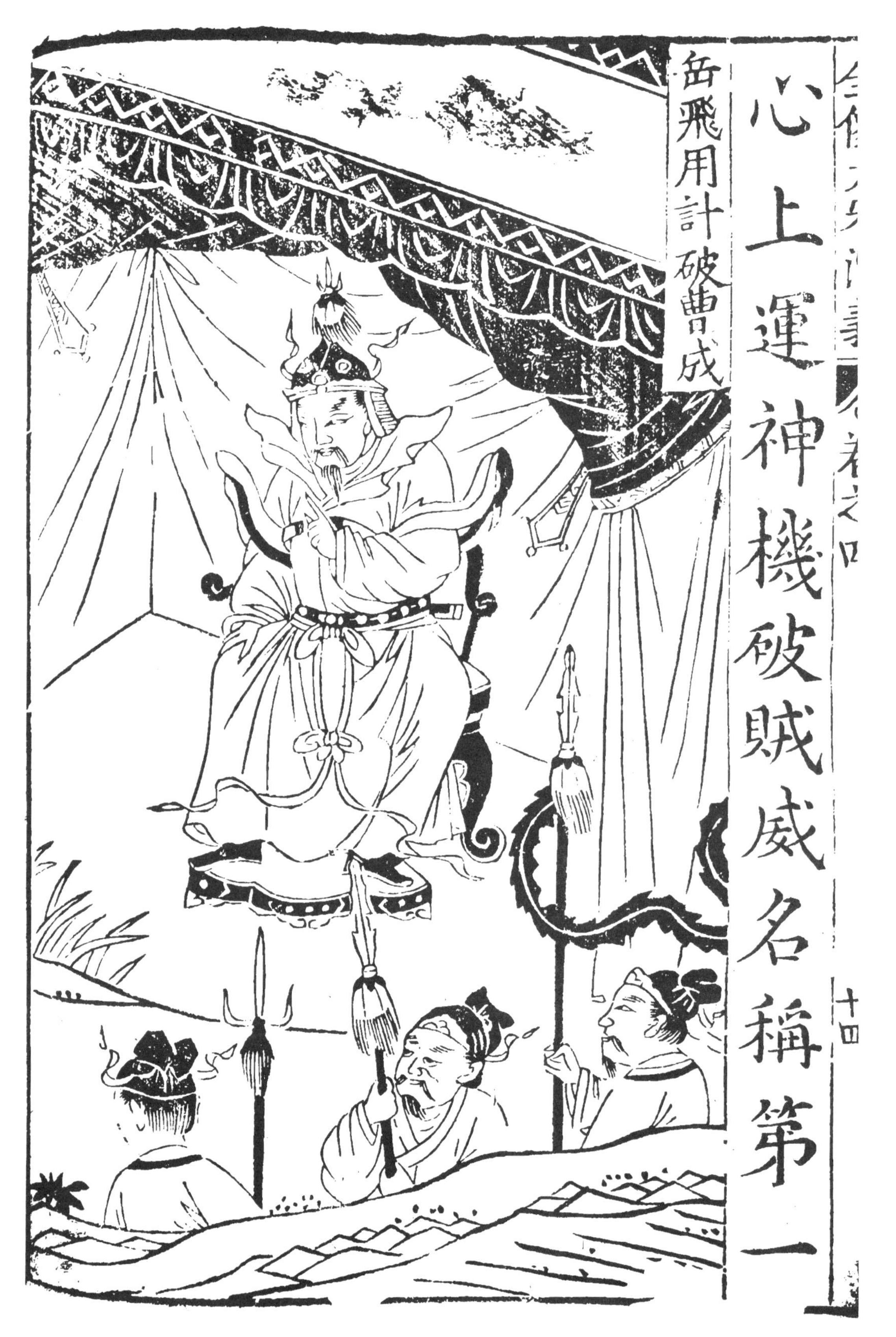
心上運神機破賊威名稱第一
岳飛用計破曹成

岳飛用計破曹成

全象大宋演義
胸中包將略調兵志量賀無雙

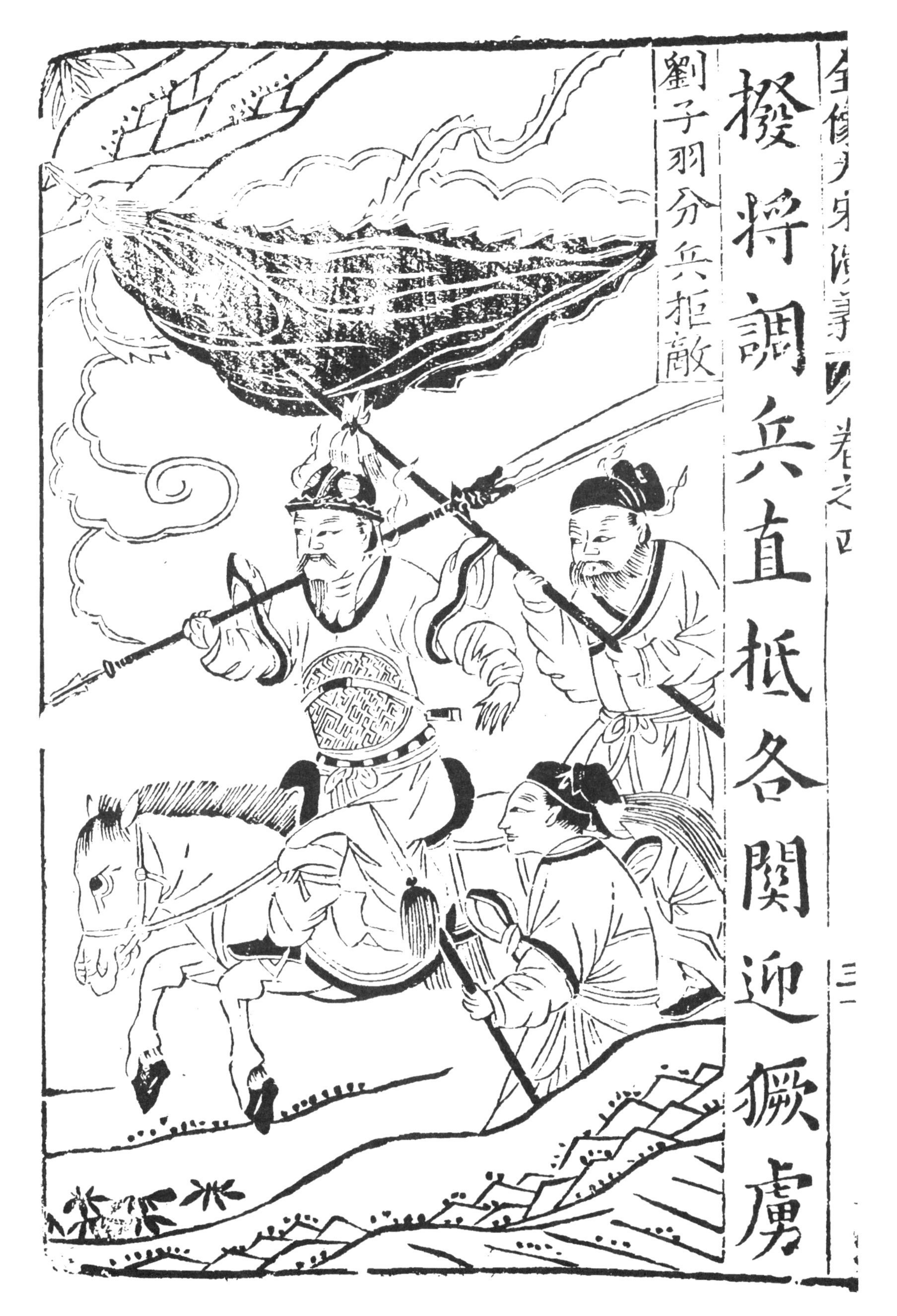
劉子羽分兵拒敵
撥將調兵直抵各關迎獗虜

劉子羽分兵拒敵

運籌決策預從諸路設雄師

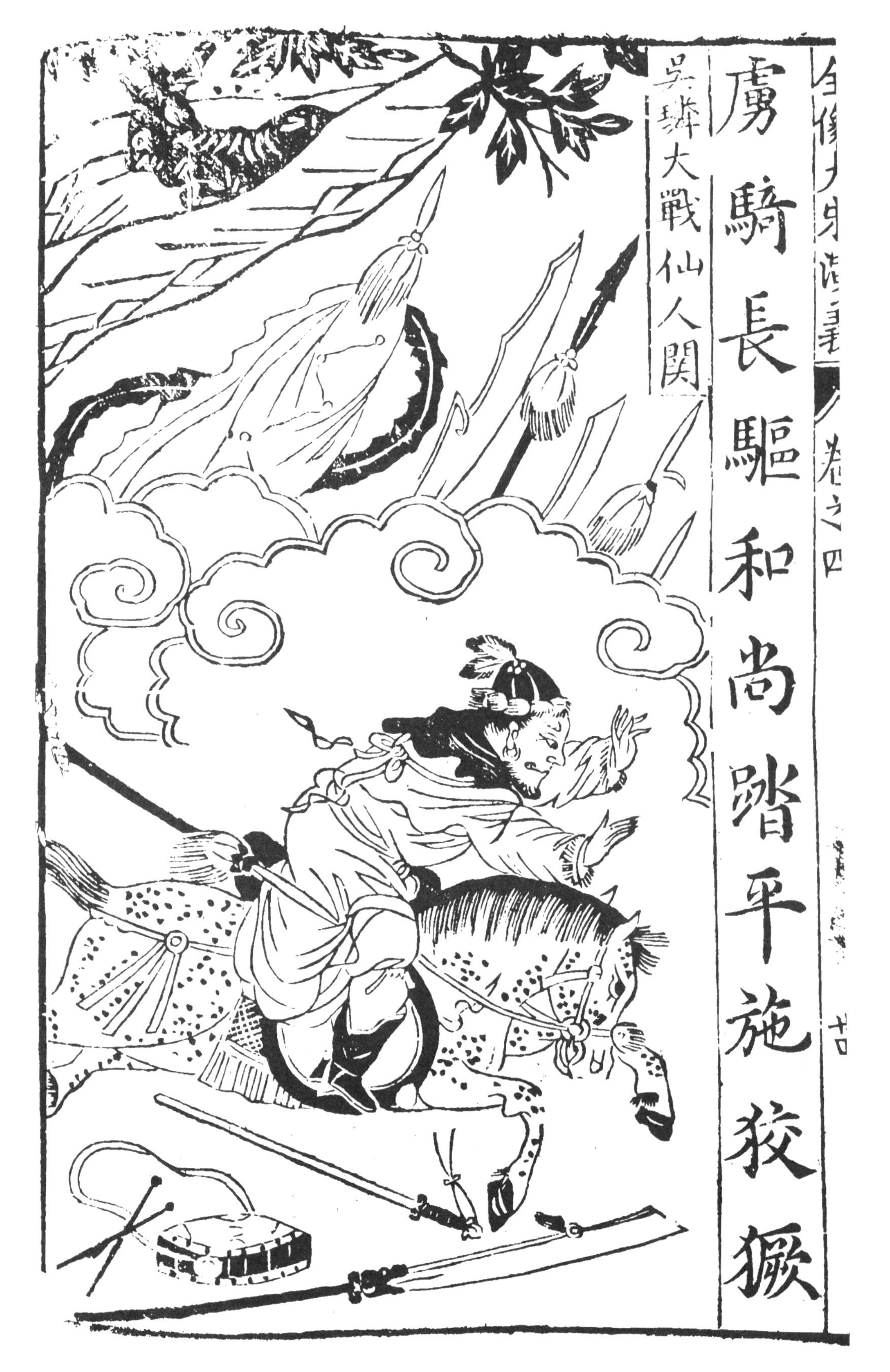
虜騎長驅和尚踏平施狡獗
呉璘大戰仙人関

呉璘大戰仙人関

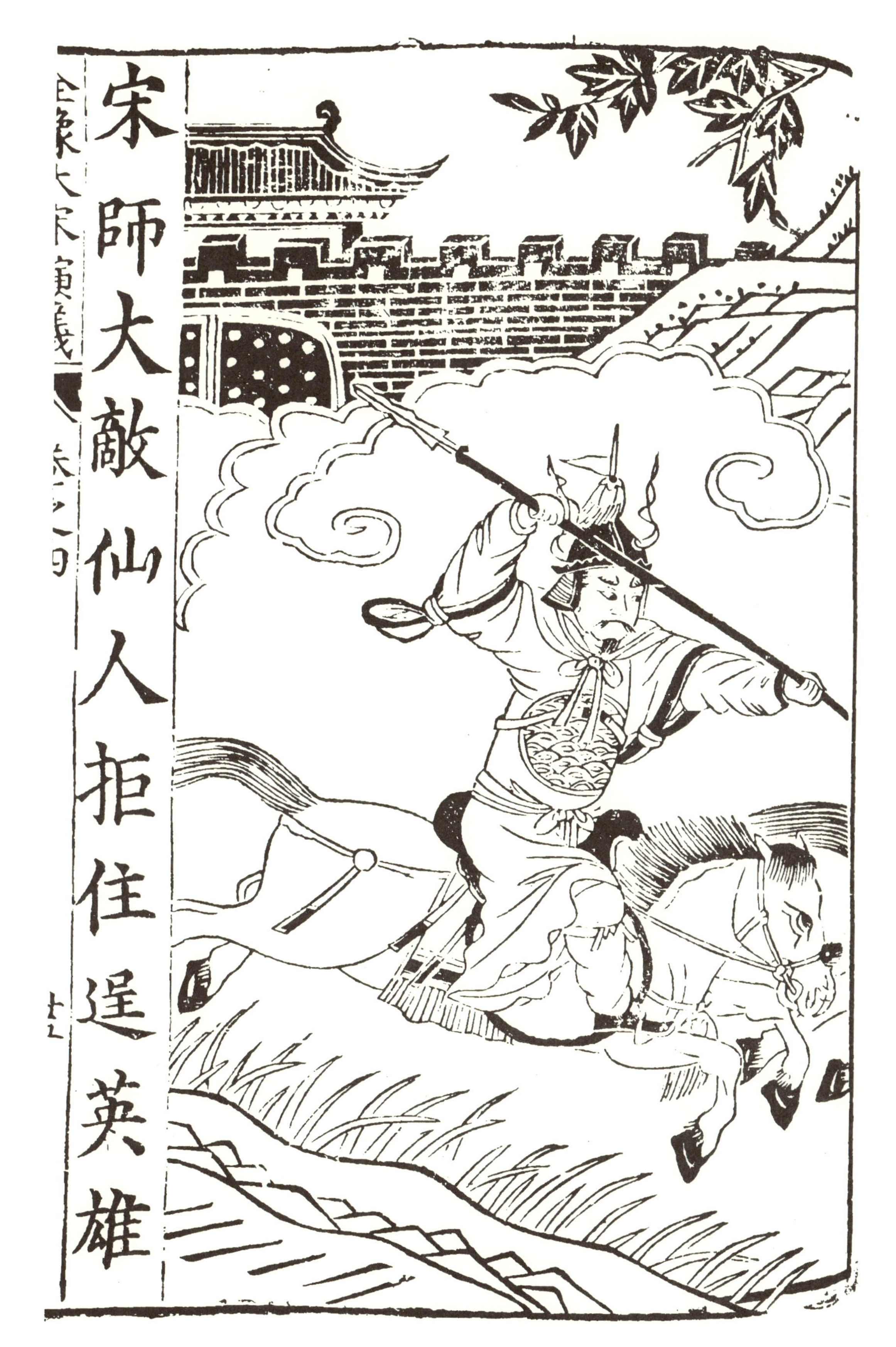
宋師大敵仙人拒住逞英雄

張浚被劾謫嶺南

貞忠張浚八千不憚謫南閩

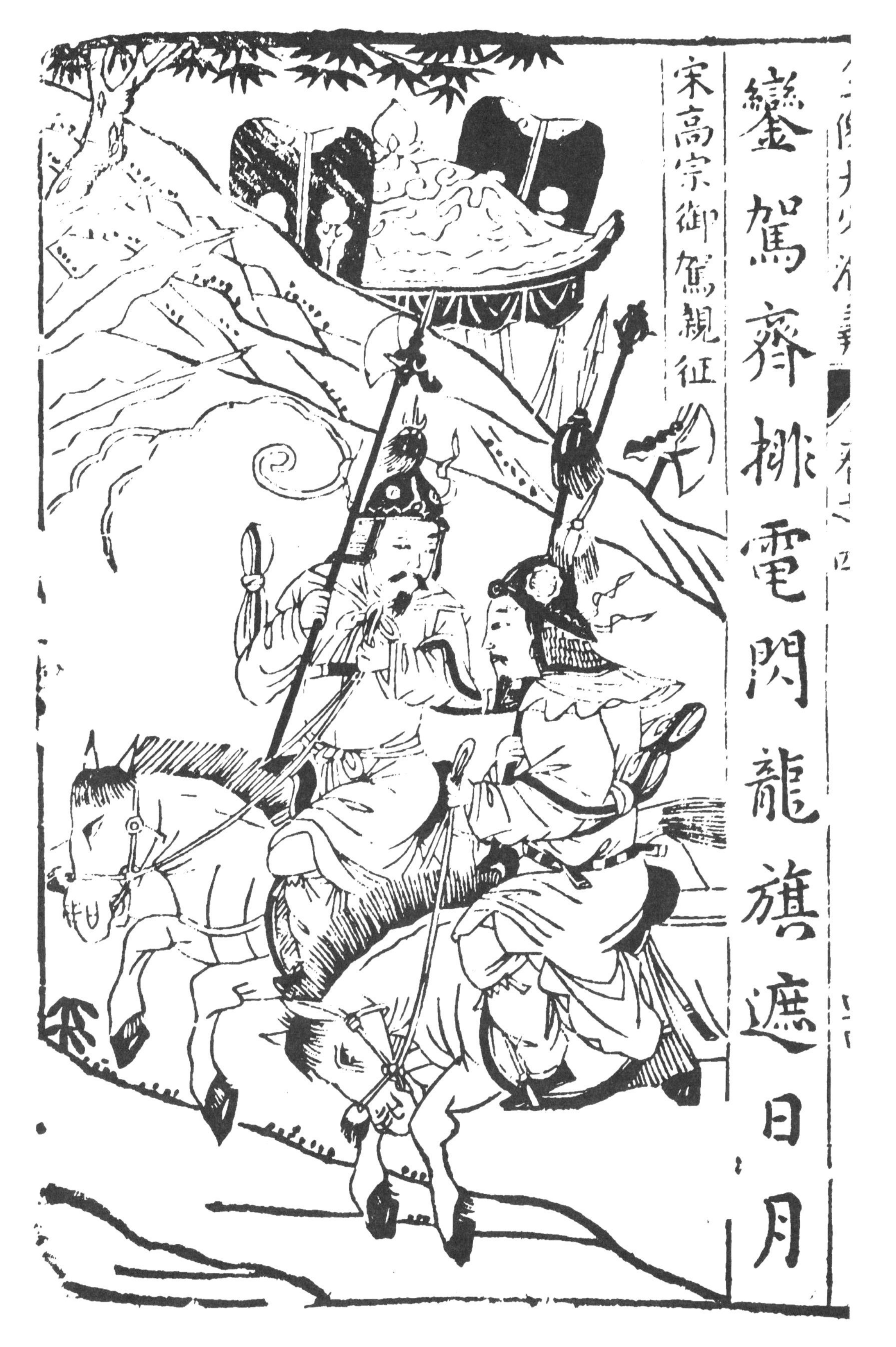

宋高宗御駕親征

御兵奮往風摧鼉鼓動山河
大宋
大宋

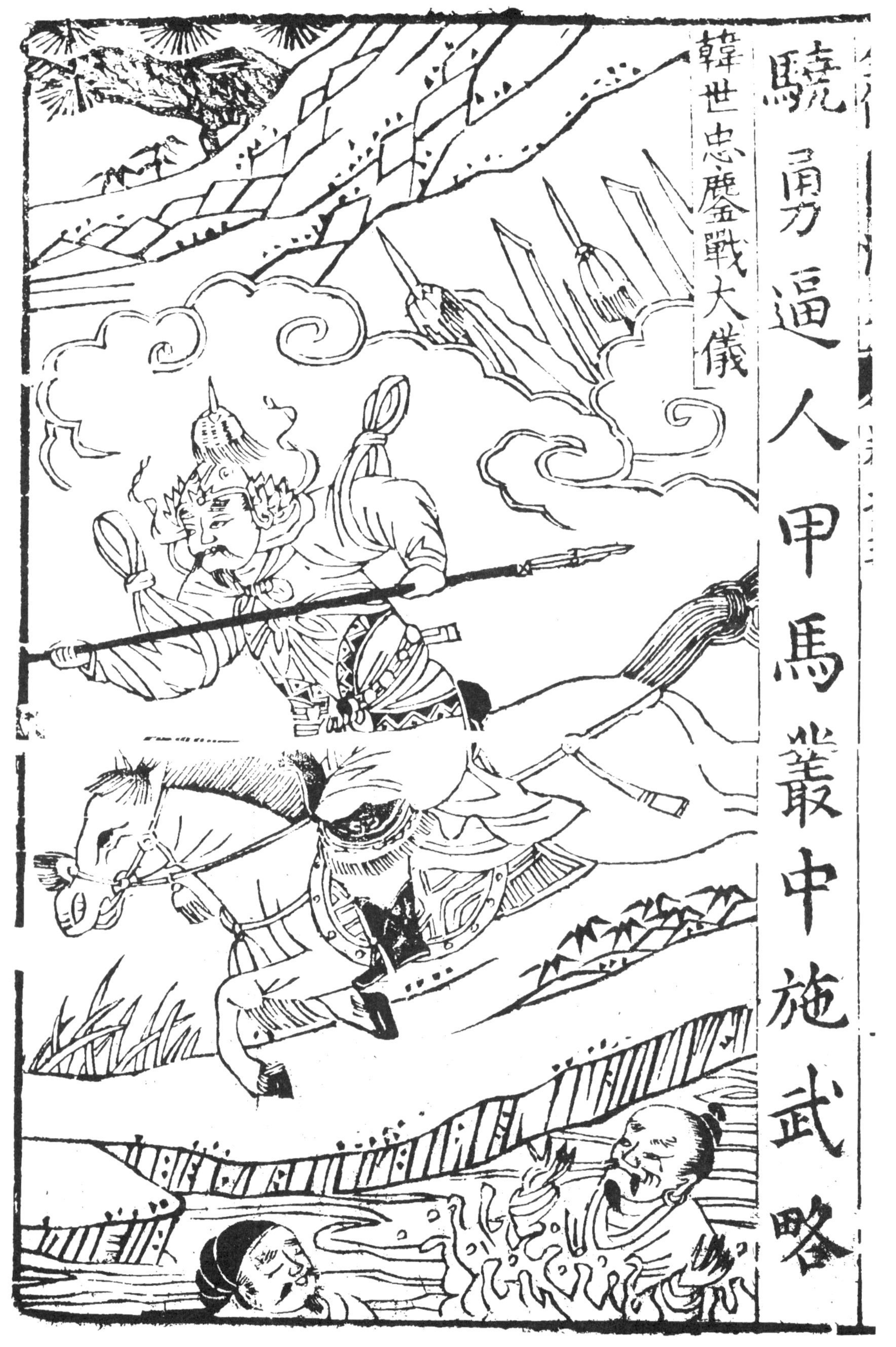
驍勇逼人甲馬叢中施武略
韓世忠鏖戰大儀

韓世忠鏖戰大儀

英雄蓋世干戈隊裏顯威風

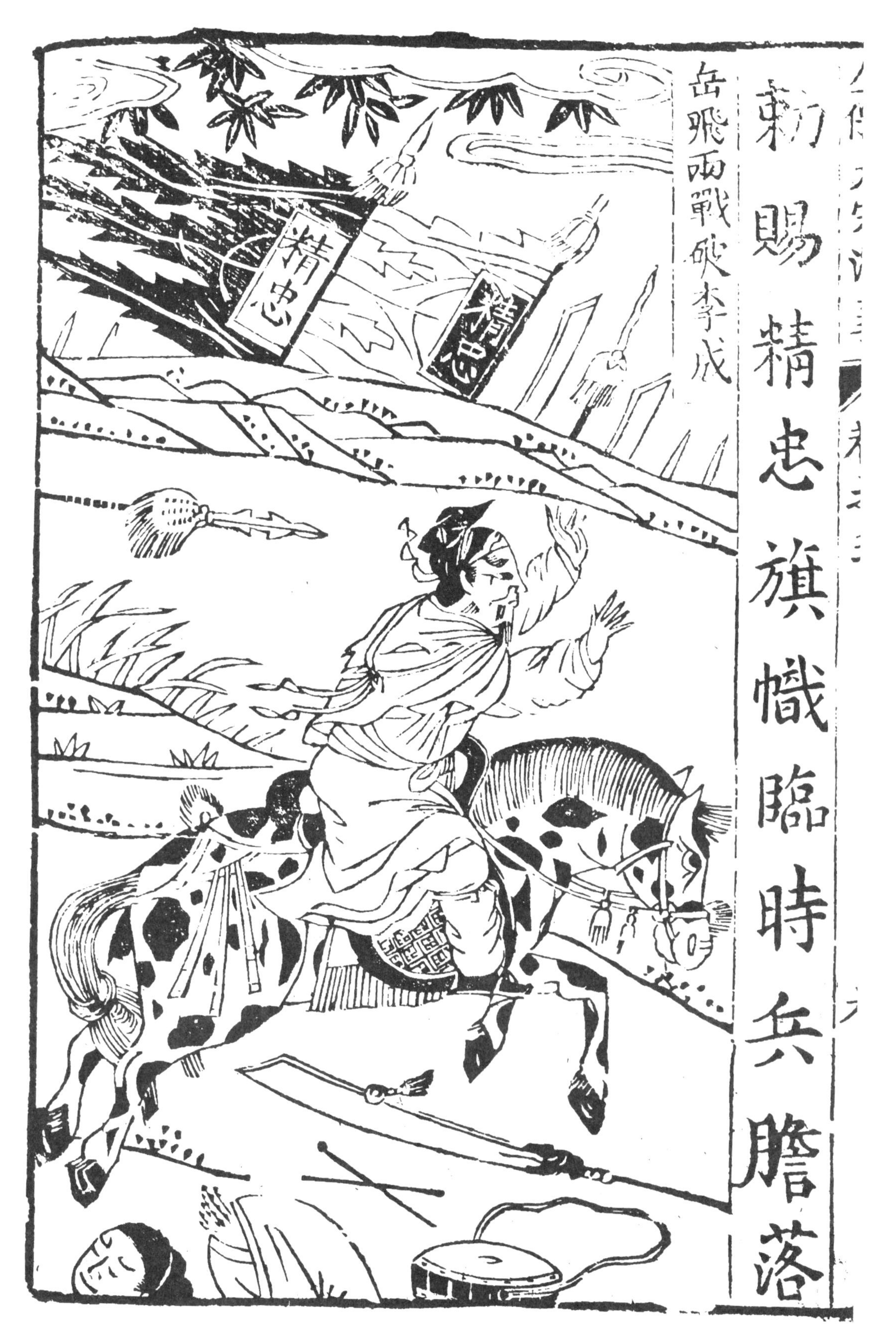
勅賜精忠旗幟臨時兵膽落
岳飛兩戰破李成
精忠
精忠

岳飛兩戰破李成

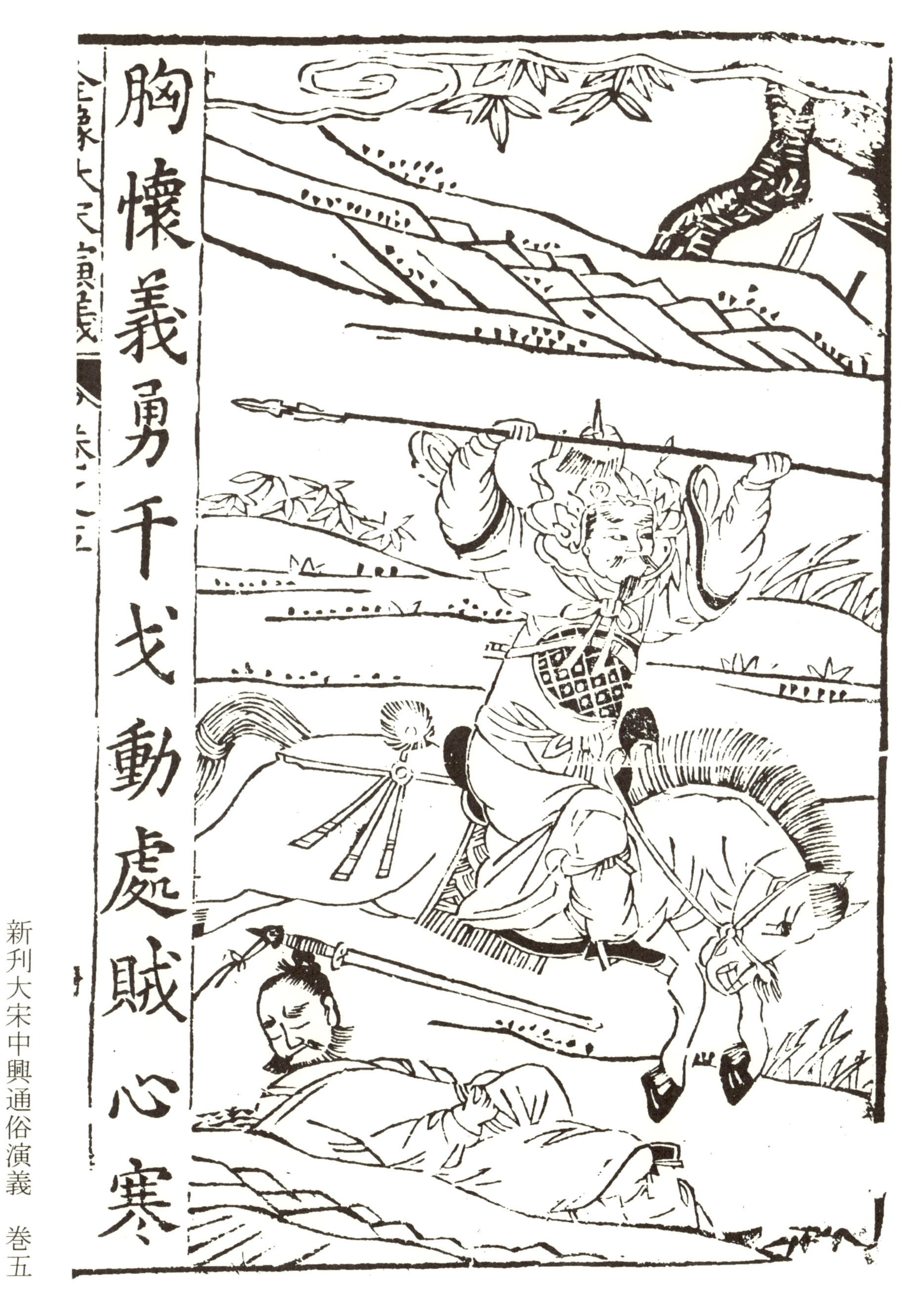
胸懷義勇干戈動處賊心寒

議防邊李綱獻策

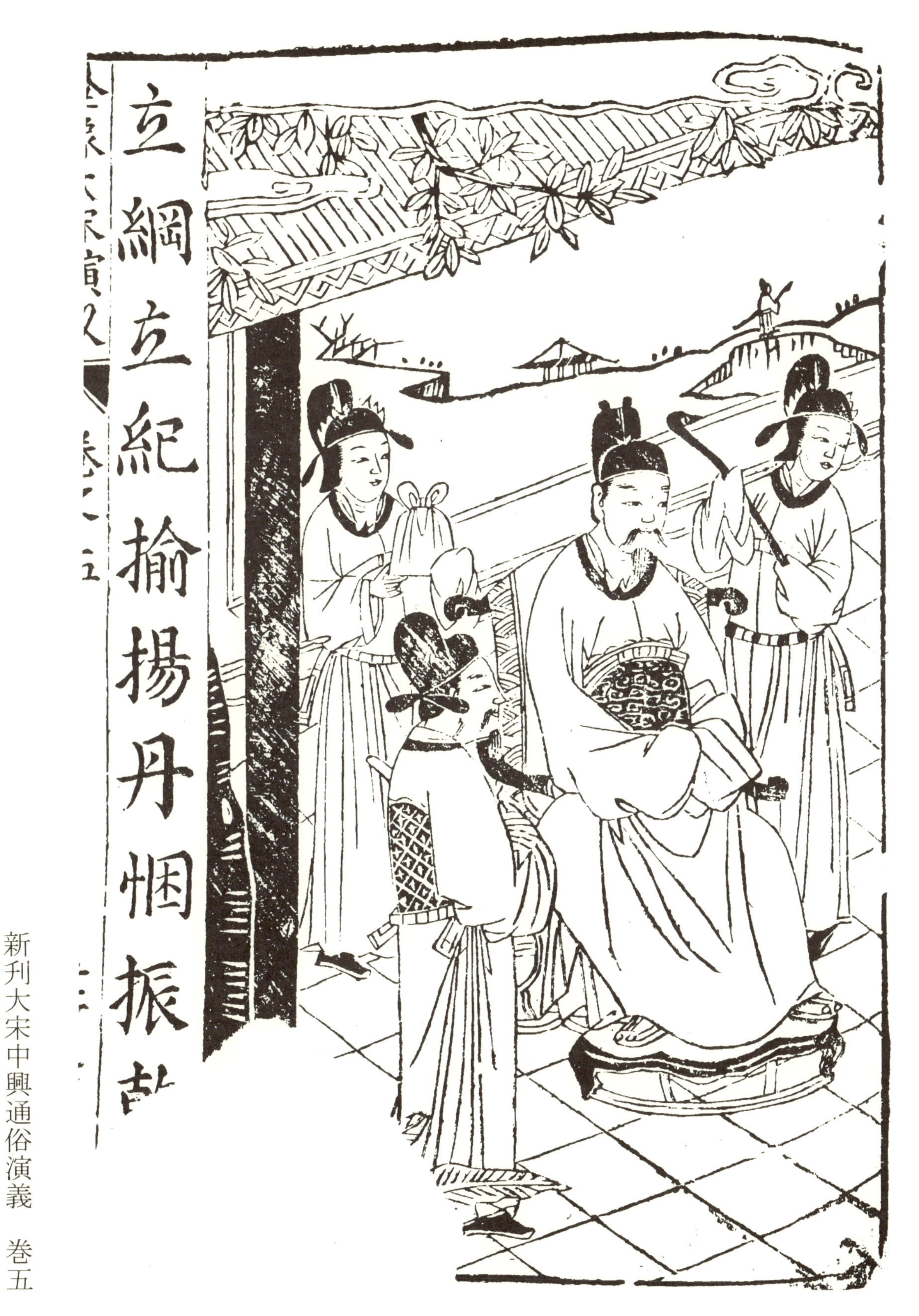
立綱立紀揄揚丹悃振

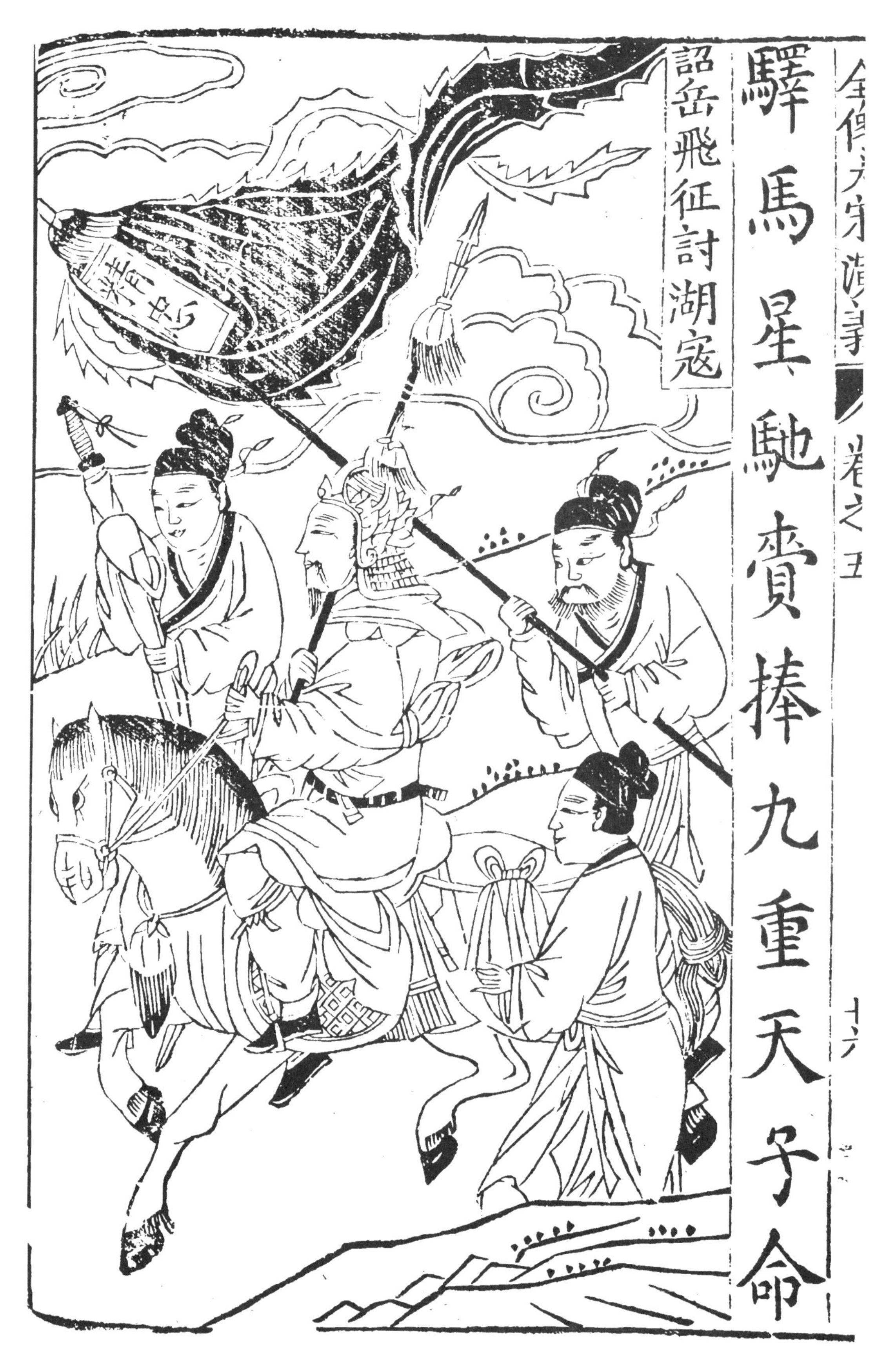

詔岳飛征討湖寇

旌旗電閃展開八面大軍威

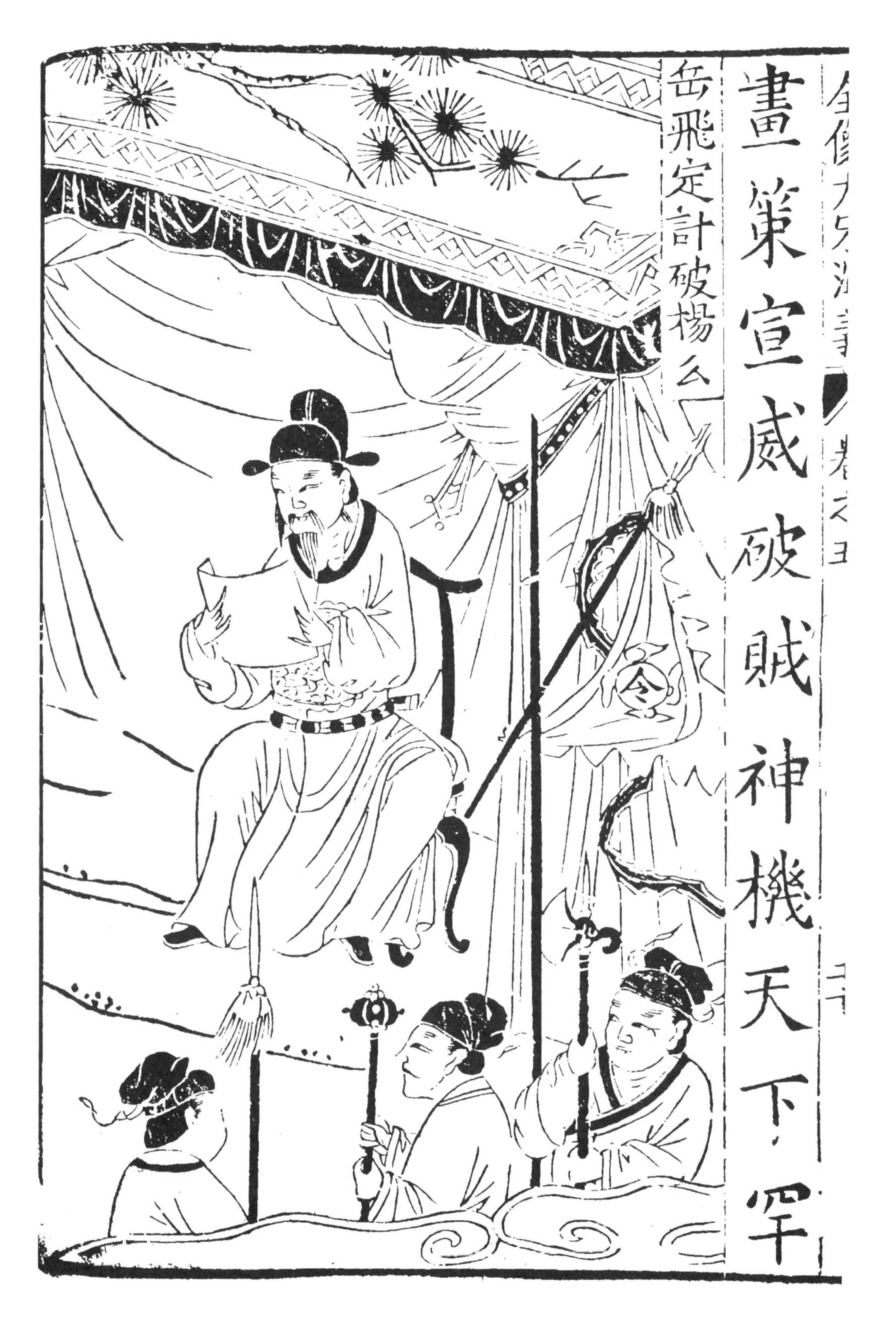
畫策宣威破賊神機天下罕
岳飛定計破楊么

岳飛定計破楊么

運籌決勝調兵妙筭世間稀

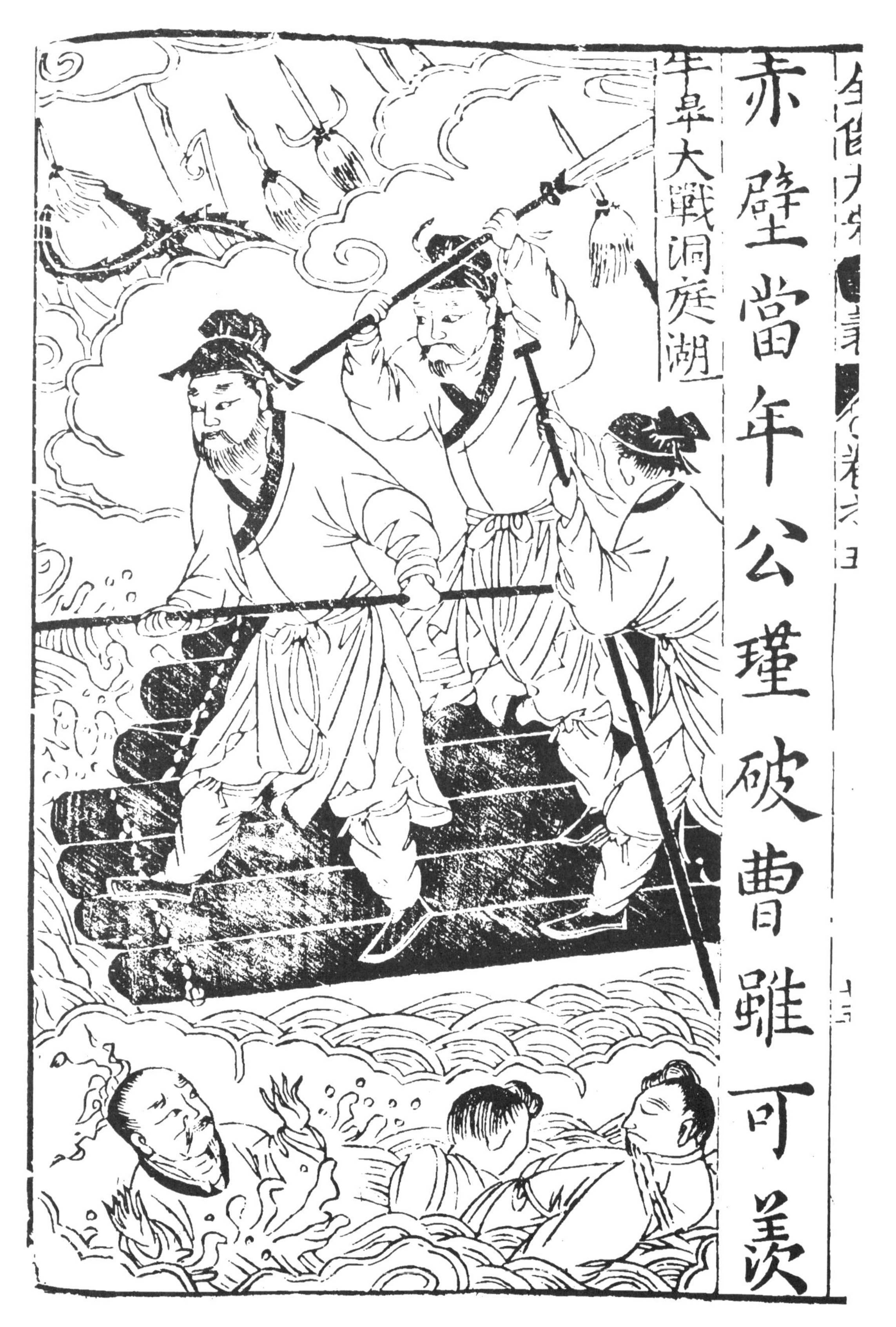
赤壁當年公瑾破曹雖可羨
牛皐大戰洞庭湖

牛皐大戰洞庭湖

洞庭此日岳飛敗賊更堪誇

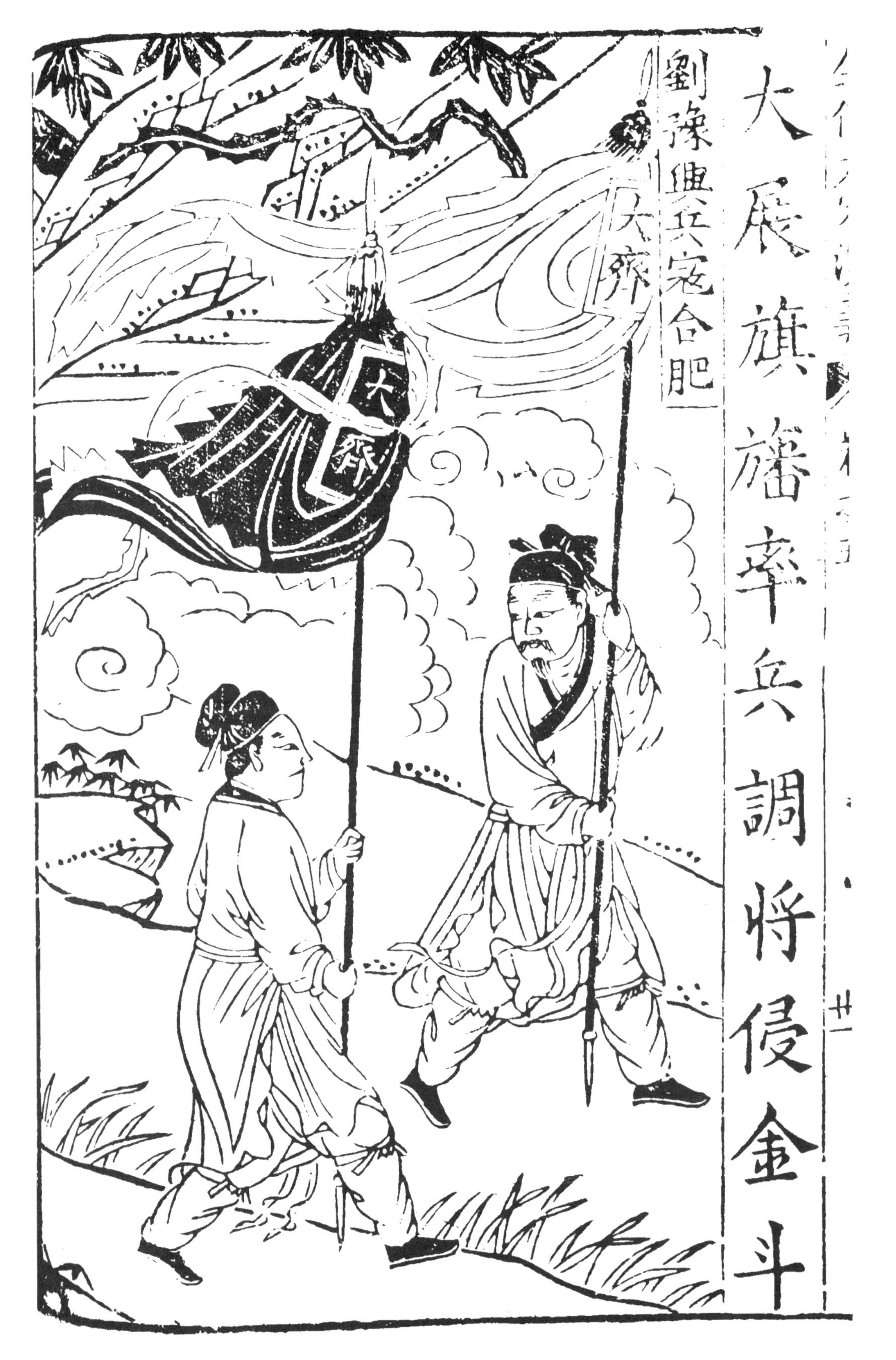

劉豫興兵寇合肥

長驅甲馬擊鼓鳴金出汴京

楊沂中藕塘大捷

鞭敲金鐙收回大宋卒三千

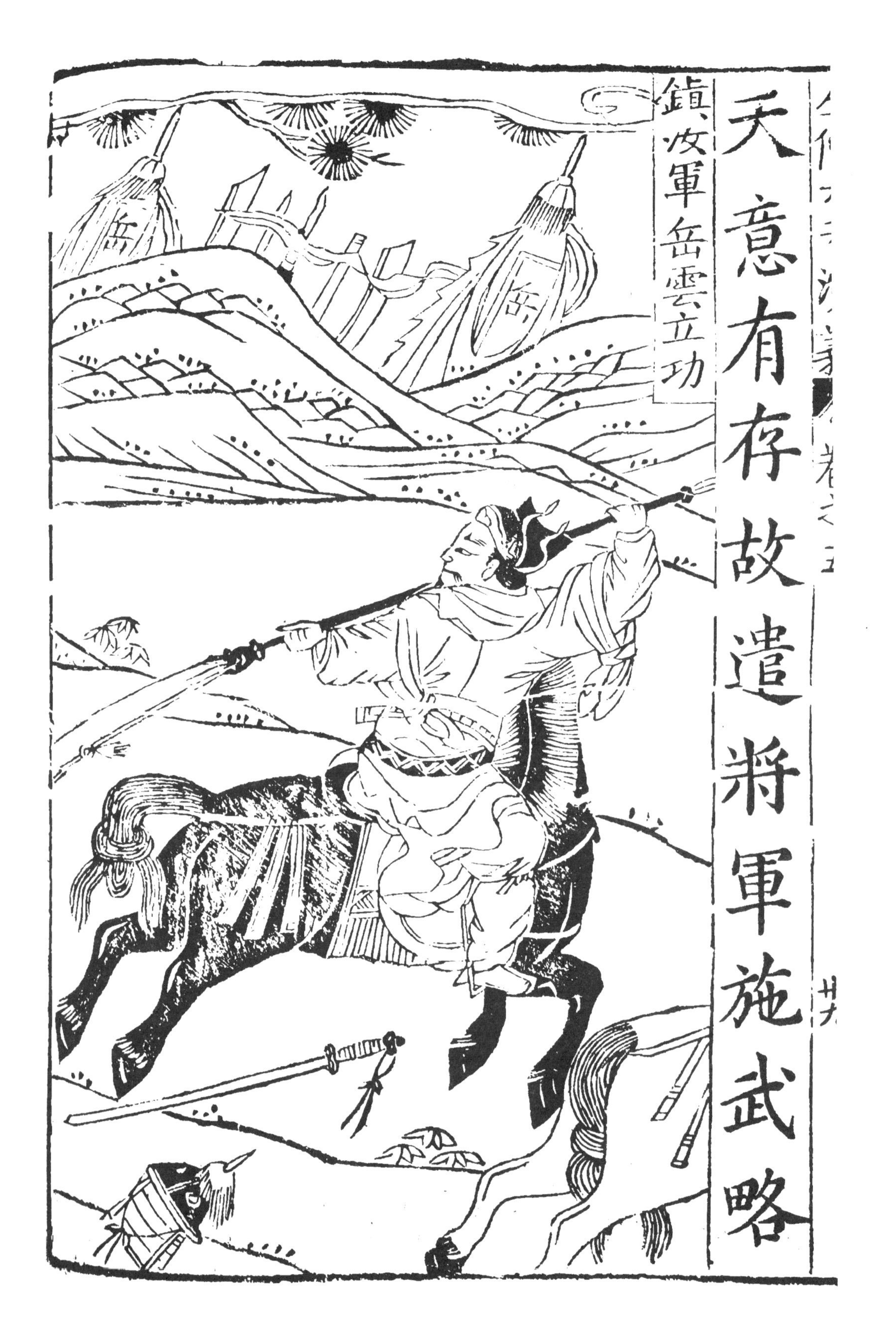

鎮汝軍岳雲立功

王師無敵頓敎逆賊喪雄

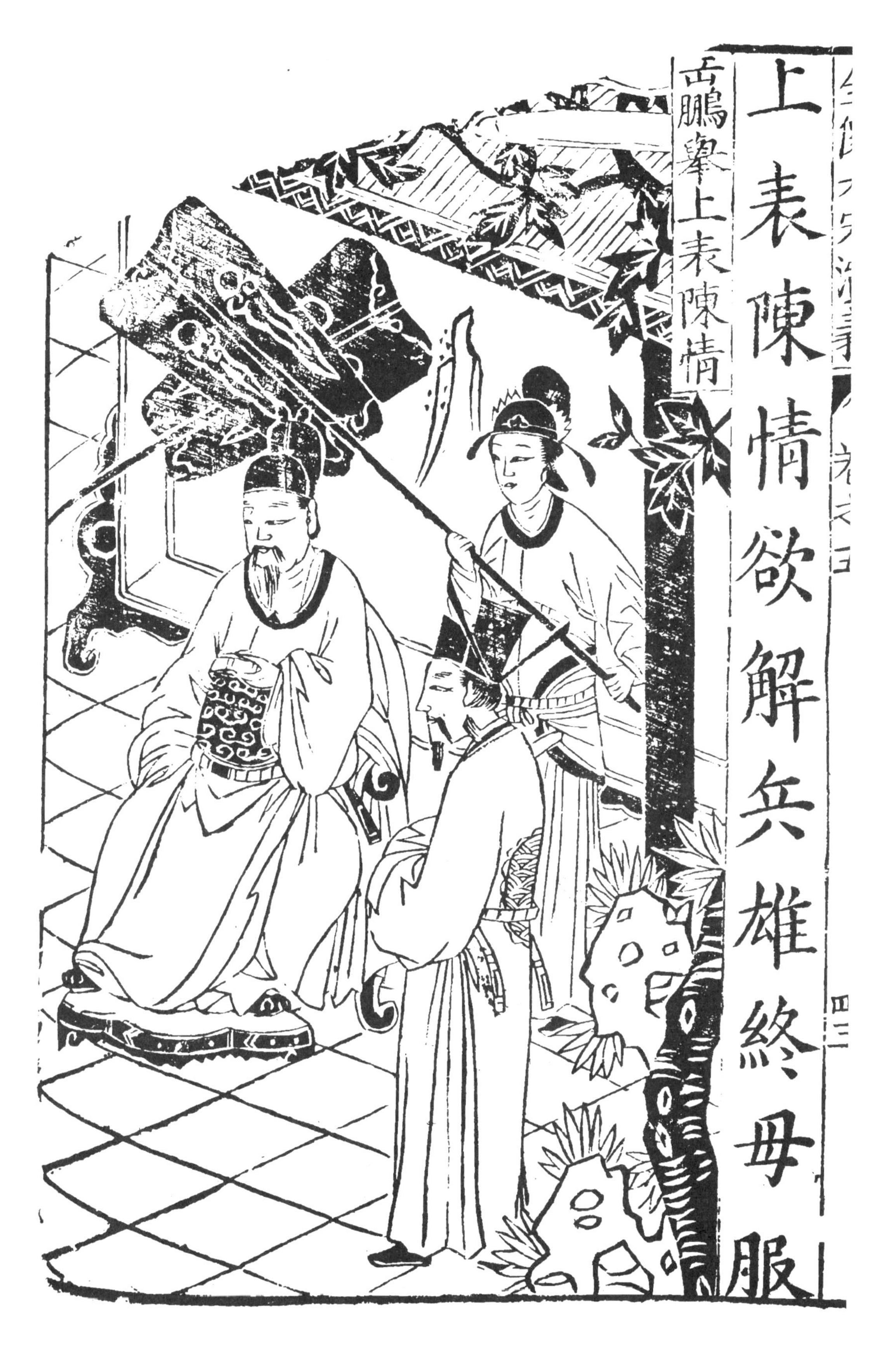
上表陳情欲解兵雄終毋服
岳鵬舉上表陳情

岳鵬舉上表陳情

頒恩進職復承君命立臣綱

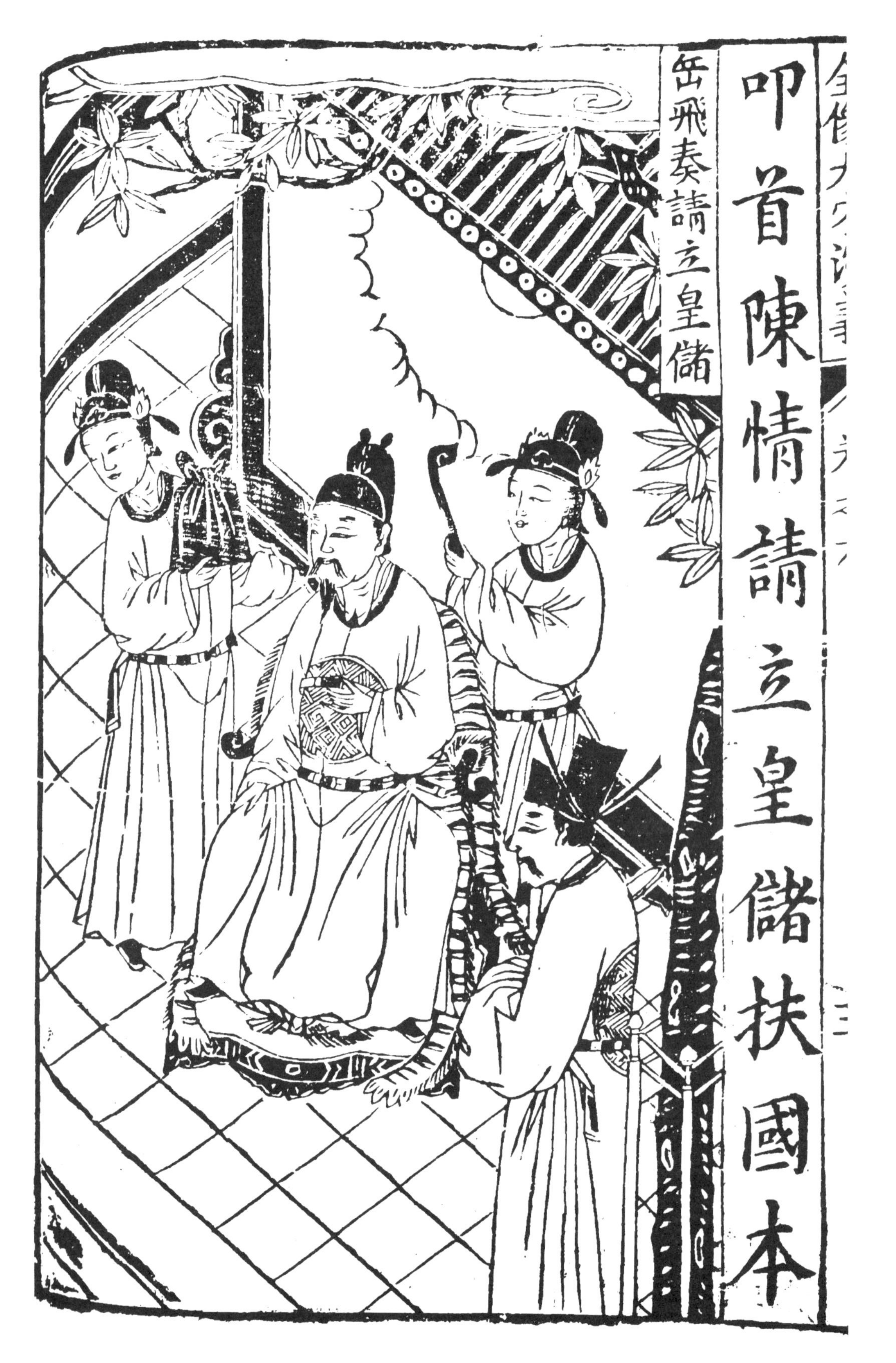
叩首陳情請立皇儲扶國本
岳飛奏請立皇儲

岳飛奏請立皇儲

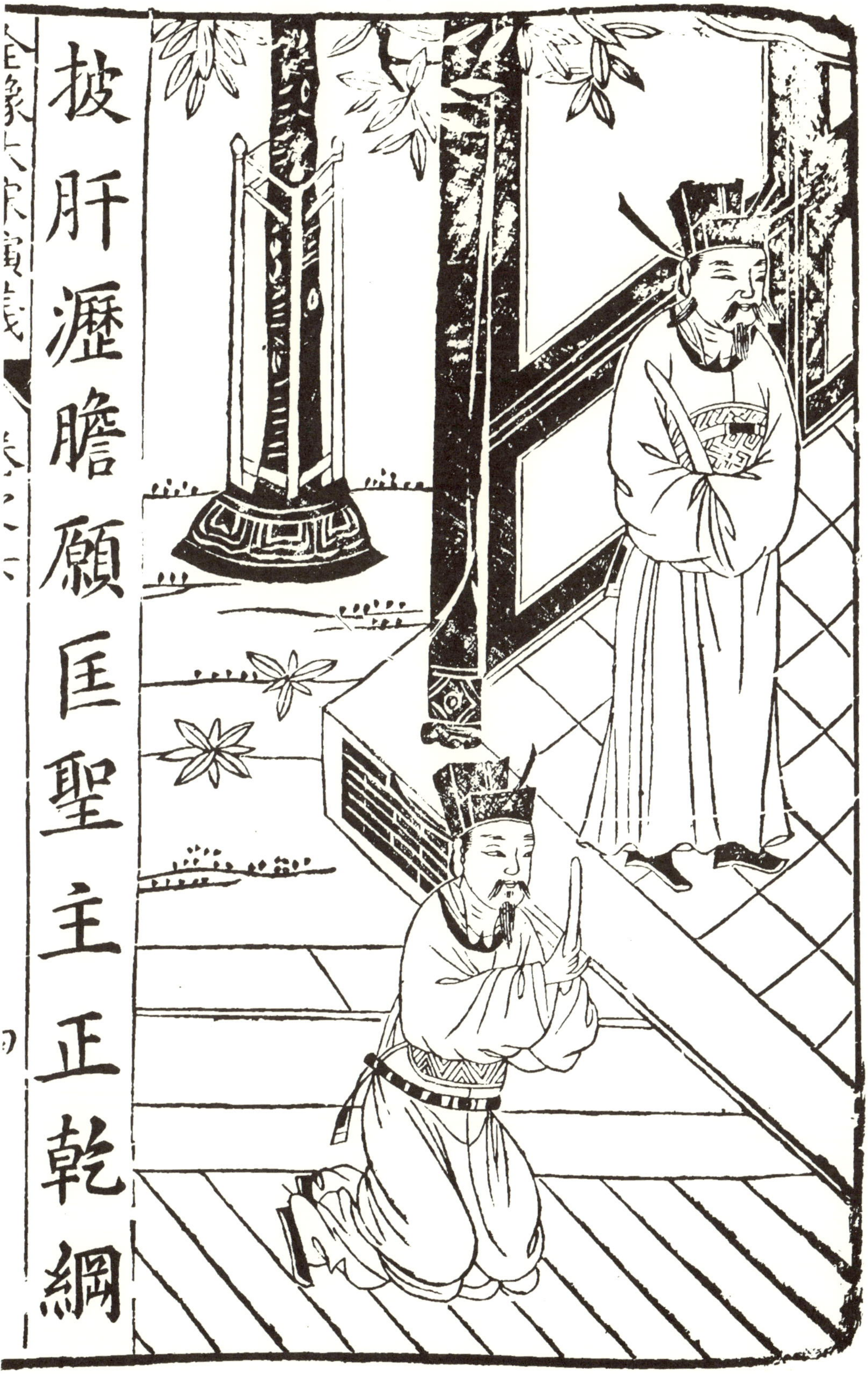

披肝瀝膽願匡聖主正乾綱

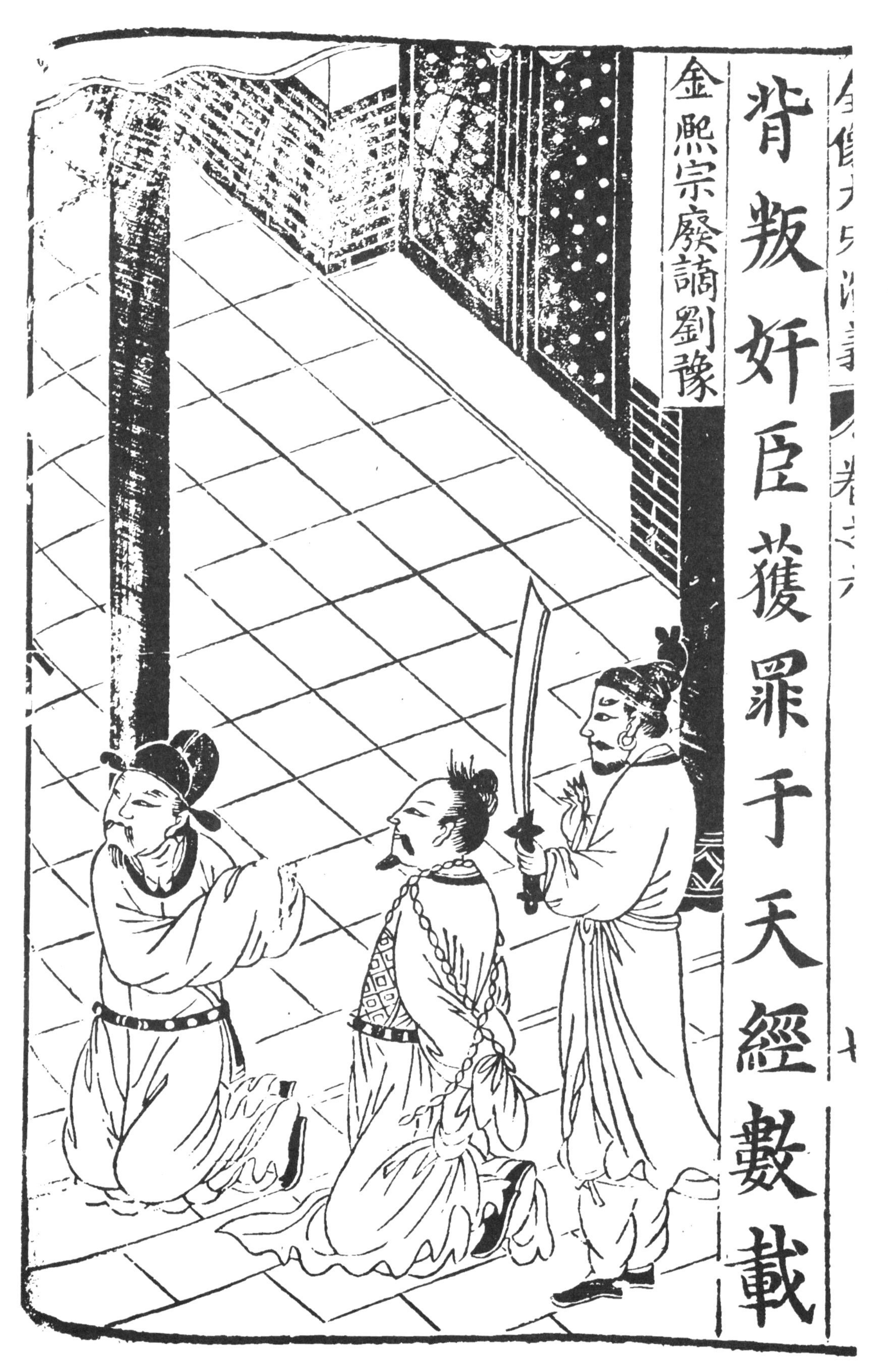
金熙宗廢謫劉豫
背叛奸臣獲罪于天經數載

金熙宗廢謫劉豫

猖狂狡虜主謀篡位不多時

賊檜主和怨氣滿腔迷宋室
議求和王倫使金

王倫奉使烟塵一轡透夷邦

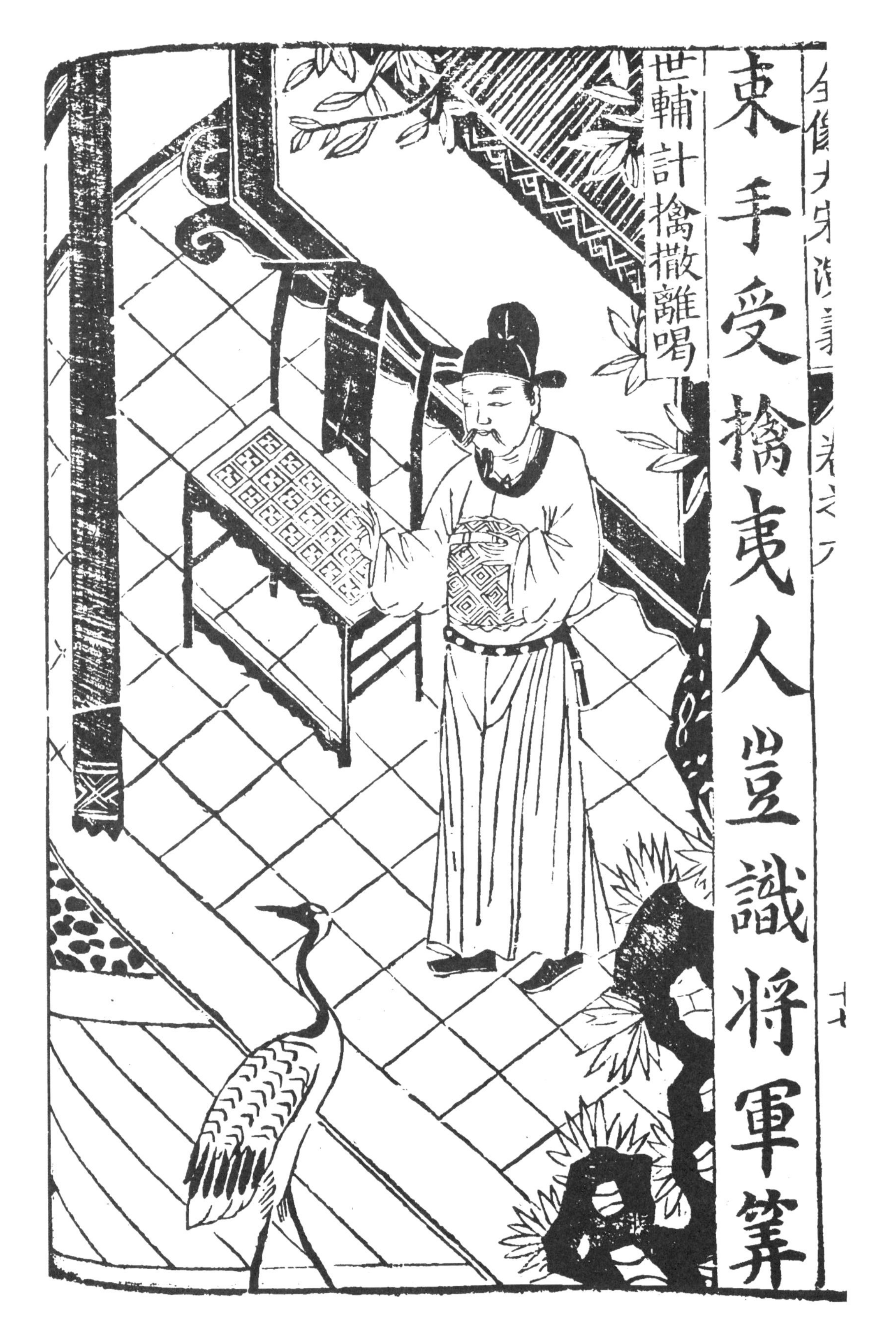
世輔計擒撒離喝
束手受擒夷人豈識将軍筭

世輔計擒撒離喝

厲聲傳令宋士先追酋虜魂

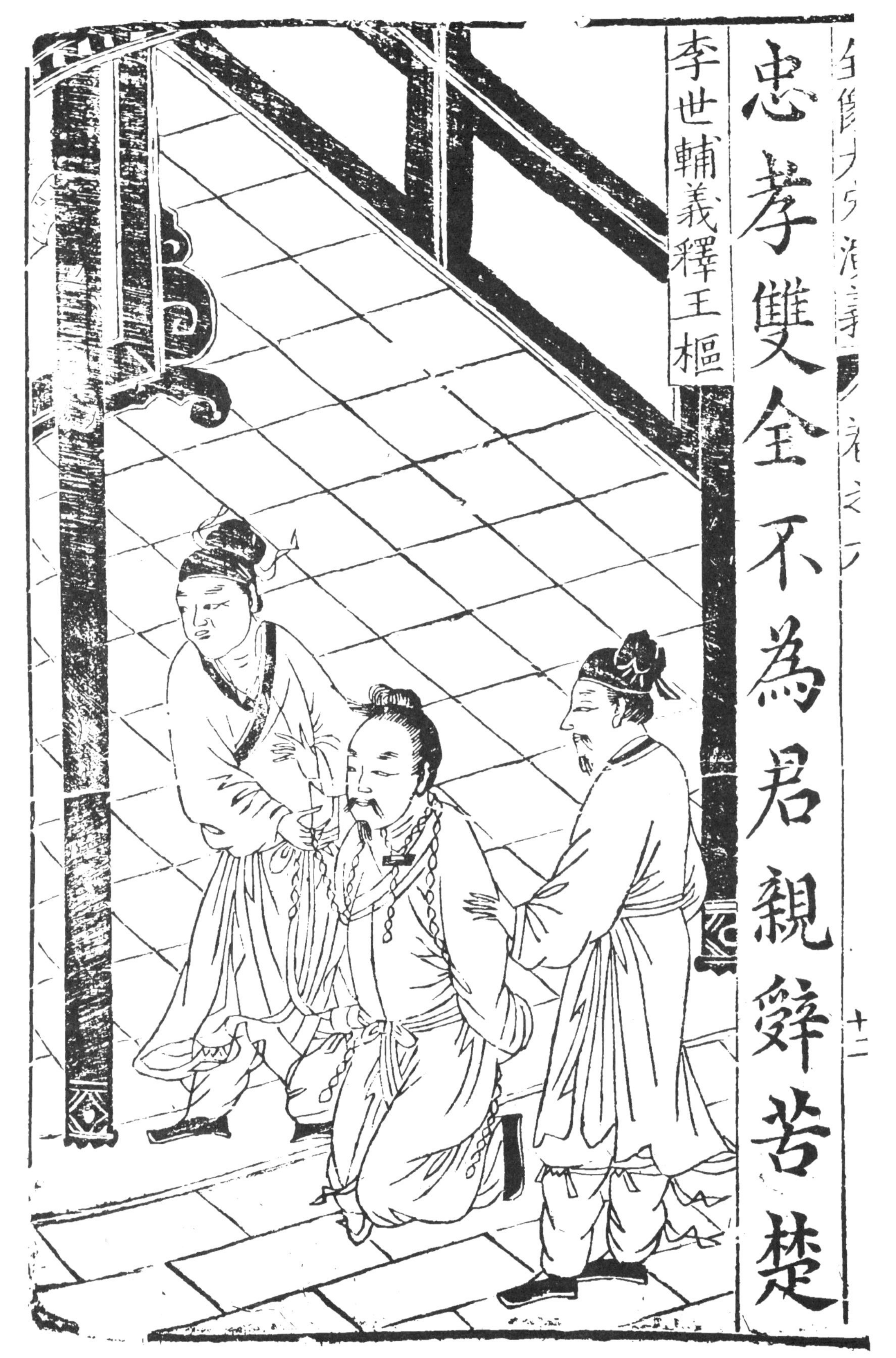
忠孝雙全不為君親辭苦楚
李世輔義釋王樞

李世輔義釋王樞

智仁兩盡甘從金夏展英雄

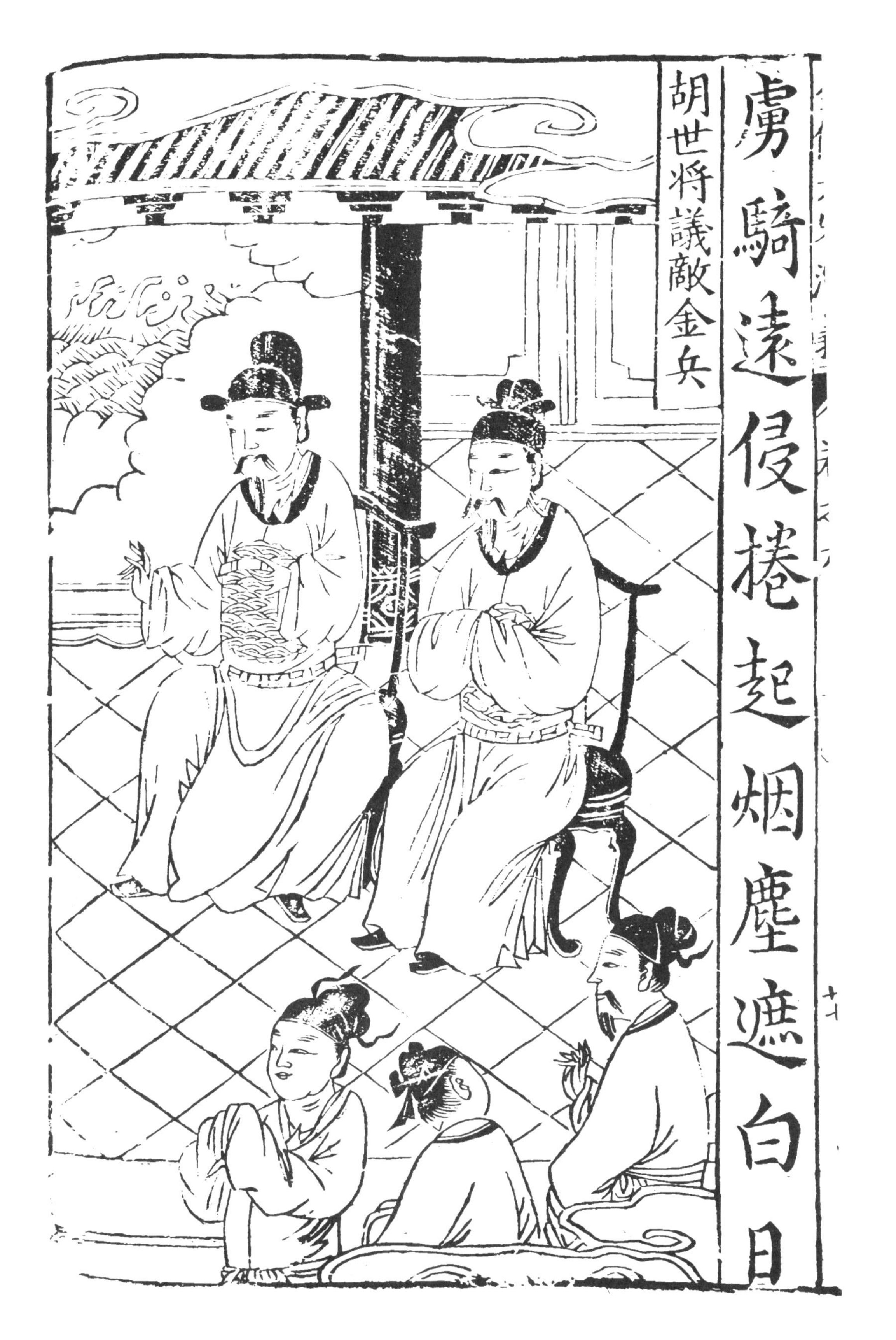
胡世将議敵金兵
虜騎遠侵捲起烟塵遮白日

胡世将議敵金兵

宋師議敵揄揚殺氣逼長空

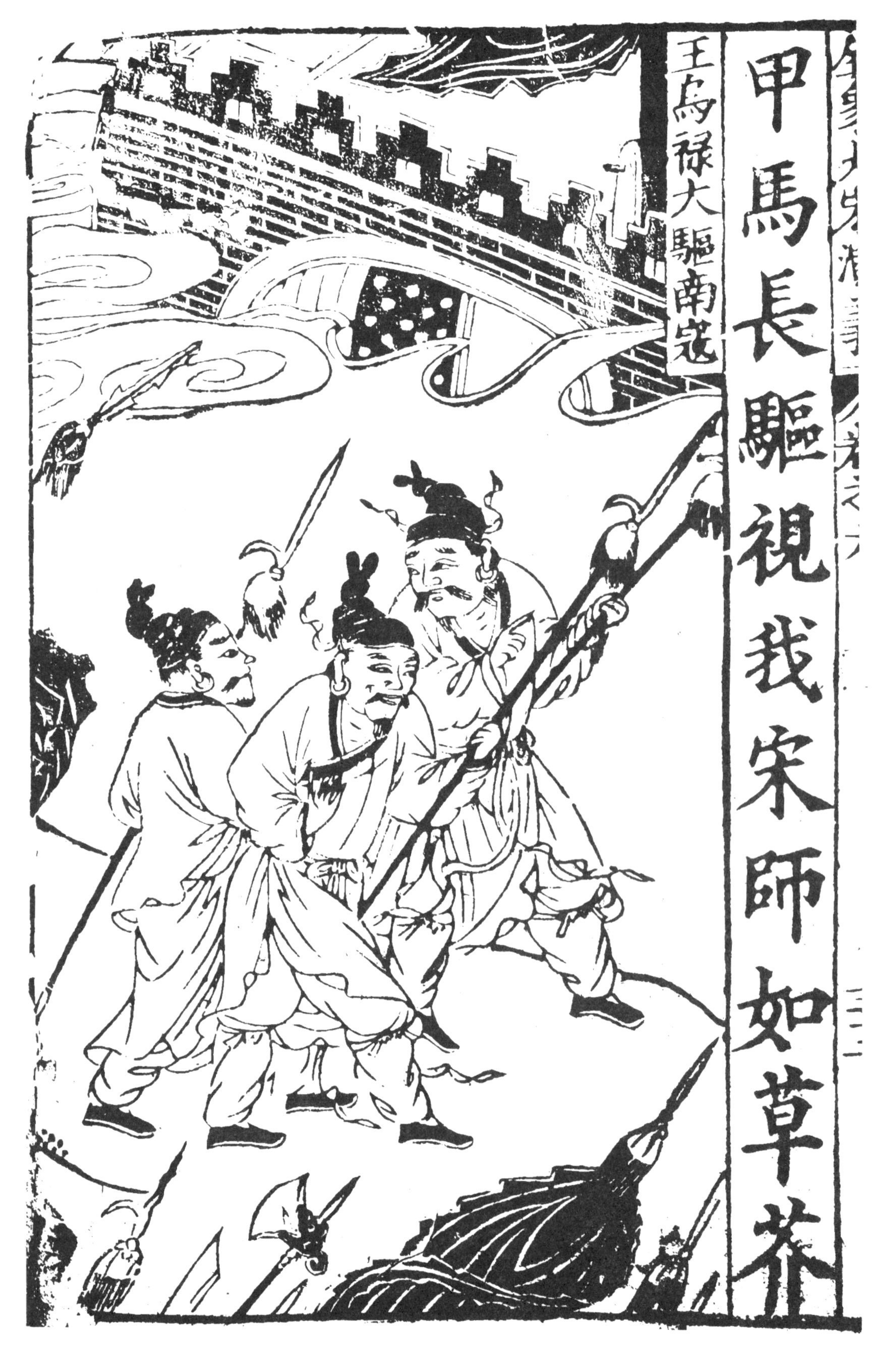
王烏祿大驅南寇
甲馬長驅視我宋師如草莽

王烏祿大驅南寇

機關預設掃他虜寇若灰塵

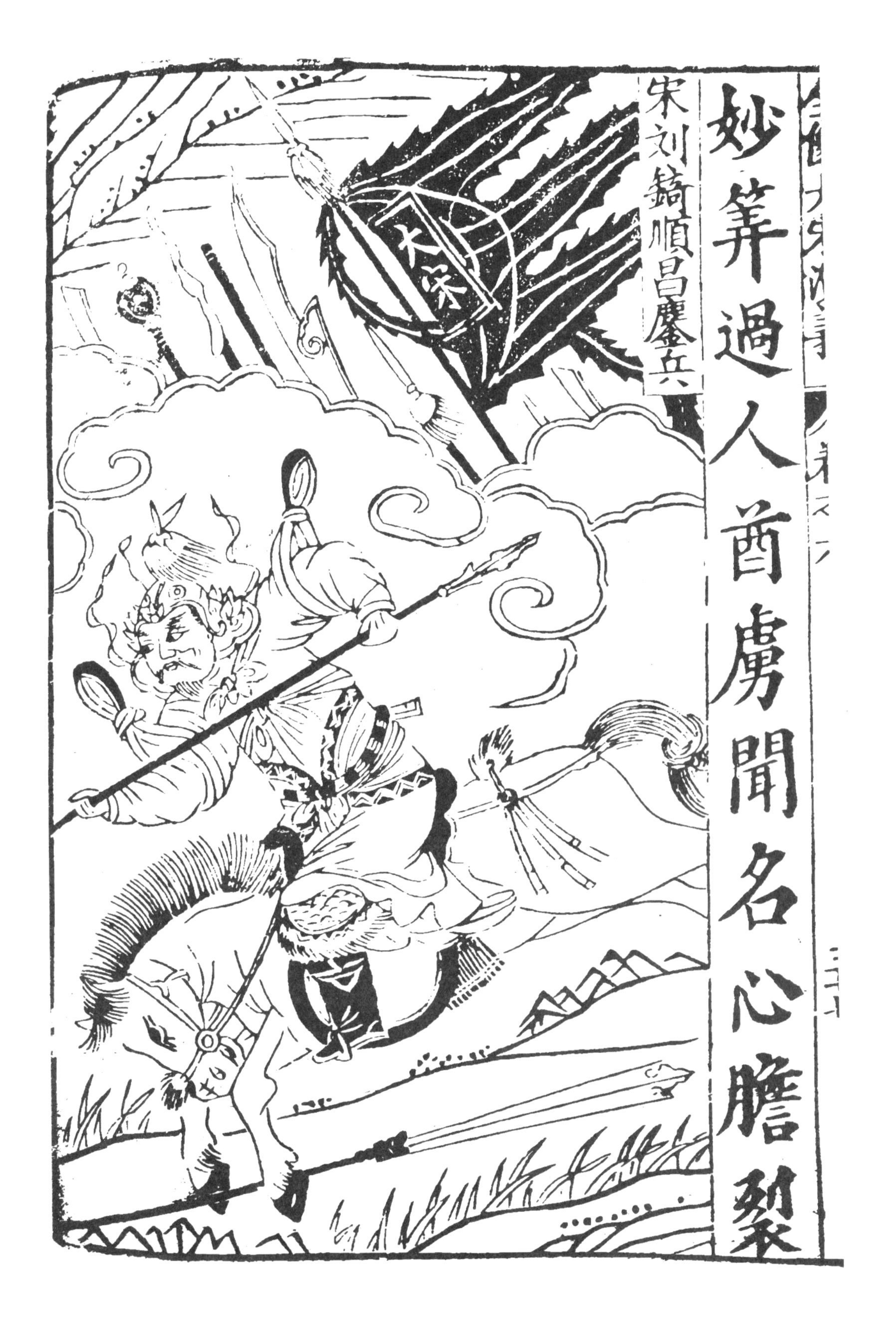

宋刘錡順昌鏖兵

忠心報主・君王得捷笑顏

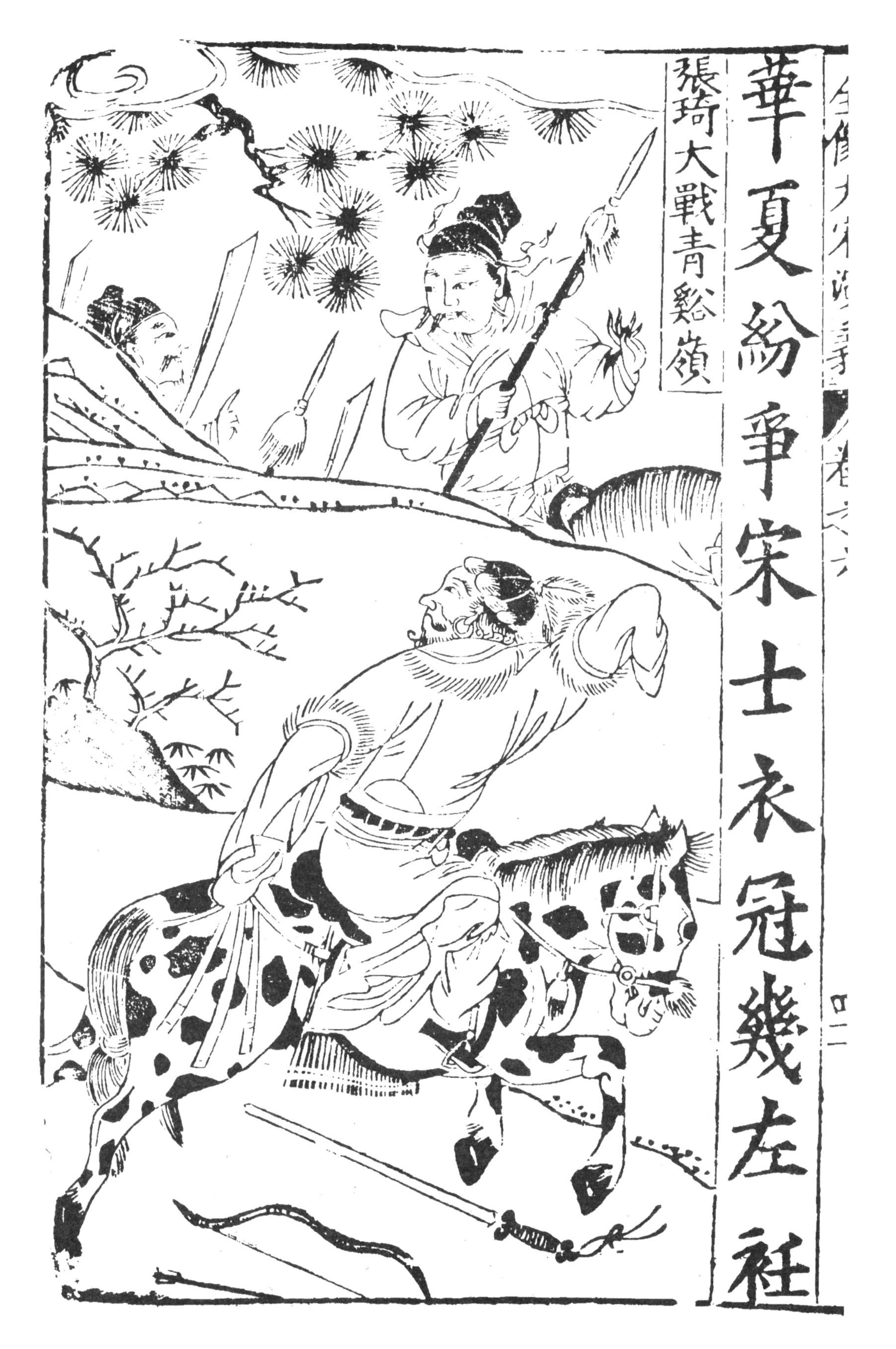
華夏紛爭宋士衣冠幾左衽
張琦大戰青谿嶺

張琦大戰青谿嶺

青谿大戰胡人心膽半寒灰

小商橋射死楊再興

臨危奮武猶云死報岳將軍

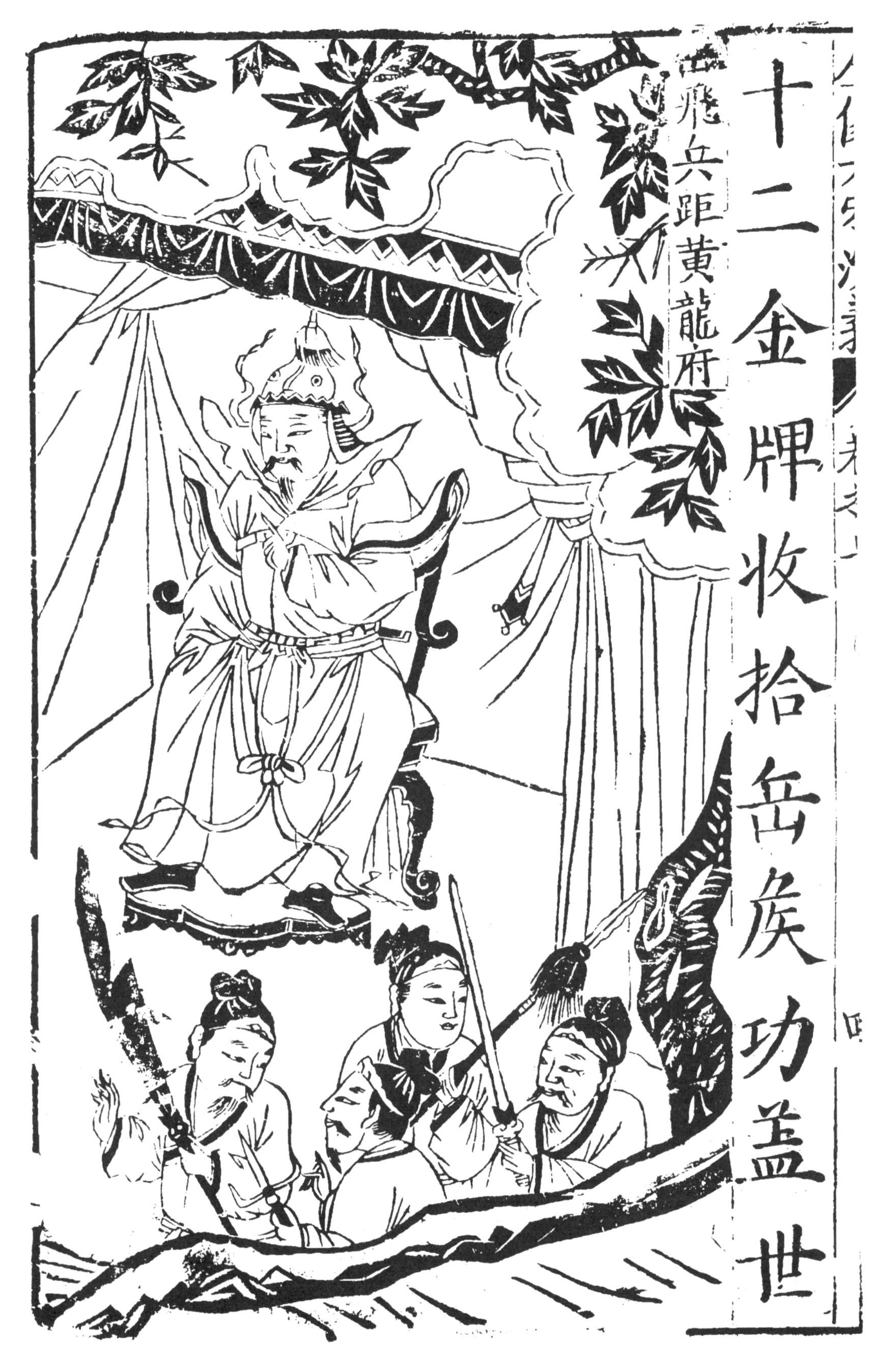
十二金牌收拾岳侯功盖世
岳飛兵距黃龍府

岳飛兵距黃龍府

三千鐵騎遭逢賊檜計漫天
金字牌

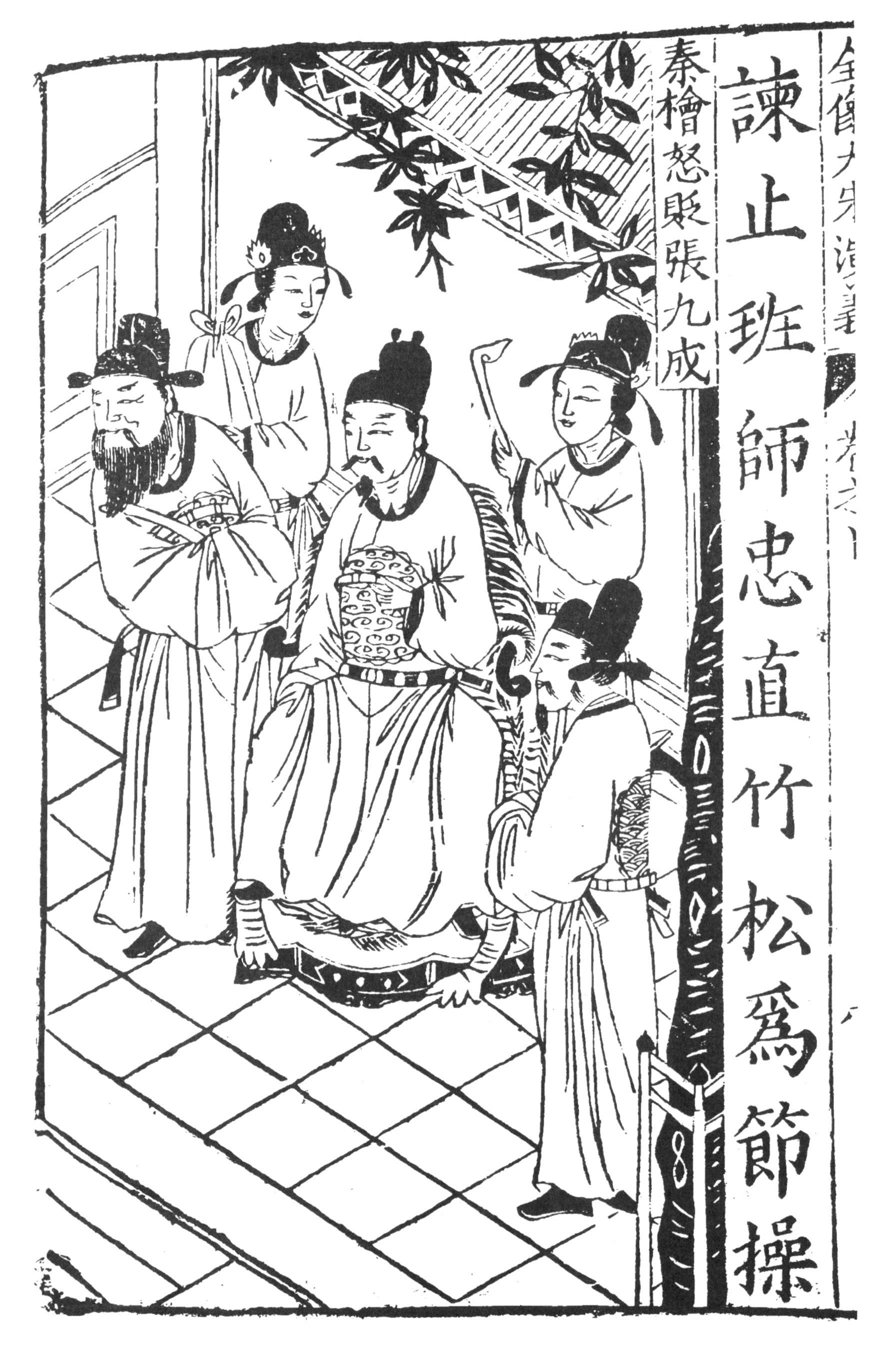
諫止班師忠直竹松爲節操
秦檜怒貶張九成

秦檜怒貶張九成

狗私貶爵權奸荊棘作心腸

劉大尉疊橋破虜

望風棄寨魂銷金虜骨頭酸
全像大宋演義

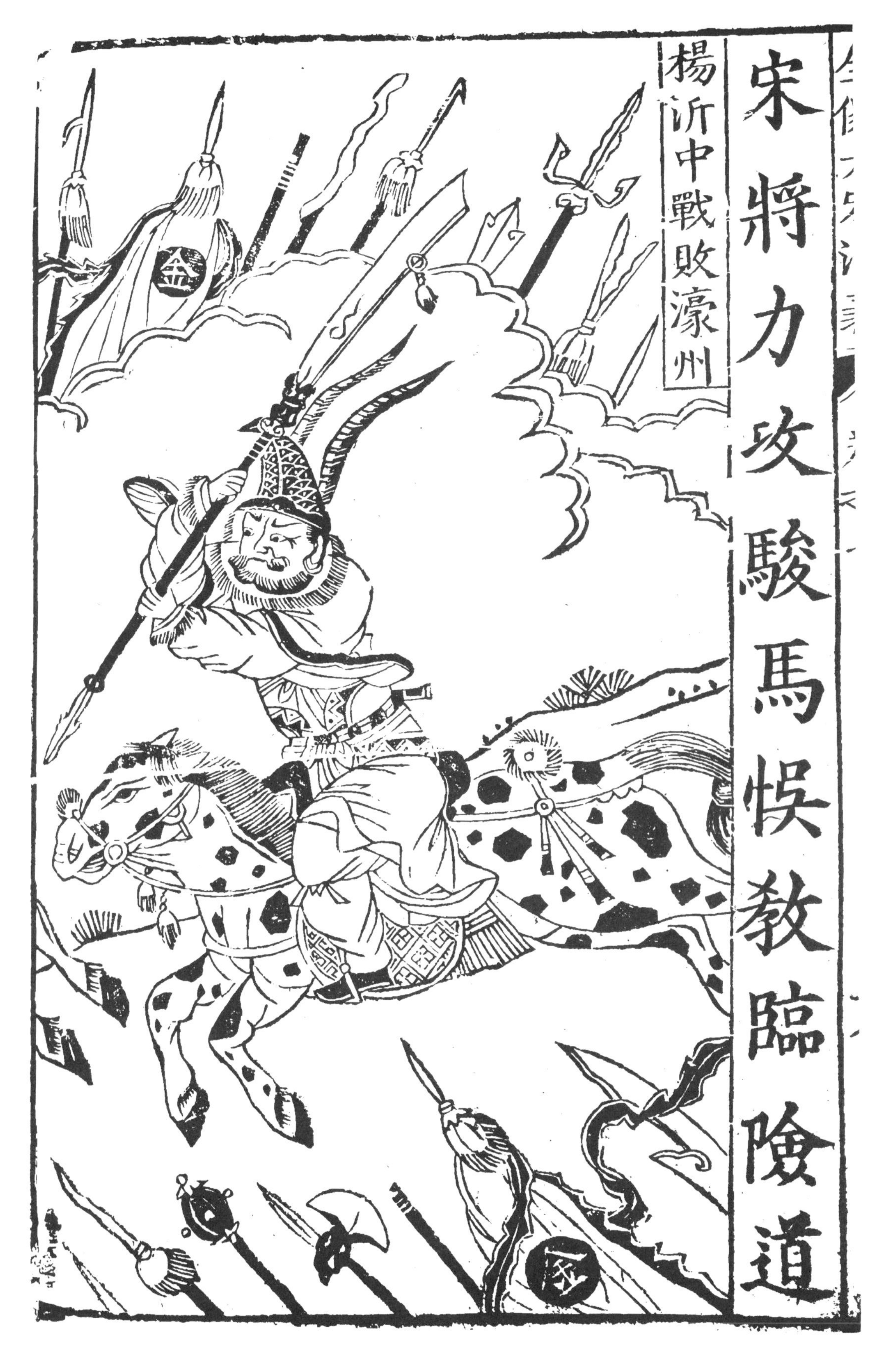
宋將力攻駿馬悞教臨險道
楊沂中戰敗濠州

楊沂中戰敗濠州

胡兒自退鷦鷯安敢占喬林

卷纛還師将卒精神氷若判
秦檜定計削兵權

弄權奪印賊臣心事火斯炎

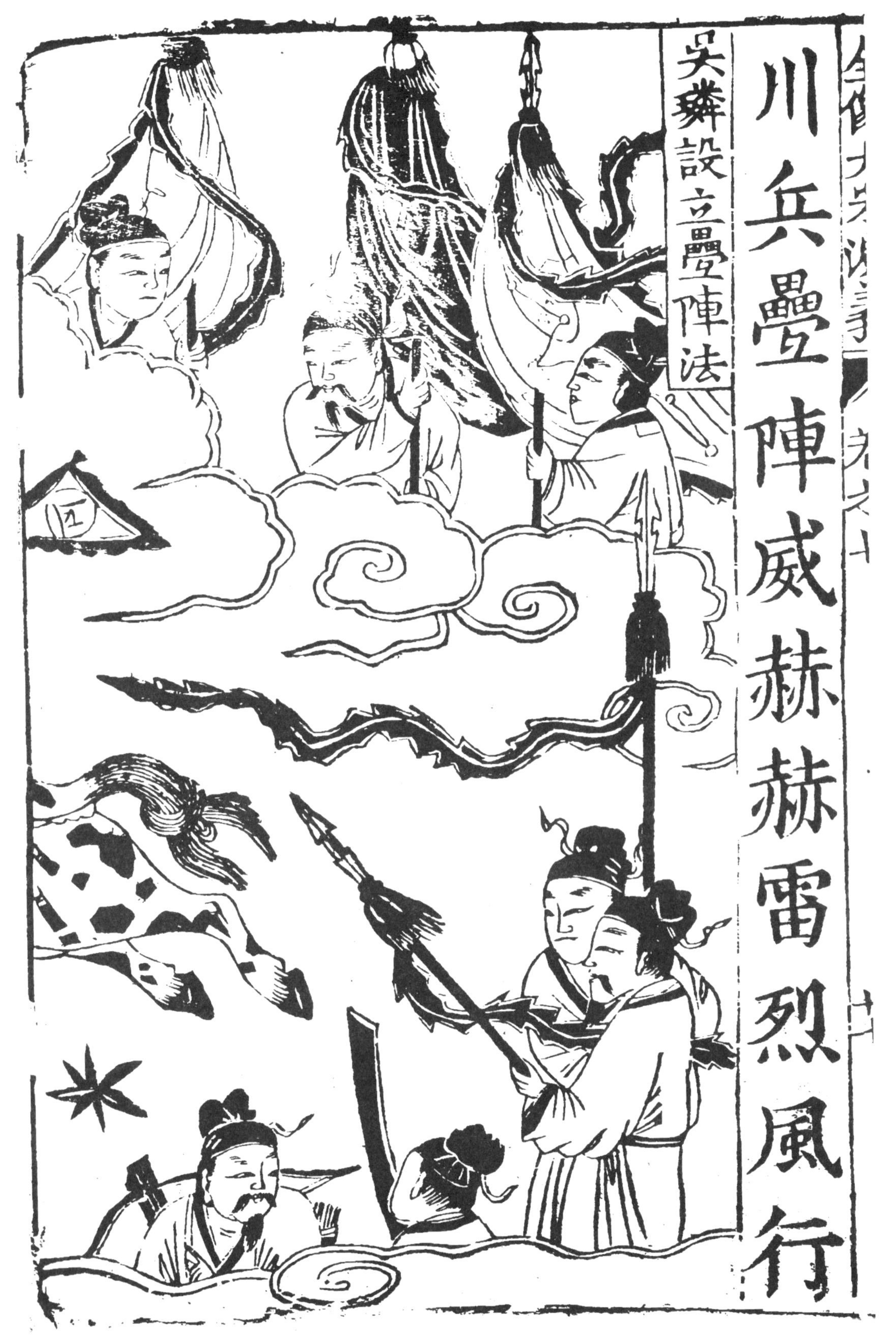
吳璘設立疊陣法
川兵疊陣威赫赫雷烈風行

吳璘設立疊陣法

胡虜挫鋒魂飄飄波翻浪滾

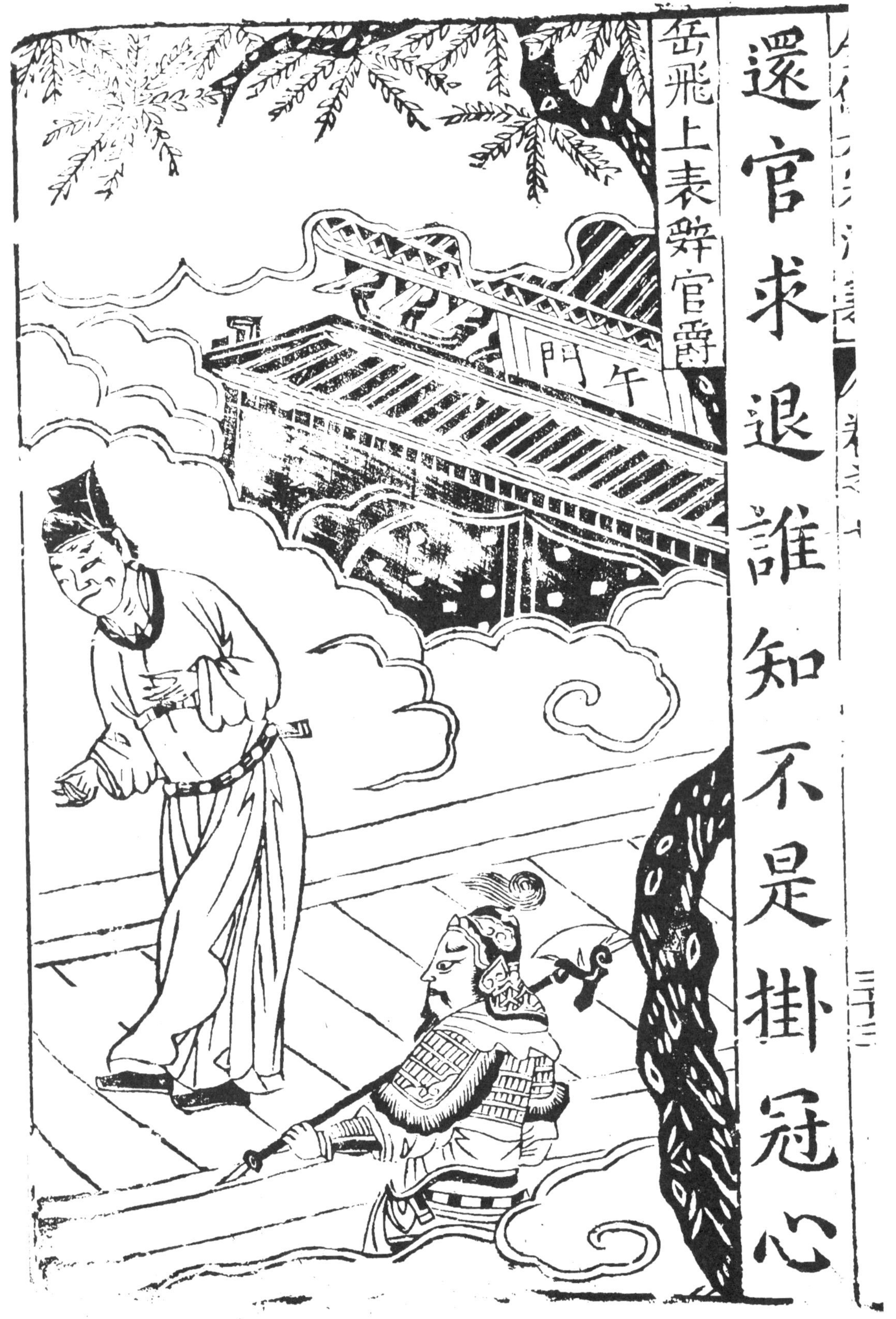
岳飛上表辭官爵
還官求退誰知不是掛冠心
午門

岳飛上表辞官爵

承詔即行自信原非懷寶志

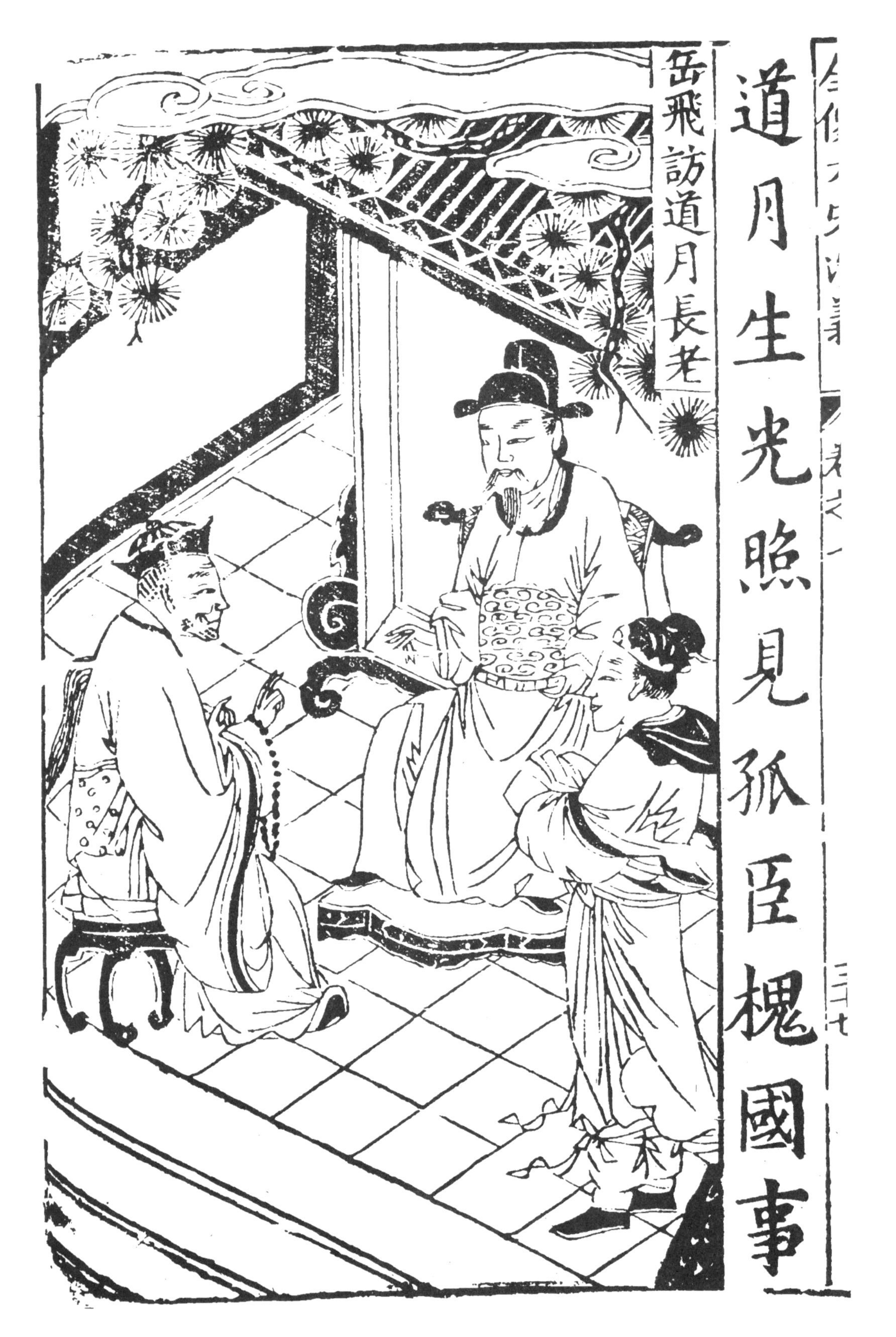
岳飛訪道月長老
道月生光照見孤臣槐國事

岳飛訪道月長老

岳侯無令莫思二帝梓宮還

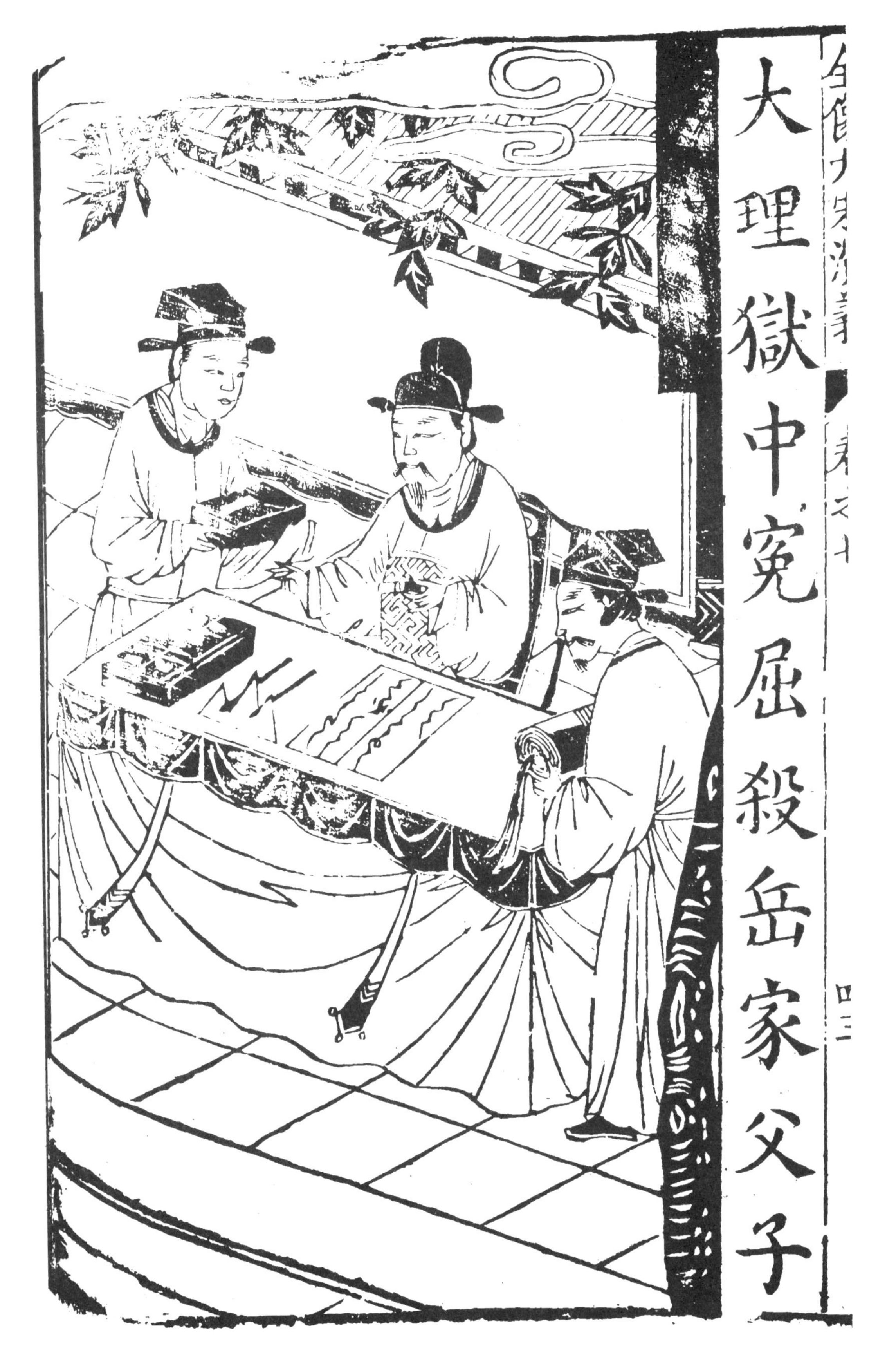
大理獄中寃屈殺岳家父子

〔下岳飛大理寺獄〕

風波亭下洗却了宋室江山

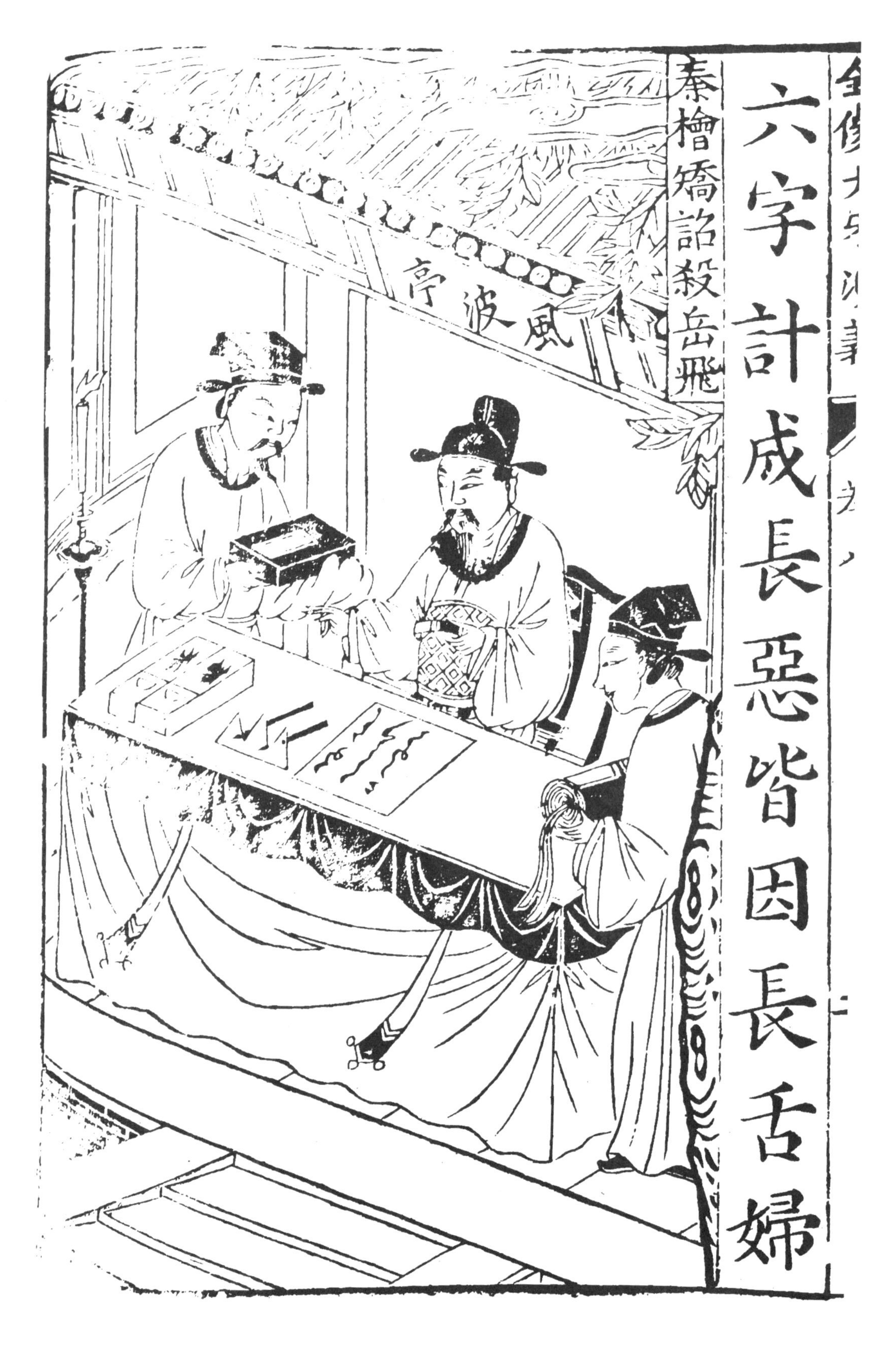

六字計成長惡皆因長舌婦
秦檜矯詔殺岳飛
風波亭

秦檜矯詔殺岳飛

一家繼死流芳齊作赤心臣

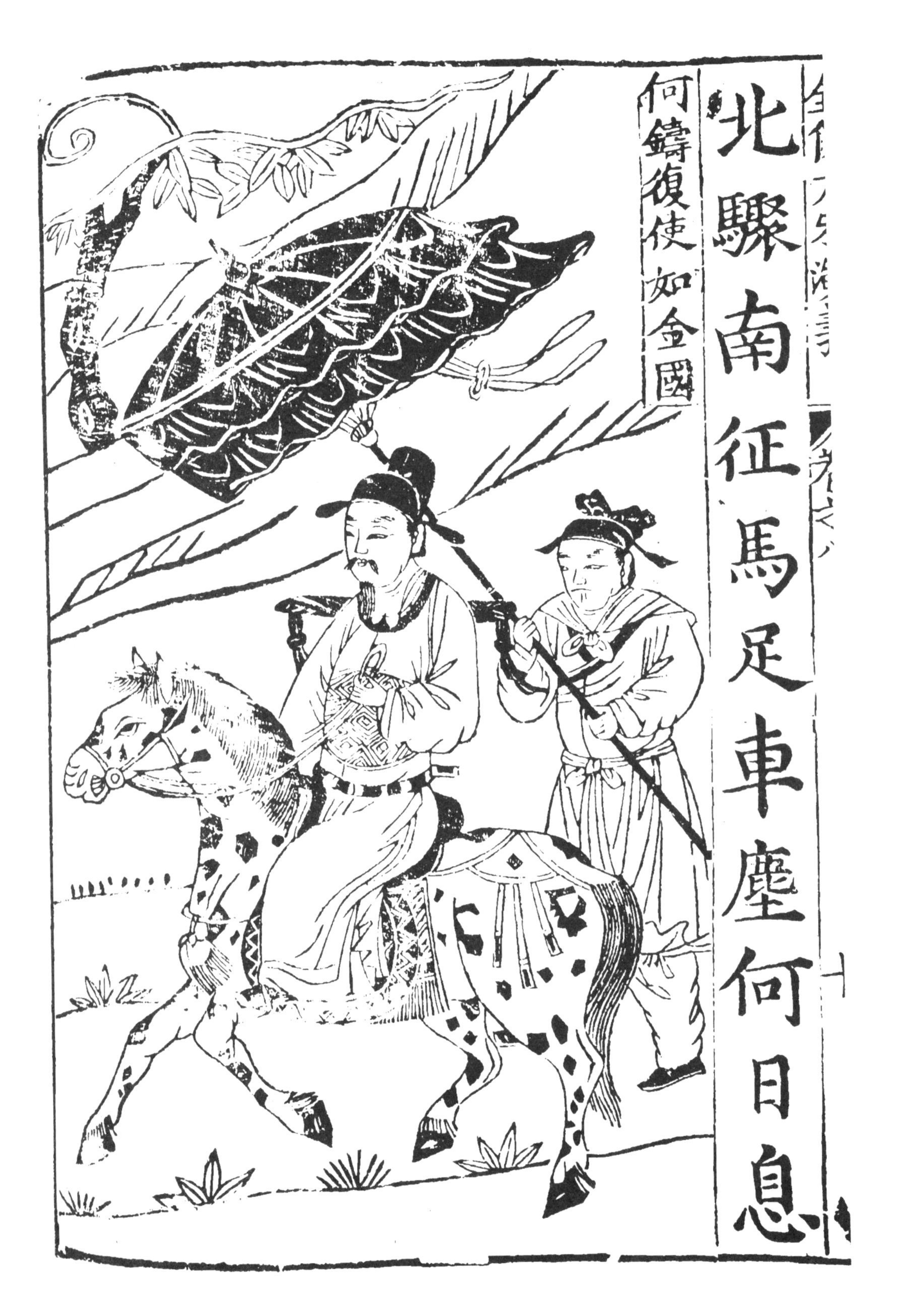
北騾南征馬足車塵何日息
何鑄復使如金國

何鑄復使如金國

外侵内亂山河社稷不時傾

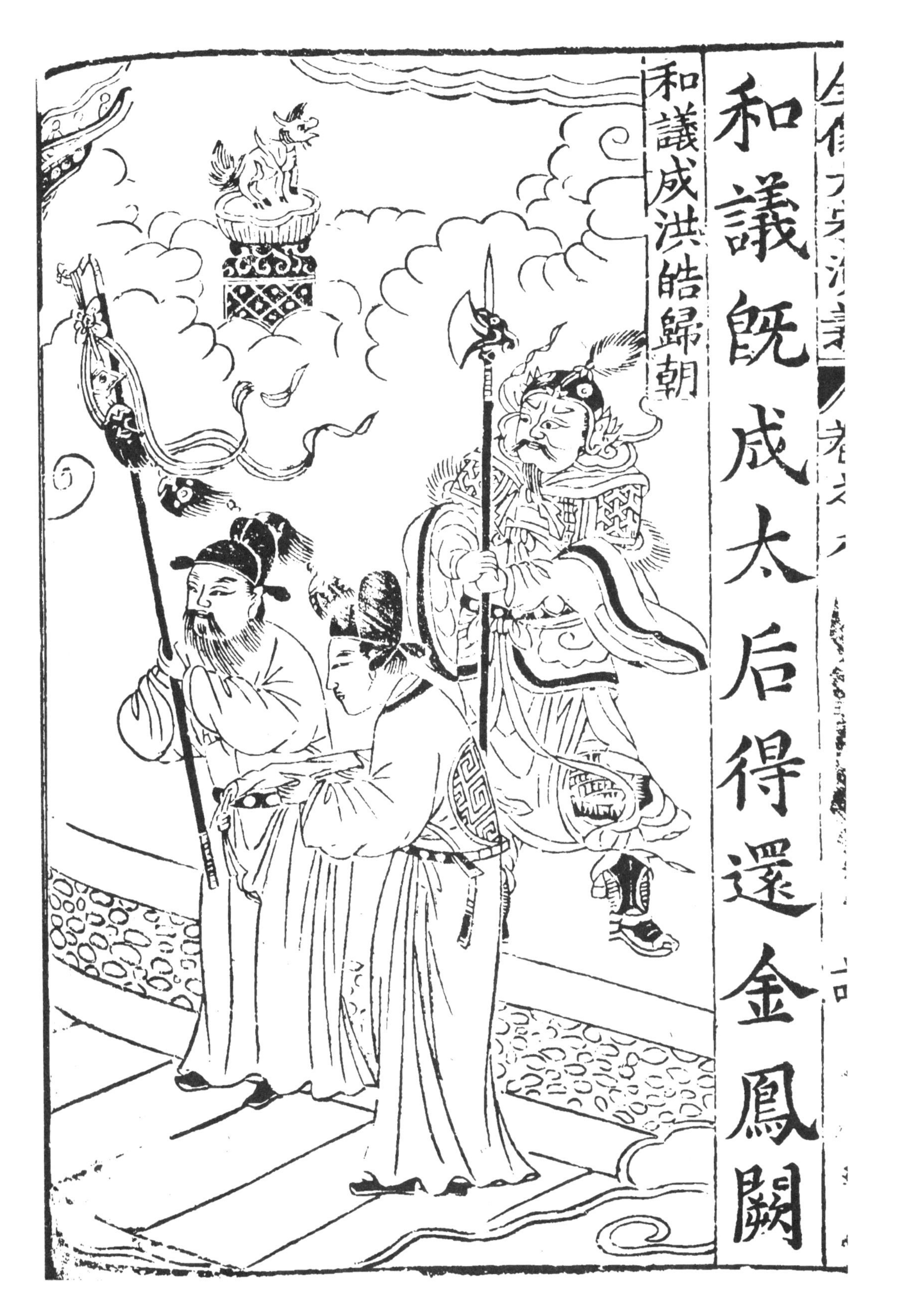
和議成洪皓歸朝
和議既成太后得還金鳳闕

和議成洪皓歸朝

艱辛不憚孤臣幸入玉門關

午門

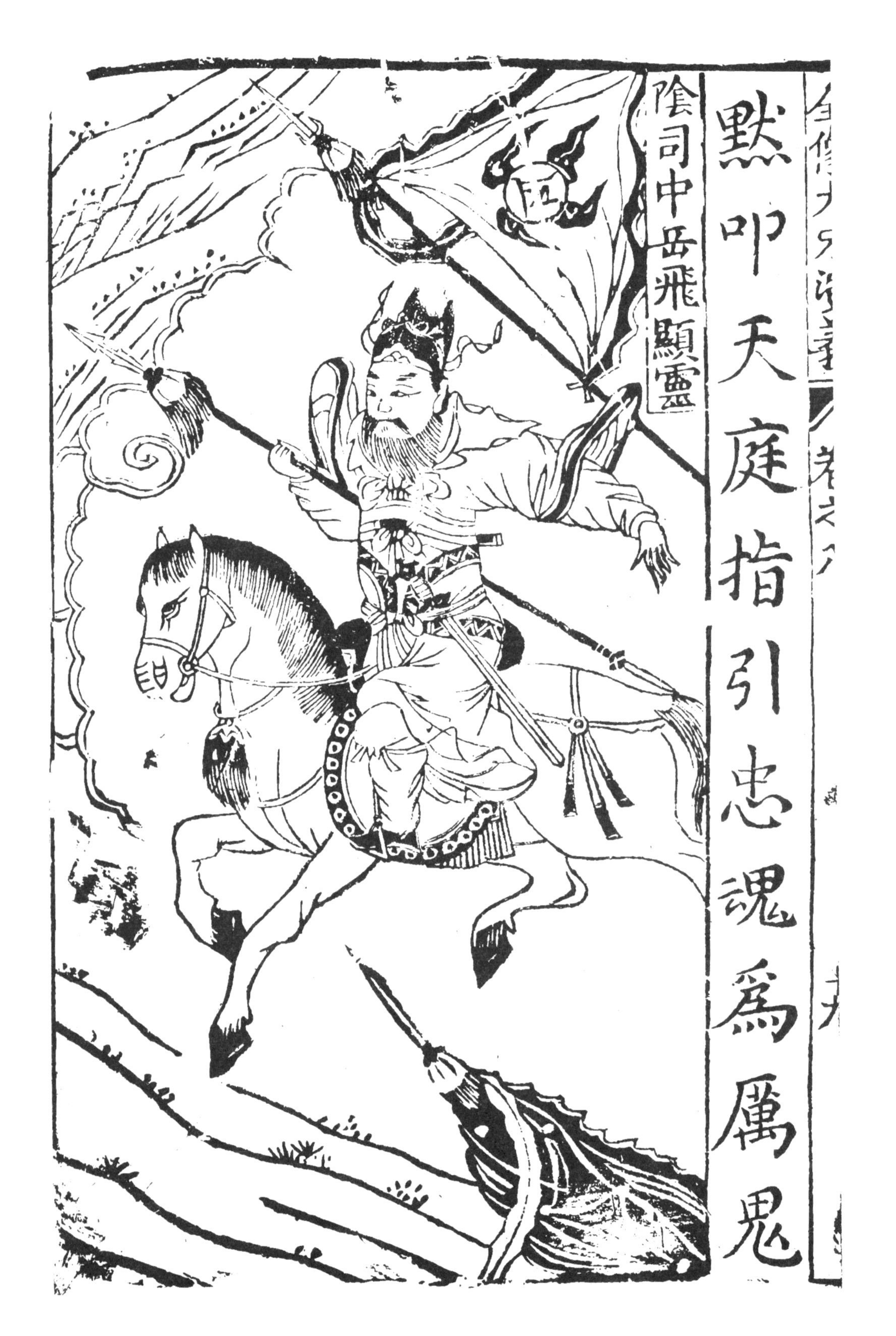

陰司中岳飛顯靈

暫離地府頓教奸黨見陰兵
陰府

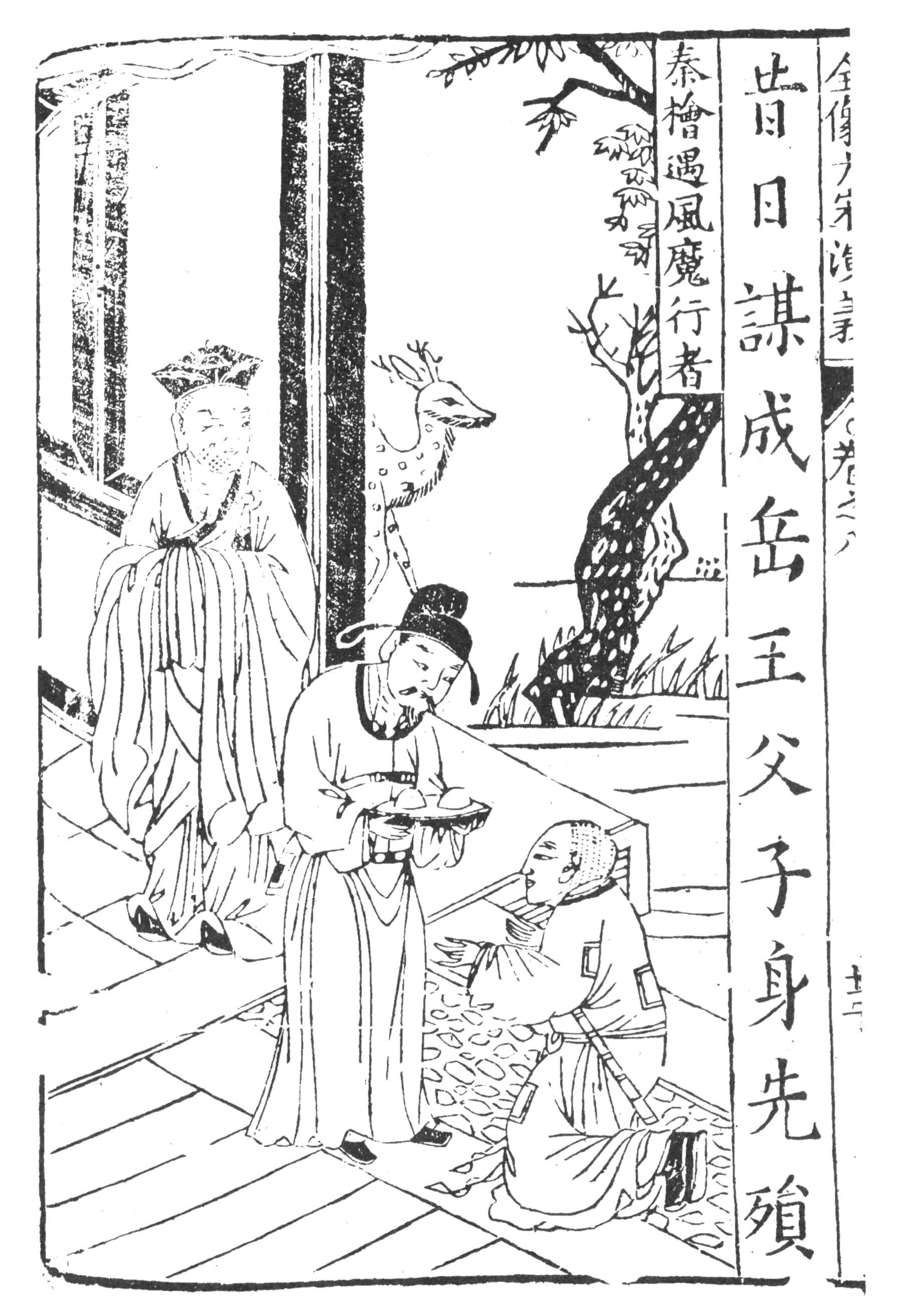
秦檜遇風魔行者
昔日謀成岳王父子身先殞

秦檜遇風魔行者

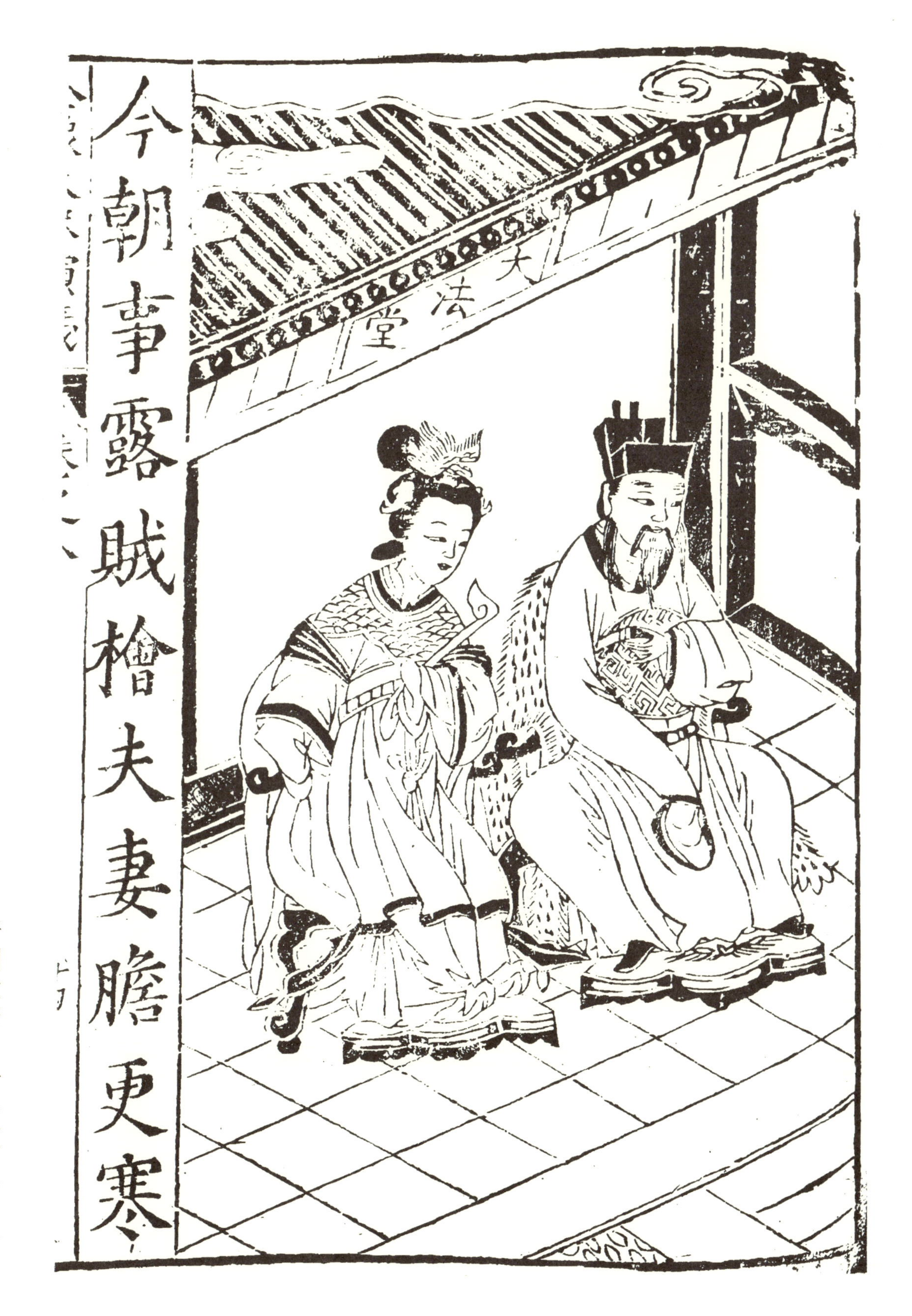
今朝事露賊檜夫妻膽更寒
大法堂

弑熙宗顏亮弄權

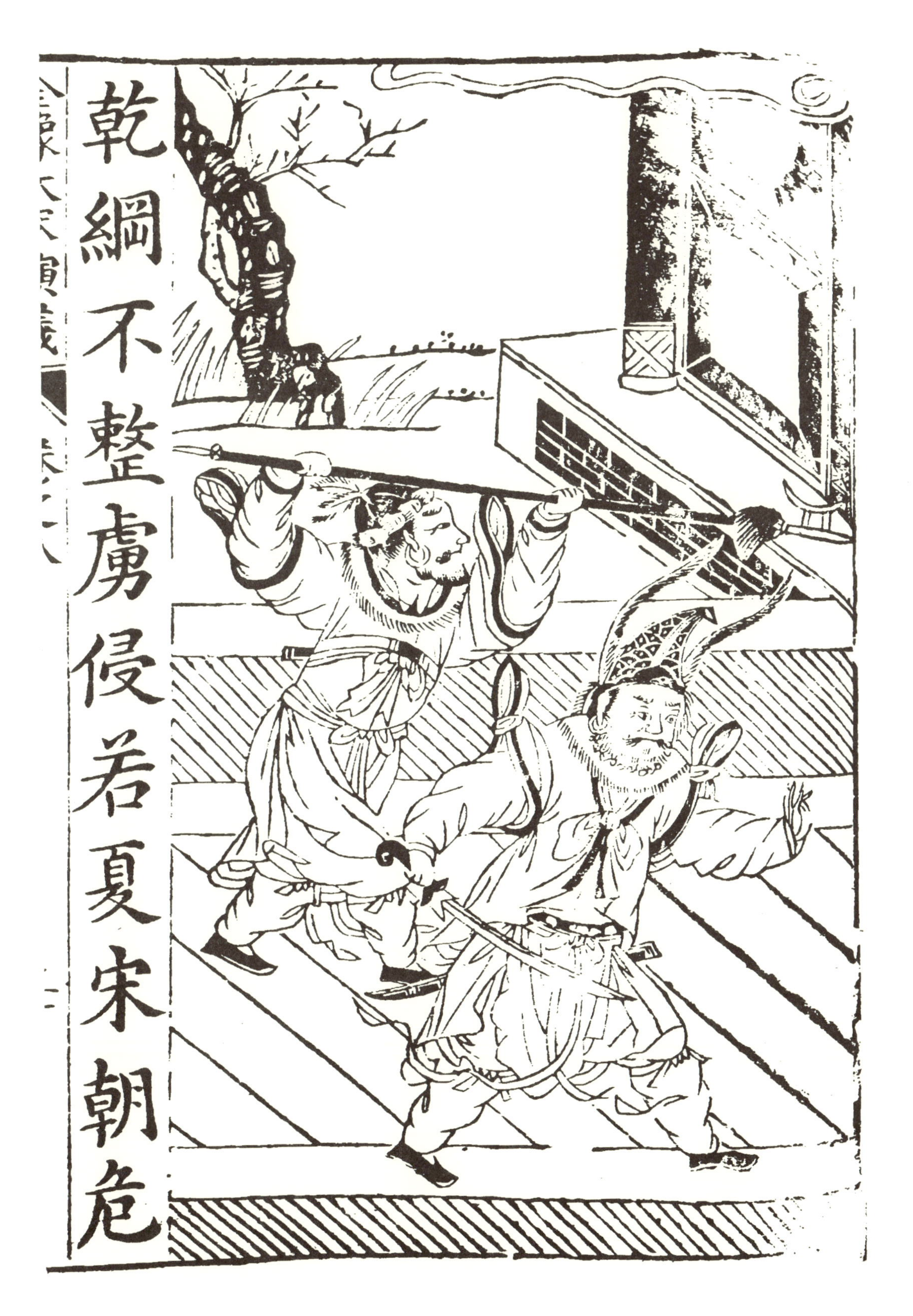
乾綱不整虜侵若夏宋朝危

東陽市施全死義

舍生取義東陽誰不羨施全

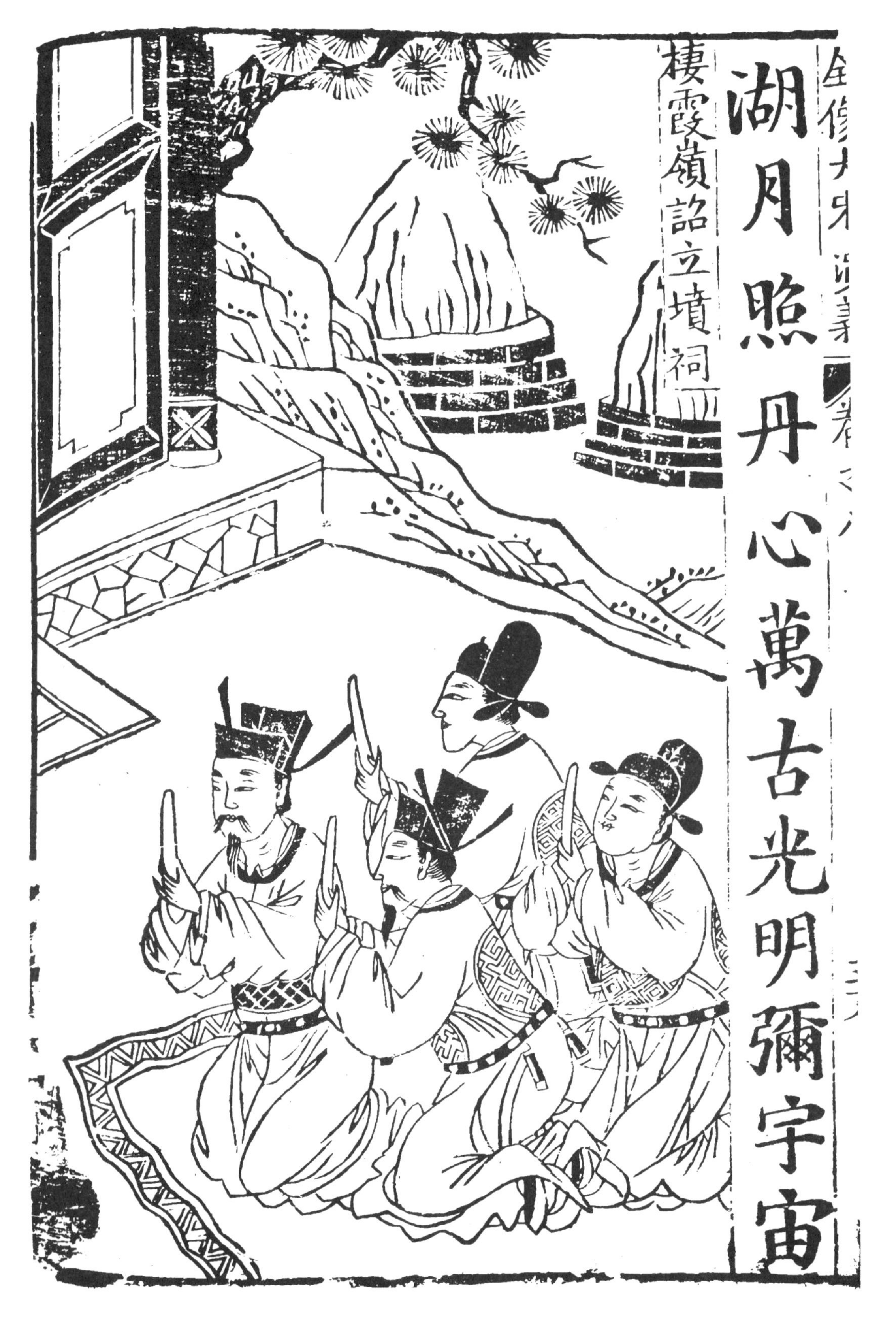
棲霞嶺詔立墳祠
湖月照丹心萬古光明彌宇宙

棲霞嶺詔立墳祠

嶺霞籠玉骨千年正氣塞乾坤

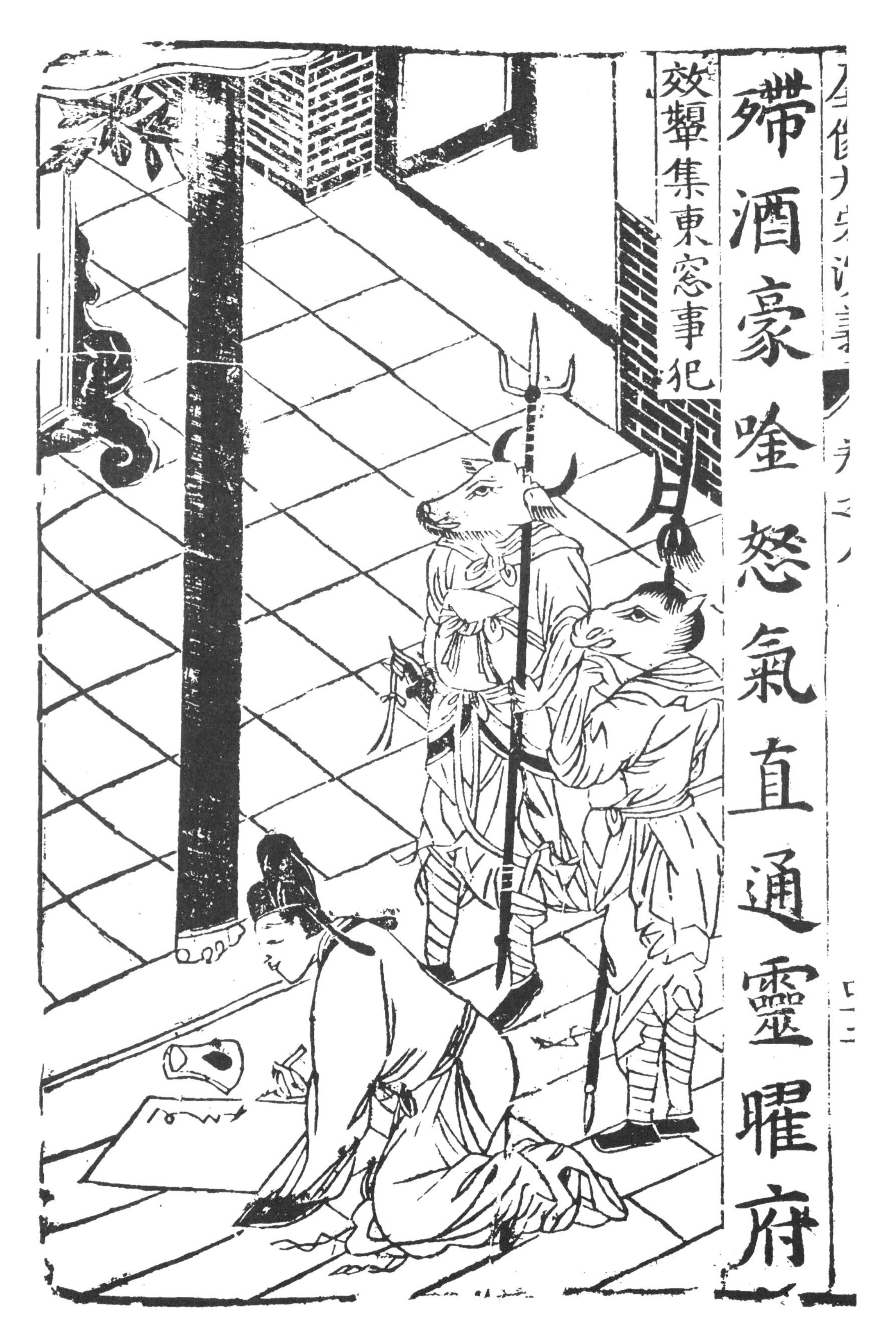
效顰集東窓事犯
殢酒豪唫怒氣直通靈曜府

效顰集東窓事犯

和衣鼾睡遊魂曾到鬼門關
靈曜之府

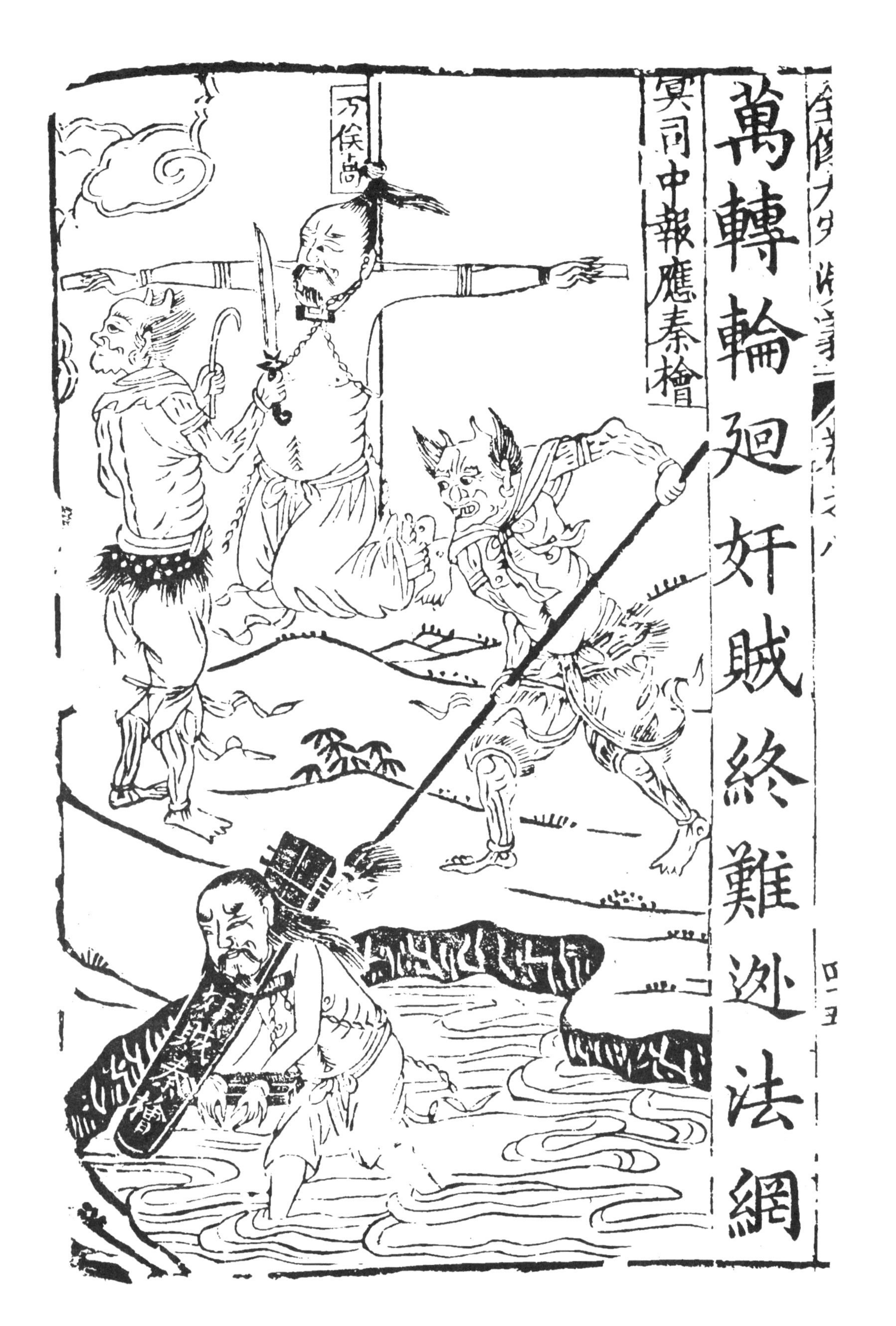
萬轉輪廻奸賊終難迯法網
冥司中報應秦檜
万俟卨
奸賊秦檜

十分拷煉冥君豈肯狥私情

新刻皇明開運輯略武功名世英烈傳六卷

〔万暦〕刊　建陽余氏三台舘覆〔金陵周氏〕刊

王少淮画　国立公文書館内閣文庫蔵

皇明英烈傳序

夫有一代興王之君必有一代興王之臣是故堯舜禹湯文武興起於上而稷契臯夔伊傅周召之屬爲之奮庸熙亮彬彬然莫與之京也降自而下若漢高之三傑光武雲臺之列唐太宗瀛州之選亦皆一時際遇之良也蓋君必得是臣而後翊謀效用有所資臣必得是君而後啓沃匡輔有所主此固機之相感亦數之相遭也易曰雲從龍風從虎見其類應之機也孟子曰五百年必有王者興其間必有名世者見其昌期之數也夫有是君有

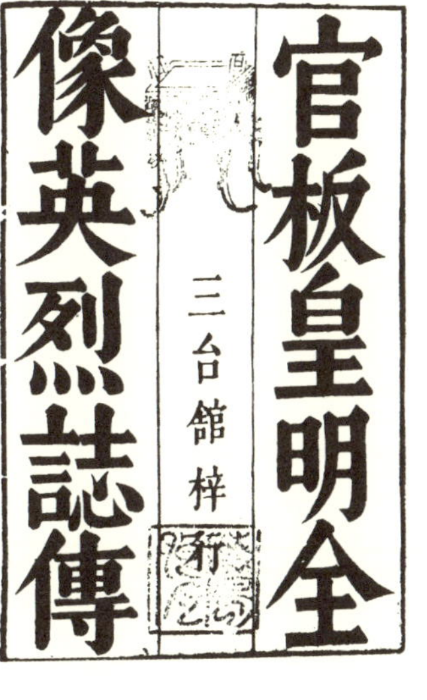

官板皇明全像英烈誌傳

三台館梓行

皇明英烈傳序

夫有一代興王之君必有一代興王之臣是故堯舜禹湯文武興起於上而稷契臯夔伊傅周召之屬為之奮庸熙亮彬彬然莫與之京也降自而下若漢高之三傑光武雲臺之列唐太宗瀛州之選亦皆一時際遇之良也蓋君必得是臣而後翊謨效用有所資臣必得是君而後啓沃匡輔有所主此固機之相成亦數之相遭也易曰雲從龍風從虎見其類應之機也孟子曰五百年必有王者興其間必有名世者見其昌期之數也夫有是君有是臣然後有是政古之君臣或以都俞吁咈於堂陛而成雍熙之化或以參贊經綸於草昧而成繼世之功或承流宣化於治定功成之日或勘乱定難於紛爭角逐之時其所遇之時所成之事雖有不同而所以扶世捄民其功則一也慨玆季世君臣昏亂統業不一自胡元穢我中夏衣冠倒置於編髮生民荼毒於腥膻百年於斯其亂極矣彼蒼厭怒生我

太祖高皇帝聖武神文聰明睿智實應間出之期也故倡義於濠梁而英雄豪杰聞風向慕者如雲斯集文謨武略卓然蓋世豈非所謂名世之士也哉觀其一時佐理之功誅梟雄之友諒擒淫瀆之士誠縛負固之友定收奸頑之谷珍取中原追北虜伐蜀夏而明昇繫頸討南梁而元孽誅夷肅清山淮清平遼海剷蝟冠藺螳暴同心協力盡瘁鞠躬積十年而輔成一統太平之業封疆之緜廣基業之肇固誠足以軼商周而陋漢唐矣是其明良之際遇固希世之奇逢而功勛之烜赫亦亘古之超越者也然而史冊之脩記者或未及昭示而梓牘之流傳者亦略而不詳則四海之臣民知所以仰

慕

聖主賢臣之功業而無以覩其全也惟是録纂集當
時經綸之績庶幾為備惜其文辭繁冗叙事舛錯
不足以翊揚其盛而垂典古之實某故不揣愽採
昭代之事蹟因舊本而脩飭之補其所遺文其所陋
正其所訛集以成編分為六卷名之曰
皇明開運傳蓋取　明良昌期之意也因而繡諸梓
使天下得以共悉
聖明之盛而樂謳歌之化云

新刻皇明開運輯略武功名世英烈傳首録
[illegible]皇帝
龍[illegible]　規模大畧
太祖高皇帝生於元泰定戊辰年九月丁丑日未時物望氣者言淮西
[illegible]天子至是我
太祖生於濠州龍光照燁人皆驚異至二十七歲元順帝壬辰三月
起兵後代滁陽王將兵渡江取太平集慶及江州南昌武昌兩淮
兩浙為吳國公十年為吳王三年稱吳元一年混一天下即
皇帝位於南京應天府三十有一年於戊寅歲閏五月初十日崩享
壽七十一
徽號曰欽明啓運駿德成功統天大孝皇帝
廟號高祖
功臣封爵位次

守禦郡邑及在
廷佐輔文武功臣自列侯而下者共二十八人
陶　安學士知制誥　宋　濂學士承旨知制誥　章　溢御史中丞　馮　誠國用長子驃騎父職
張天祐　吳　昇　耿天璧炳文子襲父職　郭景祥都督府參軍
李夢庚　侯元善　阮弘道　李　習
丄　銘武畧將軍　張德興　趙　馘　王　瑛
王宗顯知寧越府　繆　美　丁得興　汪　河都事
范　常　朱　絢千戶　于　光　郭子明
馮宗異參將　韓　觀虎子帶刀侍衛指揮　張　彬
其餘守禦功臣本録不載其事者今亦不存其名

新刻皇明開運輯略武功名世英烈傳卷之一
起元順帝至正元年辛巳歲至元順帝至正五年乙酉歲首尾凡
五年事實
○目録凡五段
元順帝縱欲驕奢　脫脫相正言直諫　福通妖法聚羣黨
四方荒亂干戈起　福通夜走汴梁城　脫脫大破芝麻李
撒敦設計害忠良　脫脫被譖服鴆酒
太祖皇濠州應瑞　劉伯温青田出身　濠州徐陽王義起
太祖禮賓舘招賢
○按皇明通紀演義
節目元順帝縱欲驕奢脫脫相正言直諫
詞曰
潛龍與奮居淮甸除會風雲除偽亂手提寶劍定山河長驅鐵

新刻皇明開運輯略武功名世英烈傳

滁陽王濠州起義

陳也仙泗州敗走

全像英烈傳
令
助

呉禎単保興隆會

湯鼎臣大敗趙普

遇春復戦采石磯

太祖兵取金陵府

徐元帥計困常州

常遇春鞭打張虬

郭英単騎擒鄧清

常遇春義釋亮祖

帥

伯温智擒胡仲淵

余闕大戰陳友諒

遇春大敗趙普勝

全像英烈傳
卷之三

伯温計破陳友諒

太祖發兵征江州

花雲妾雙全節義

太祖兵克蘆州府

郭英刺死陳友仁

興祖鎚死陳友道

郭英箭射陳友諒

武昌郡陳理投降

徐達智破史彦忠

常遇春智摘士信

帥

遇春大敗張士誠

徐元帥平定姑蘇

文忠大破太平寨

卷之五

徐達夜破李思齊

徐元帥破帖木兒

遇春大戰居庸關

帥

廖永忠刺死沙不丁

高皇帝筵宴功臣

潁川侯明攻棧道

全像英烈傳
卷之六

有德大戰成都府

廖永忠平定西蜀

全象英烈傳　卷之六
卅七
帥

沐英三戰克雲南

新刻皇明開運輯略武功名世英烈傳六卷

〔万曆〕刊　〔金陵周氏〕刊　王少淮画　中国国家図書館蔵

刻全像增補
校正一字無差
皇明英烈傳

皇明英烈傳序
夫有一代興王之君必有一代[illegible]
舜禹湯文武興起於上而稷契皋夔伊傅周召之
屬爲之奮庸熙亮彬彬然莫與之京也降自而下
若漢高之三傑光武雲臺之列唐太宗瀛州之選
亦皆一時際遇之良也蓋君必得是臣而後翊謀
效用有所資臣必得是君而後啓沃匡輔有所主
此固機之相成亦數之相遭也易曰雲從龍風從
虎見其類應之機也孟子曰五百年必有王者興
其閒必有名世者見其昌期之數也夫有是君有

滁陽王濠州起義／陳也仙泗州敗走

「呉禎単保興隆會」（図闕）／湯鼎臣大敗趙普

新刻皇明開運輯略武功名世英烈傳

遇春復戰采石磯／太祖兵取金陵府

徐元帥計困常州／常遇春鞭打張虬

新刻皇明開運輯略武功名世英烈傳

郭英単騎擒鄧清／常遇春義釋亮祖

伯温智擒胡仲淵／余闕大戰陳友諒

新刻皇明開運輯略武功名世英烈傳

遇春大敗趙普勝／伯温計破陳友諒

太祖發兵征江州／花雲妾雙全節義

新刻皇明開運輯略武功名世英烈傳

太祖兵克廬州府／郭英刺死陳友仁

興祖鎚死陳友道／郭英箭射陳友諒

新刻皇明開運輯略武功名世英烈傳

武昌郡陳理投降／徐達智破史彦忠

常遇春智擒士信／遇春大敗張士誠

新刻皇明開運輯略武功名世英烈傳

徐元帥平定姑蘇／文忠大破太平寨

徐達夜破李思齊／徐元帥破帖木児

新刻皇明開運輯略武功名世英烈傳

遇春大戰居庸關／廖永忠刺死沙不丁

高皇帝筵宴功臣／頴川侯明攻棧道

新刻皇明開運輯略武功名世英烈傳

有德大戰成都府／廖永忠平定西蜀

沐英三戰克雲南

新刻全像音詮征播奏捷傳通俗演義六卷

万暦三十一年（一六〇三）刊　佳麗書林重刊

京都大学文学研究科図書館蔵

新刻全像音詮征播奏捷傳通俗演義禮集一卷（遵依原板刊行）

清歷居　吉曕僊客　攷正

巫峽岩　道聽野史　紀畧

棲真斎　名衢逸狂　演義

凌雲閣　鎮宇儒生　音詮

歌曰試看書林隱處幾多俊雅儒流功名冨貴斗浮雲評

隲古今事品題善惡傳往蹟難殫紀且述通世情愚生

揮筆作新傳要使芳名燭汗青

朱太祖定鼎金陵　揚宣慰率先朝貢

詩曰

淮泗龍飛上九天　華夷一統屬明朝

巫峽望僊巖藏板

宣慰肆猖獗妄動干戈卒致身夷族滅

刻全像音詮征播
奏捷傳通俗演義

萬曆癸卯秋佳麗書林謹按原本重鐫

總兵揚威武盡搗巢穴始貽國泰民安

新刻征播奏捷傳引

書契既作而后王法明綱目成而后人心正而忠所維持世教激揚民彛也則士林之有野史其由尚矣故蓋五以下作者疊出是故列國三國有志史虎水滸有傳唐名色更僕莫

新刻全像音詮征播奏捷傳通俗演義凡例

播州方輿總覽

州宣慰司領長官司六安撫司二古播川郡有巴陰衛唐改為并武寧至京九千七百里其域梁其星井其屬古夜郎唐遵義縣為其形勝重山複嶺陡澗深林其俗淳龐慕華風惟夷地者稚髻披氊射獵信詛盟然以漢服為貴出入背刀自衛其山曰錦屏山有茂林脩竹紫霄山崒嵂紫霄其川湘江烏江合流貫珠溪其流屈曲碧玉湖水綠山青人多遊玩離田家庄五里烏江大有江烏江小烏江也其流寓李白唐宗室以翰林供奉謫此流烏無底之深名宦楊端唐時領兵恢復州治蠻人懷服贈太師子孫世襲其職宋時璨价皆封侯端之十六代孫和憲擒乱酋追謚惠敏生子漢英征蠻有功謚忠宣追我朝

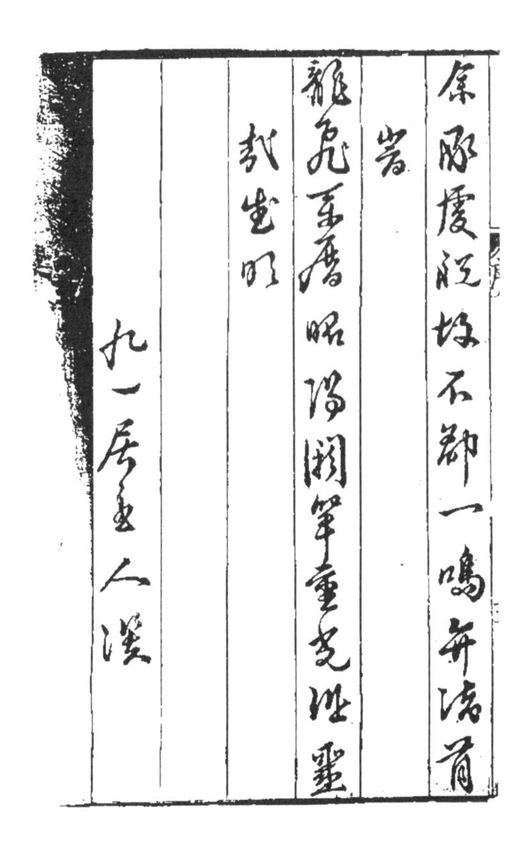
余麻度從坡不節一鳴歟諸肖

龍飛萬曆昭陽淵獻仲秋望哉生明

九一居士人撰

于雲漢祥麟瑞鳳恒翔集于岡陵山川煥綺有蹄畫工之訬草木賁華無待錦匠之奇海晏河清人〻齊慶康寧世家弦户聲〻咸咏太平詩追夫運鍾衰季世際亂期財君萌侈心臣懷逆志貪權竊柄者則曰德如堯舜矣焉用勞神承意趨媚者則曰時已太平矣胡為不樂舞後歌前日恣長夜之飲指鹿為馬暗藏竊位之機蛮夷時侵且以為鼠竊狗偷而不足畏災異迭見猶以為天時人事而不足憂百姓流離男女負戴於道路群黎饑凍老弱轉徙於溝渠怨讟溢於下民而耳不欲聞腥德達于上天而心不求悟一旦社稷危如纍卵山河勢若剖瓜須知追悔抑亦晚矣君國者鑒之則國脉奠于泰山云

新刻全像音詮征播奏捷傳通俗演義目録

新刻全像音詮征播奏捷傳通俗演義禮集一卷（遵依原板刊行）

清虚居　吉瞻僊客　攷正
巫峽岩　道聽野史　紀畧
棲真斋　名衢逸狂　演義
凌雲閣　鎮宇儒生　音詮

歌曰試看書林隱處幾多俊雅儒流功名富貴芧浮雲評騭古今事品題善惡傳徃蹟難殫紀且述通世情愚生揮筆作新傳要使芳名燭汗青

朱太祖定鼎金陵　揚宣慰率先朝貢

詩曰

淮泗龍飛上九天　華夷一統屬明朝

新刻全像音詮征播奏捷傳通俗演義

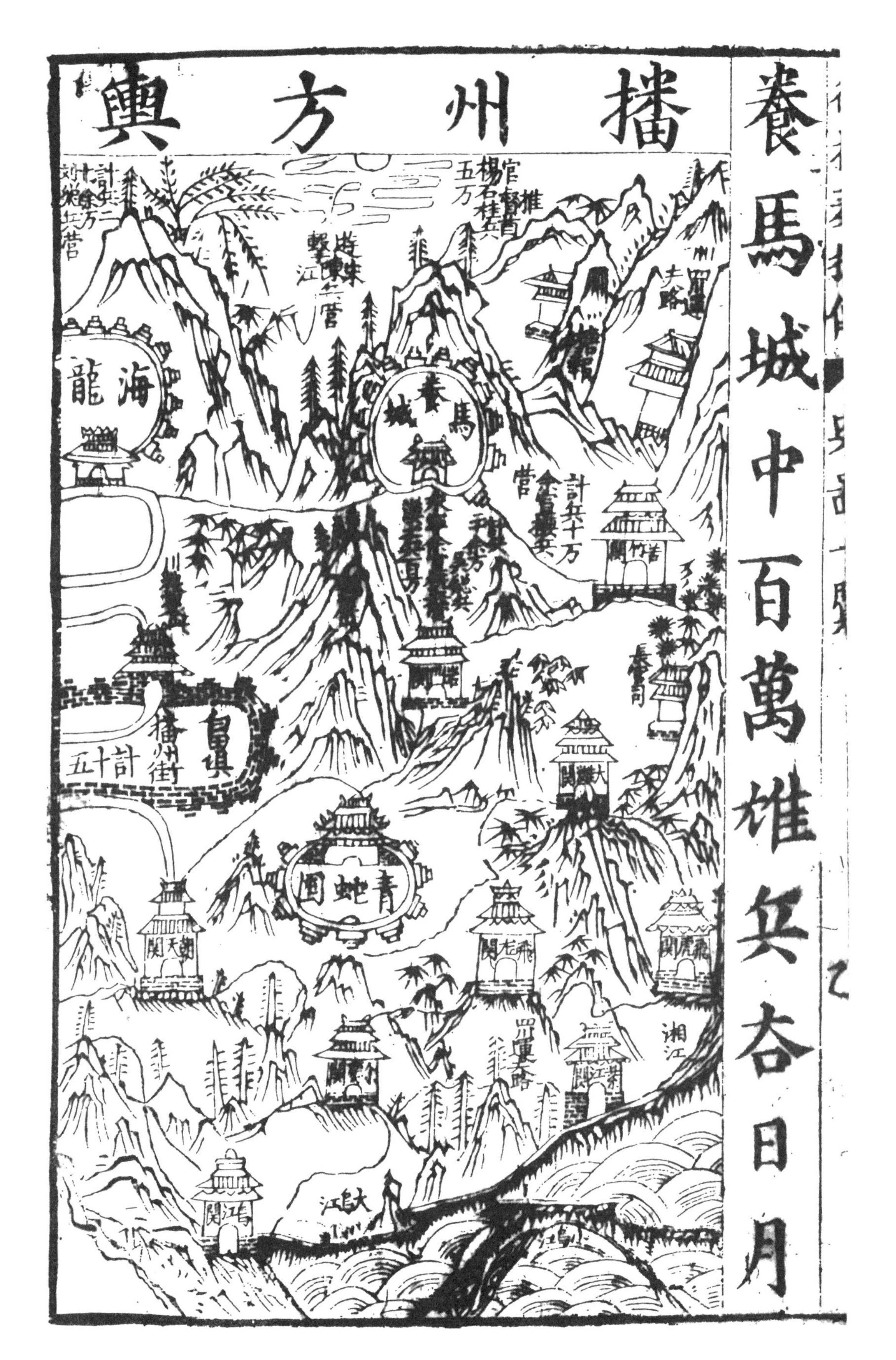

播州方輿一覽之圖

輿啚一覽

新刻全像音詮征播奏捷傳通俗演義

張真人叩
午門
聖帝握符文武赤心期報國

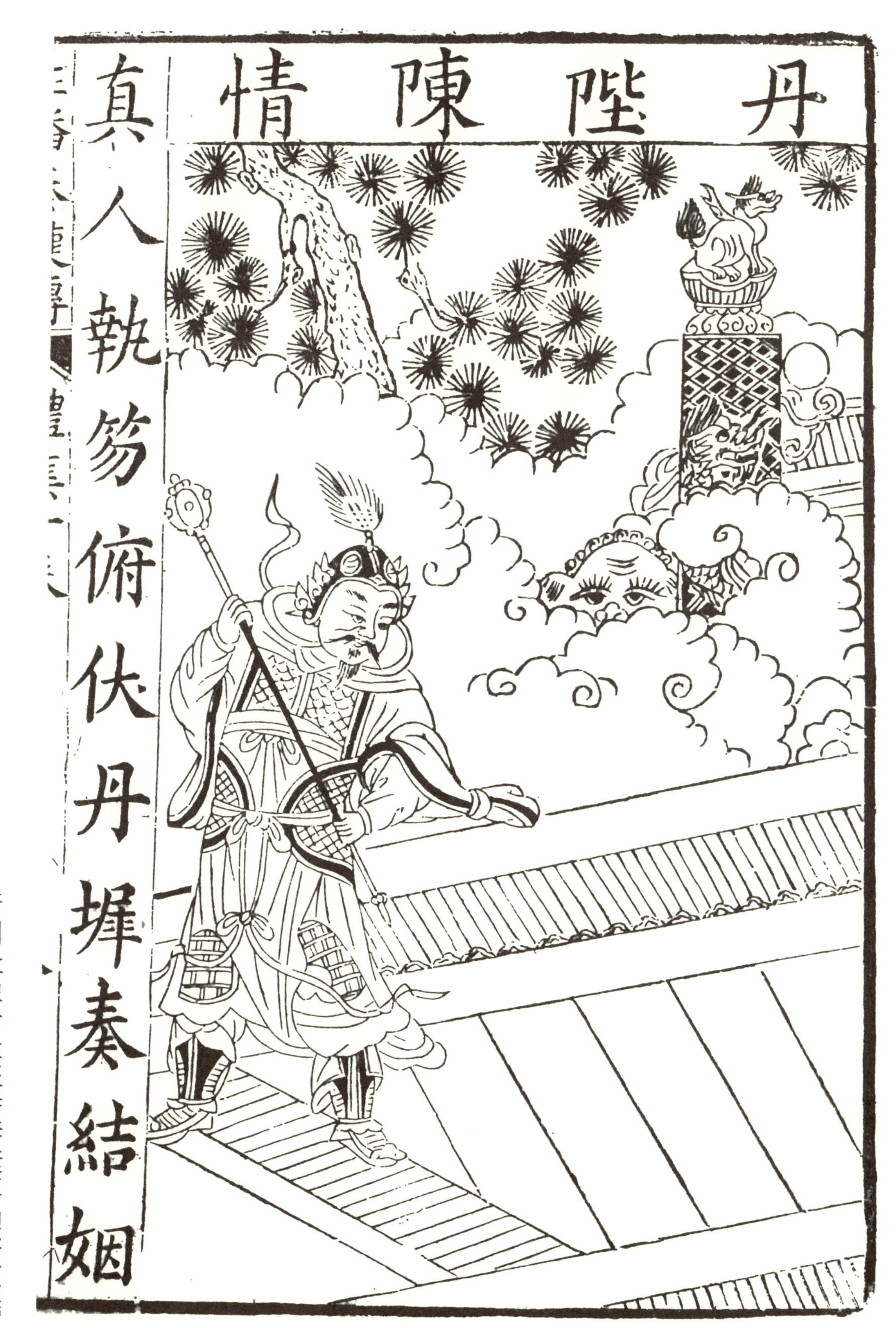
丹陛陳情
真人執笏俯伏丹墀奏結姻

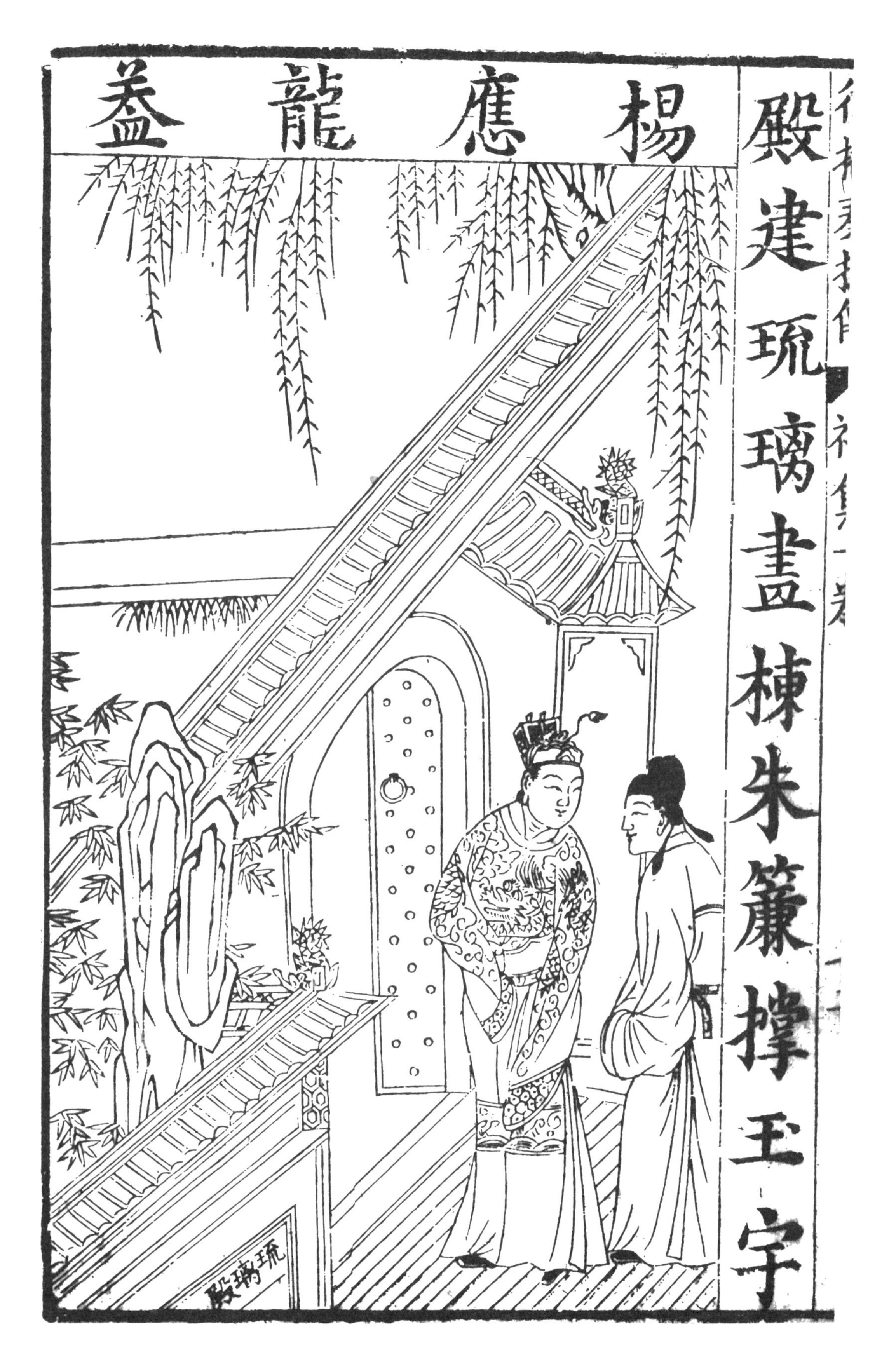
楊應龍蓋
殿建琉璃畫棟朱簾撐玉宇
琉璃殿

楊應龍蓋琉璃大殿　禮集一卷

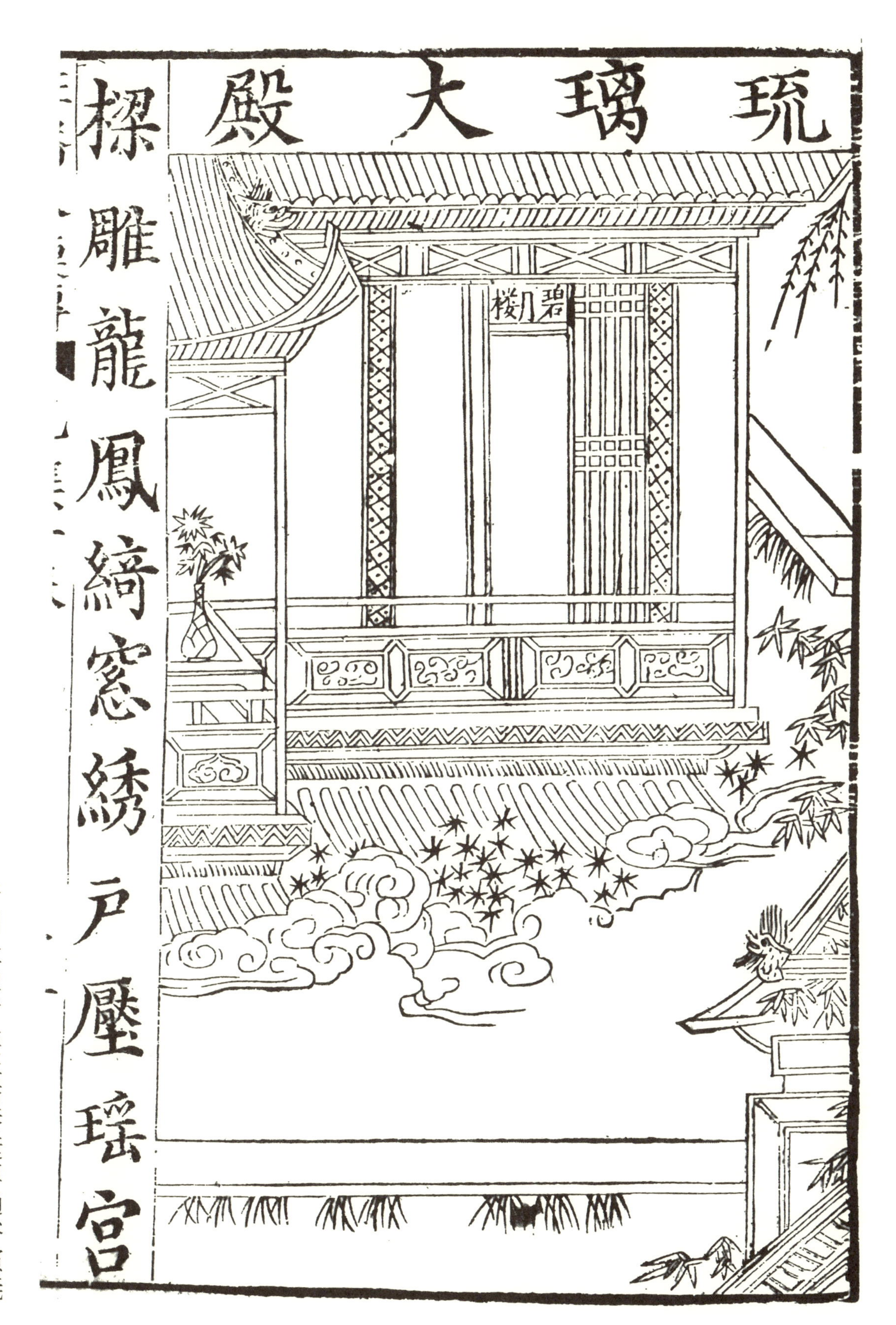
琉璃大殿
標雕龍鳳綺窓綉戸壓瑶宮
碧欄

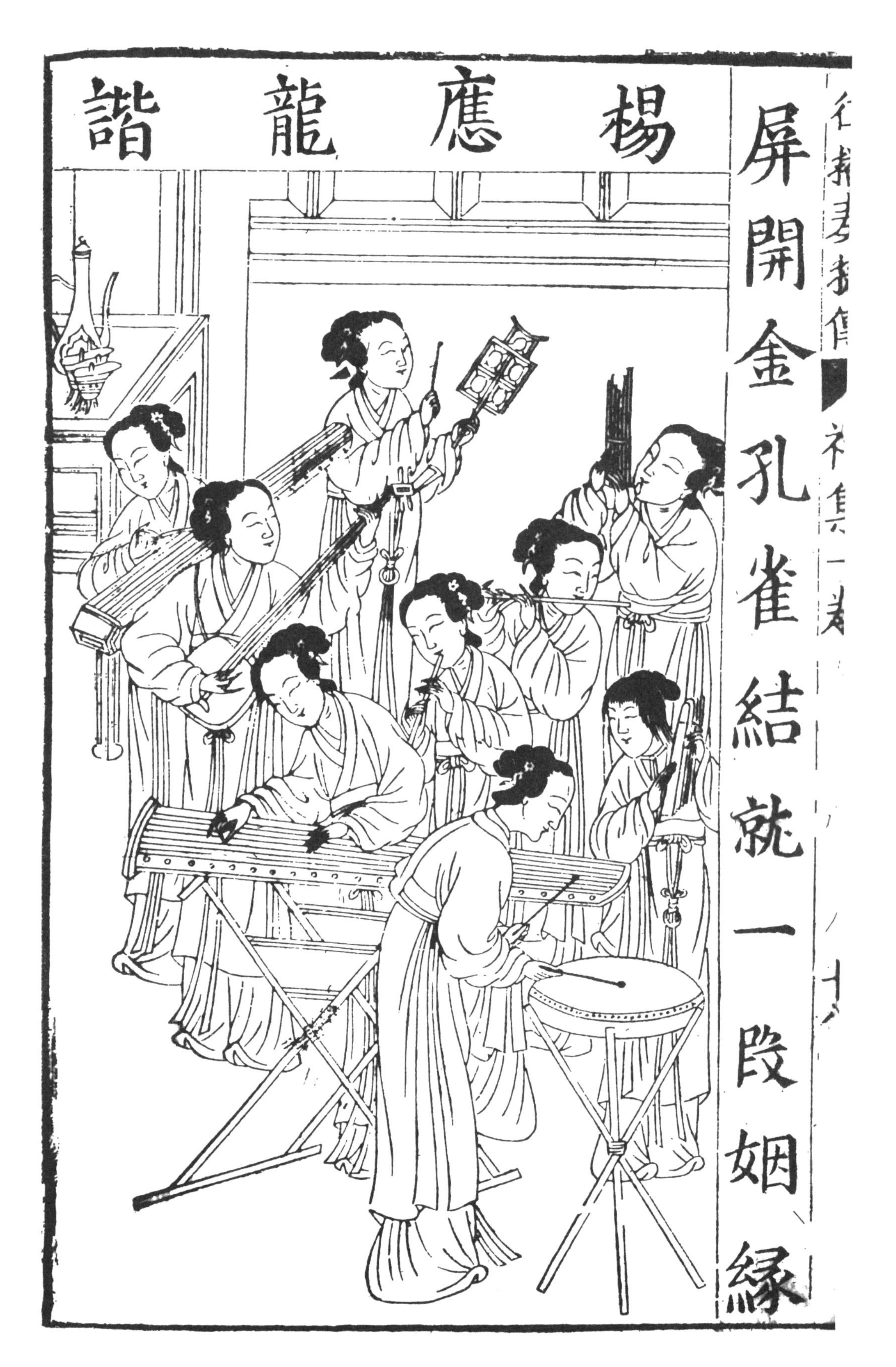
楊應龍諧
屏開金孔雀結就一段姻緣

鸞鳳佳配
褥隱繡芙蓉和諧百季配偶

楊應龍遊
勝日尋芳應龍追名賢樂事
〔繡〕谷春容〔禮〕集一卷

春遇玉娥
倚門望景玉娥乖淑女良規

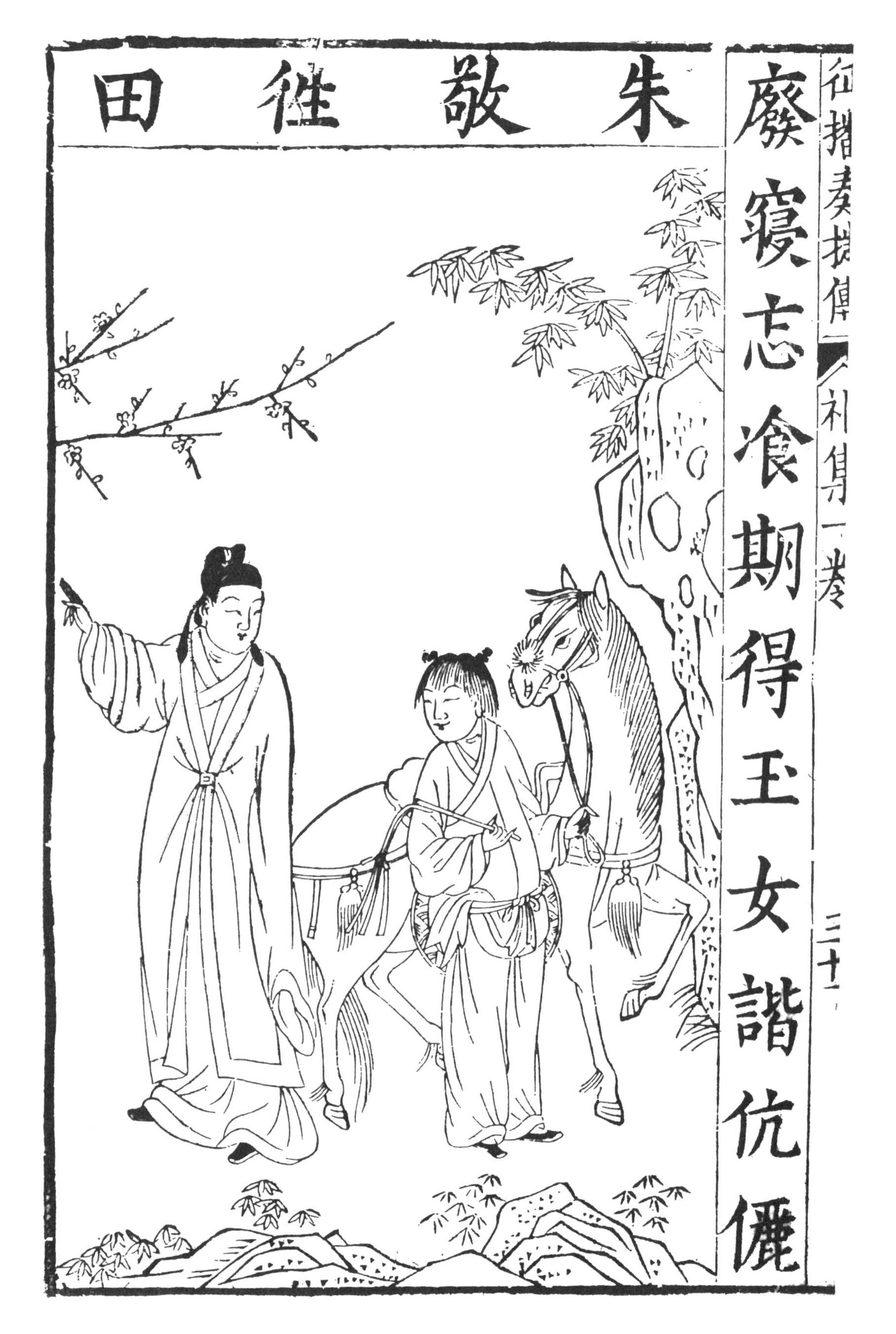
朱敬往田
廢寢忘飡期得玉女諧伉儷
征播奏捷傳
禮集一卷

朱敬往田家庄議親

禮集一巻

家庄議親
登山涉水逕趋田宅講婚姻
田家庄

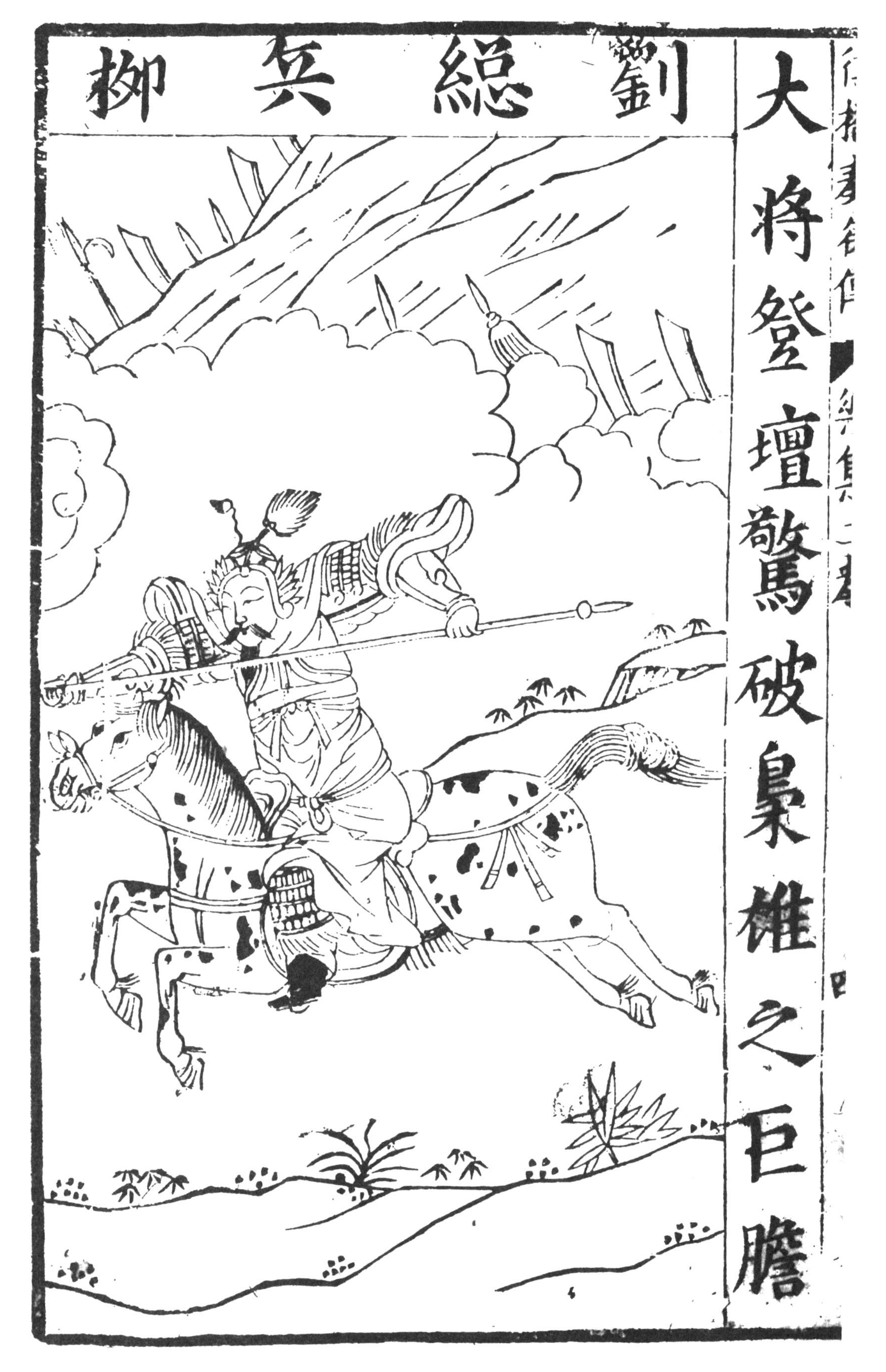

劉総兵柳州城大戦

楽集二巻

州城大戰
天兵臨敵褫落賤扈之霧褷

禾盛私會
色膽如天曩時曾偷香苍下
十二

玉娥偷情
慾心似火今宵續竊玉燈前

錦衣衛官
王法無私豈能赦元兇之惡

鎖拏應龍
天條有犯定難免桎梏之刑

朱敬送書往重慶府

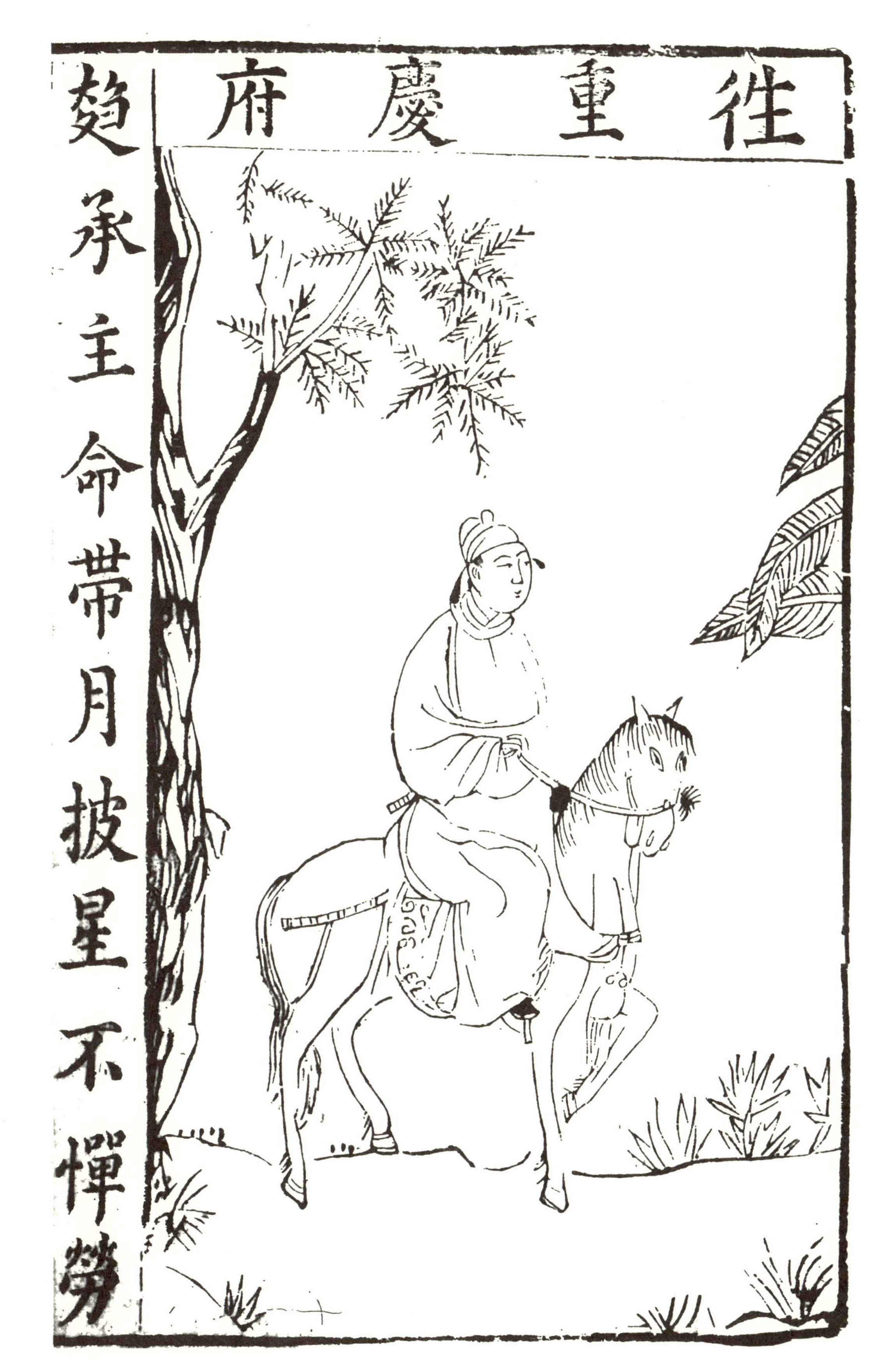
往重慶府
趱承主命帯月披星不憚勞

樂源知縣
沉酒逞兇白日青天無國法

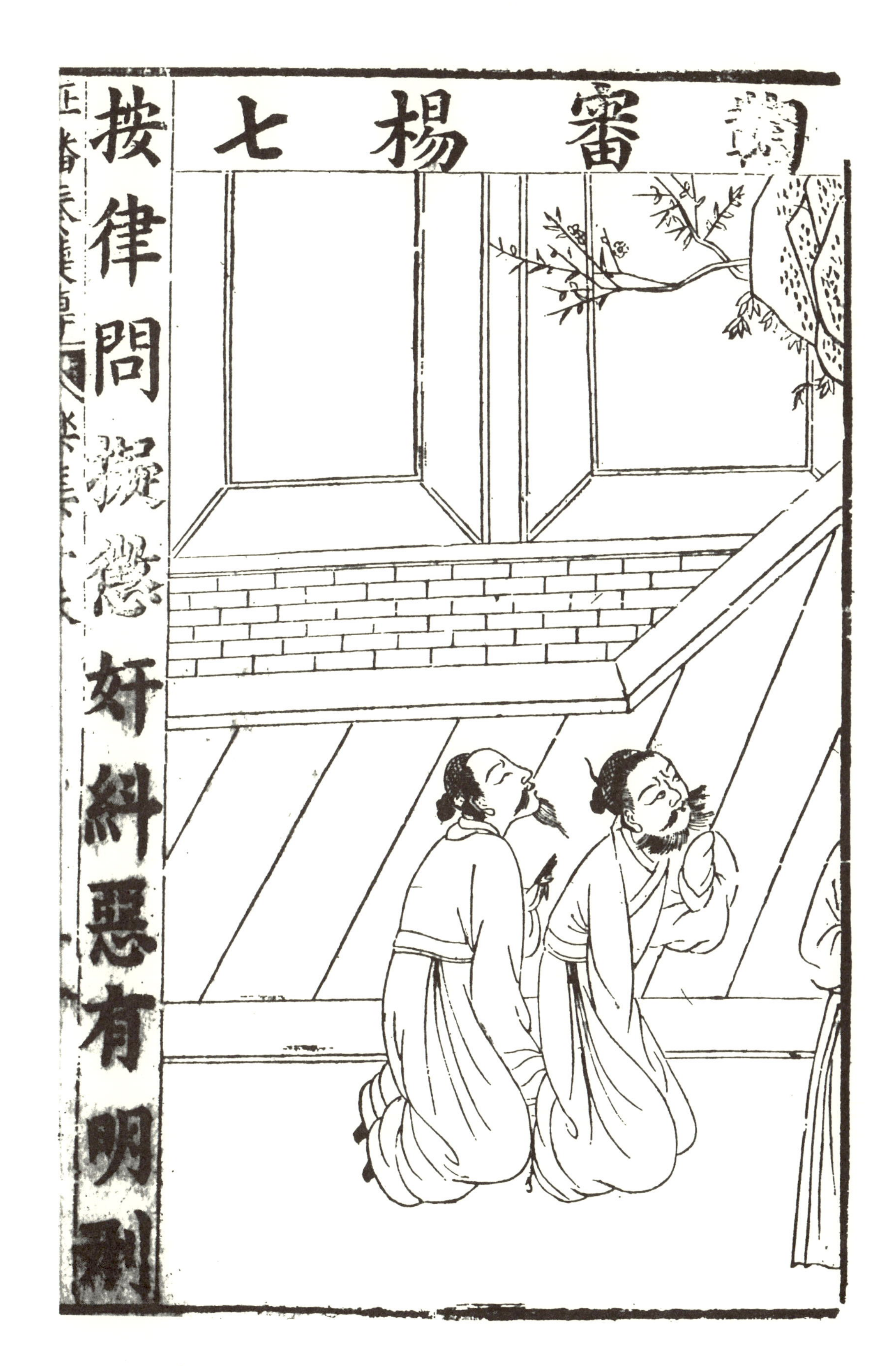
審楊七
按律問擬懲奸糾惡有明刑

樊參將詰
塩輸國課沒引私賄罪難容

無引私塩
法禁跳梁恣意妄刑心太慘
塩包

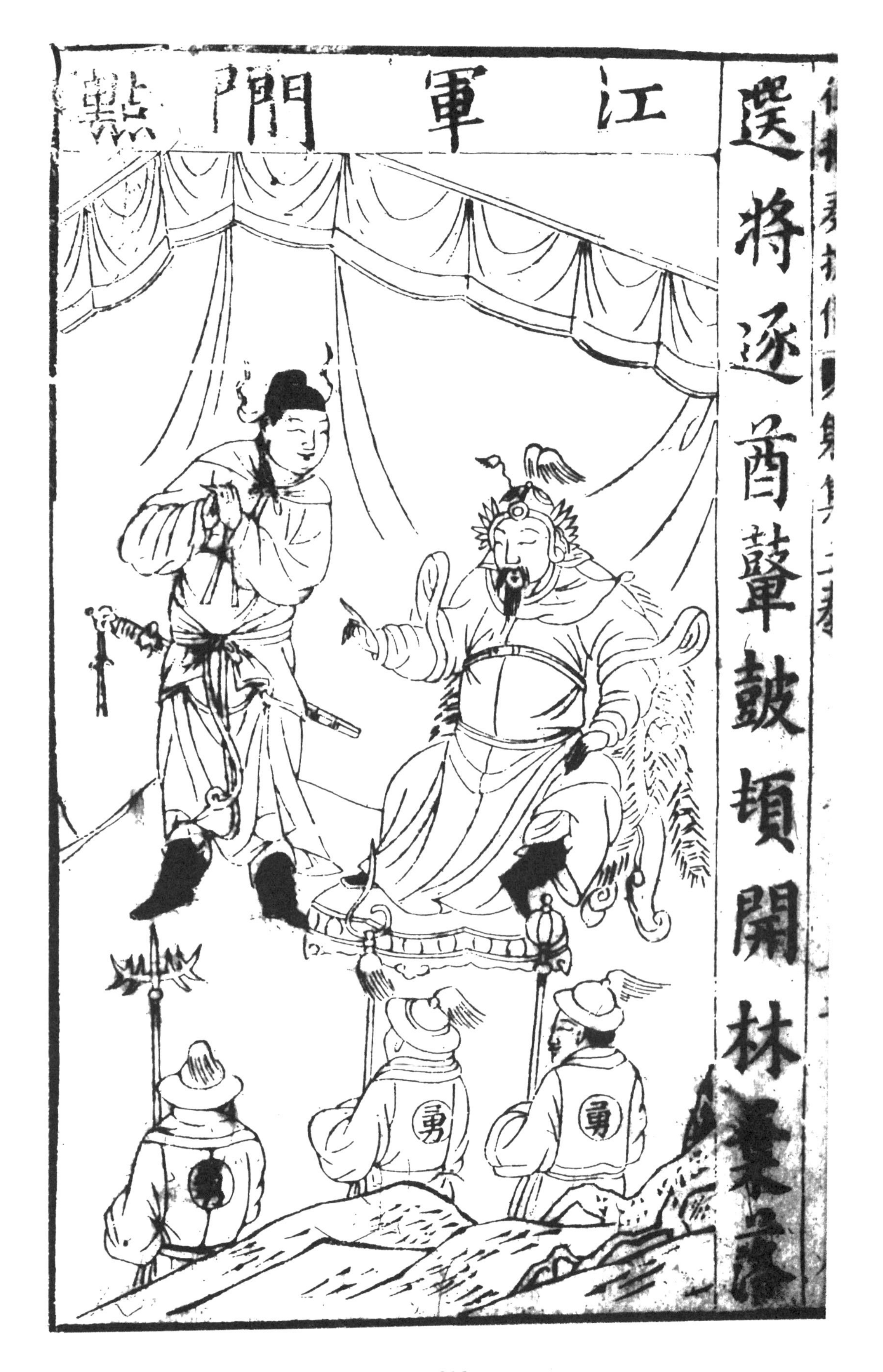

江軍門點兵擊楊酋

射集三卷

兵擊楊酋
驅兵除暴旌旗遥拂樹梢
明

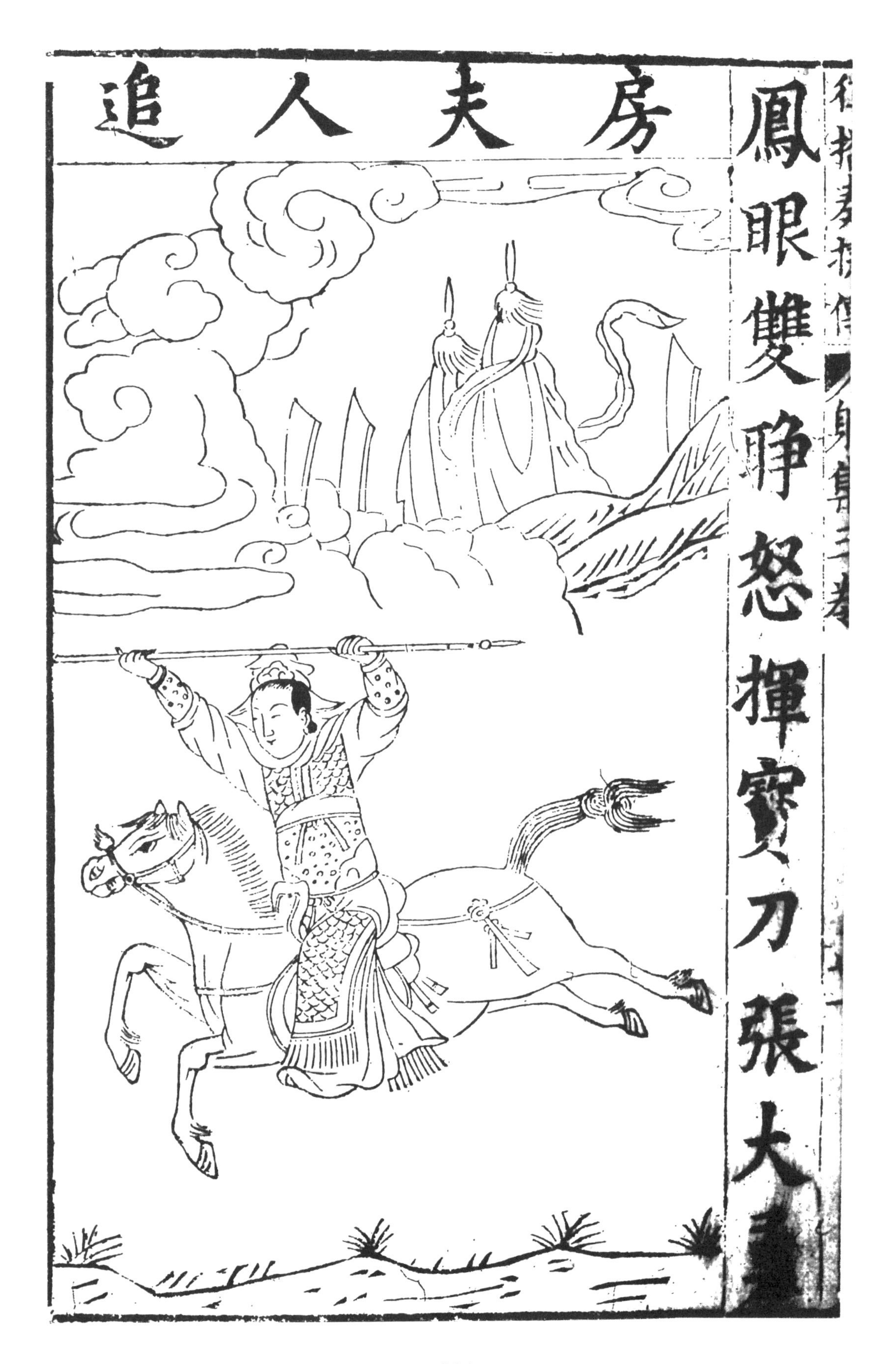
房夫人追
鳳眼雙睜怒揮寶刀張大

房夫人追戰楊朝棟

射集三卷

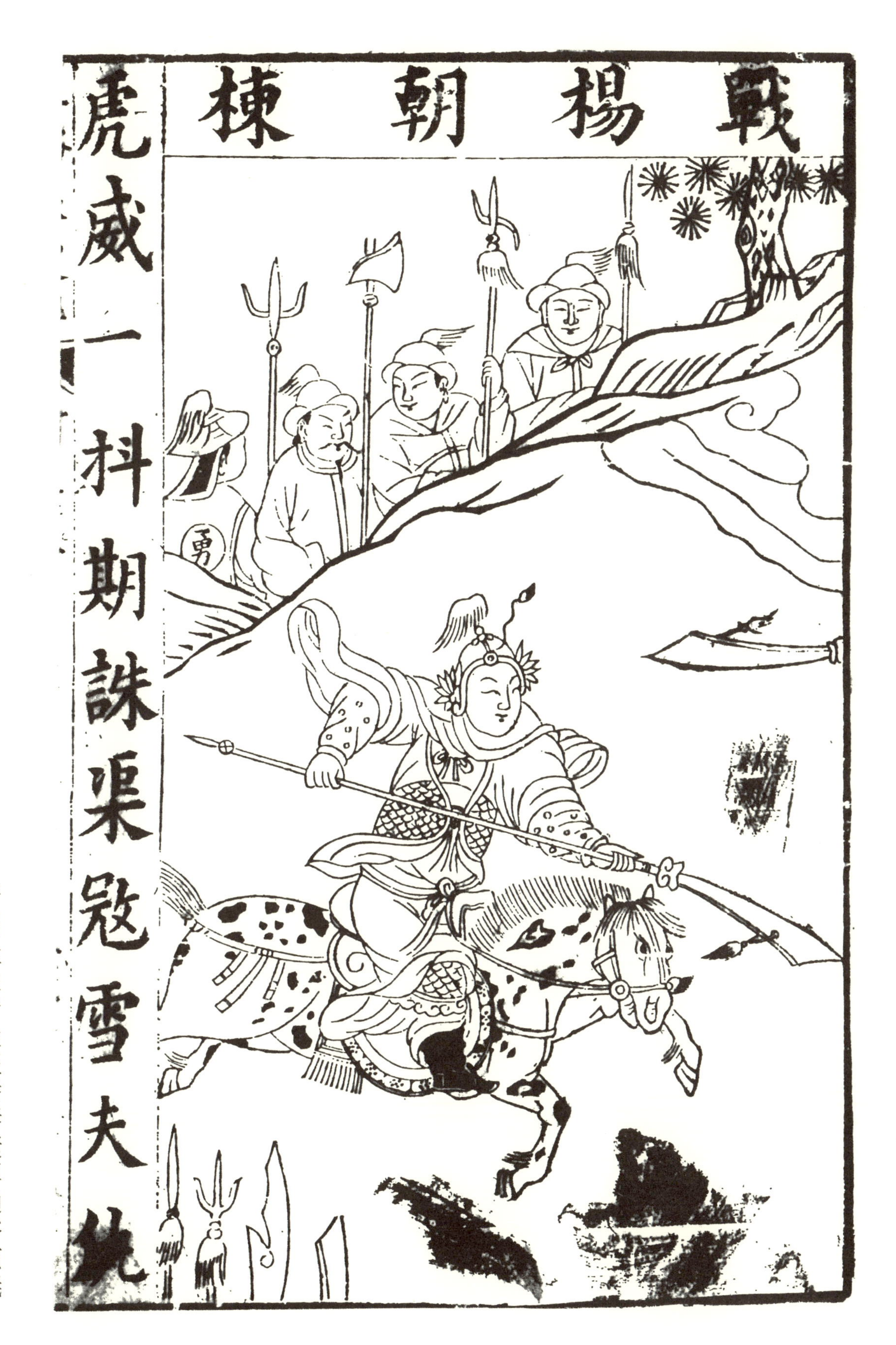
戰楊朝棟
虎威一抖期誅渠魁雪夫仇
勇

新刻全像音詮征播奏捷傳通俗演義

三省軍門
表奏金鑾祈天遣將誅酋惡

新刻全像音詮征播奏捷傳通俗演義

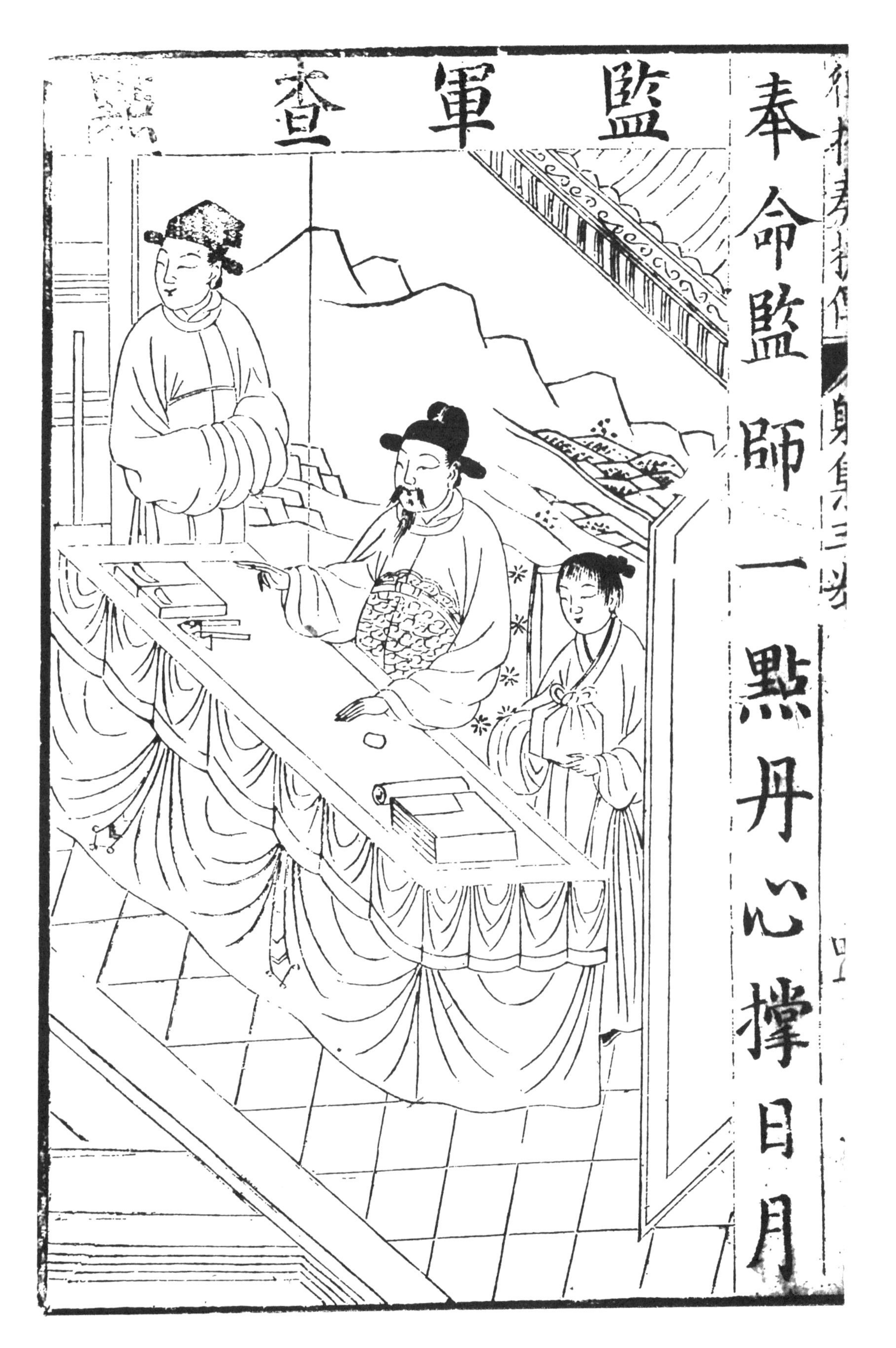
監軍查
奉命監師一點丹心撐日月

監軍查點運粮夫役

射集三卷

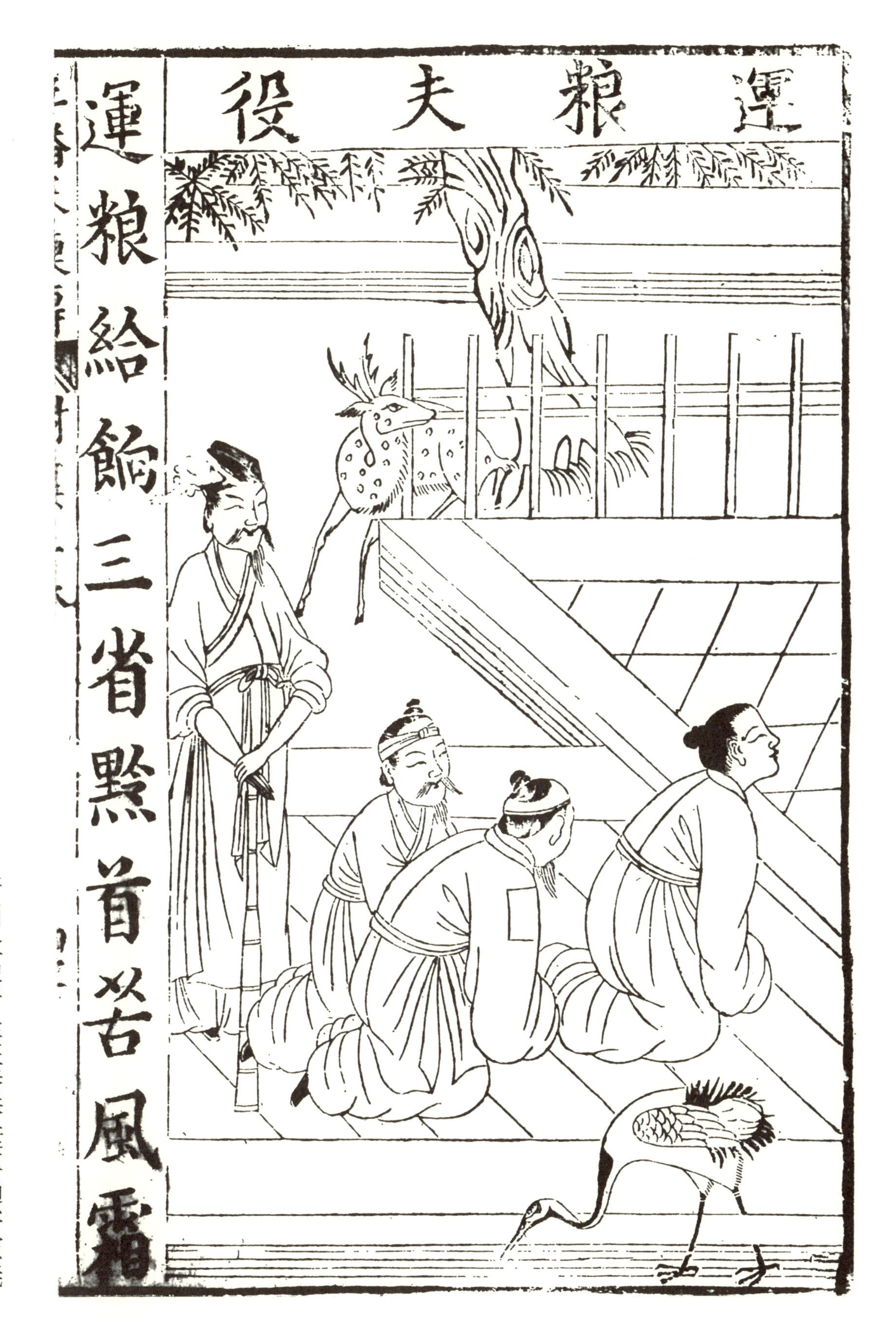
運粮夫役
運粮給餉三省黔首苦風霜

楊奇朱敬議敵官軍

藝集四巻

議敍官軍
舉頭頻望牙旗高拂碧天雲

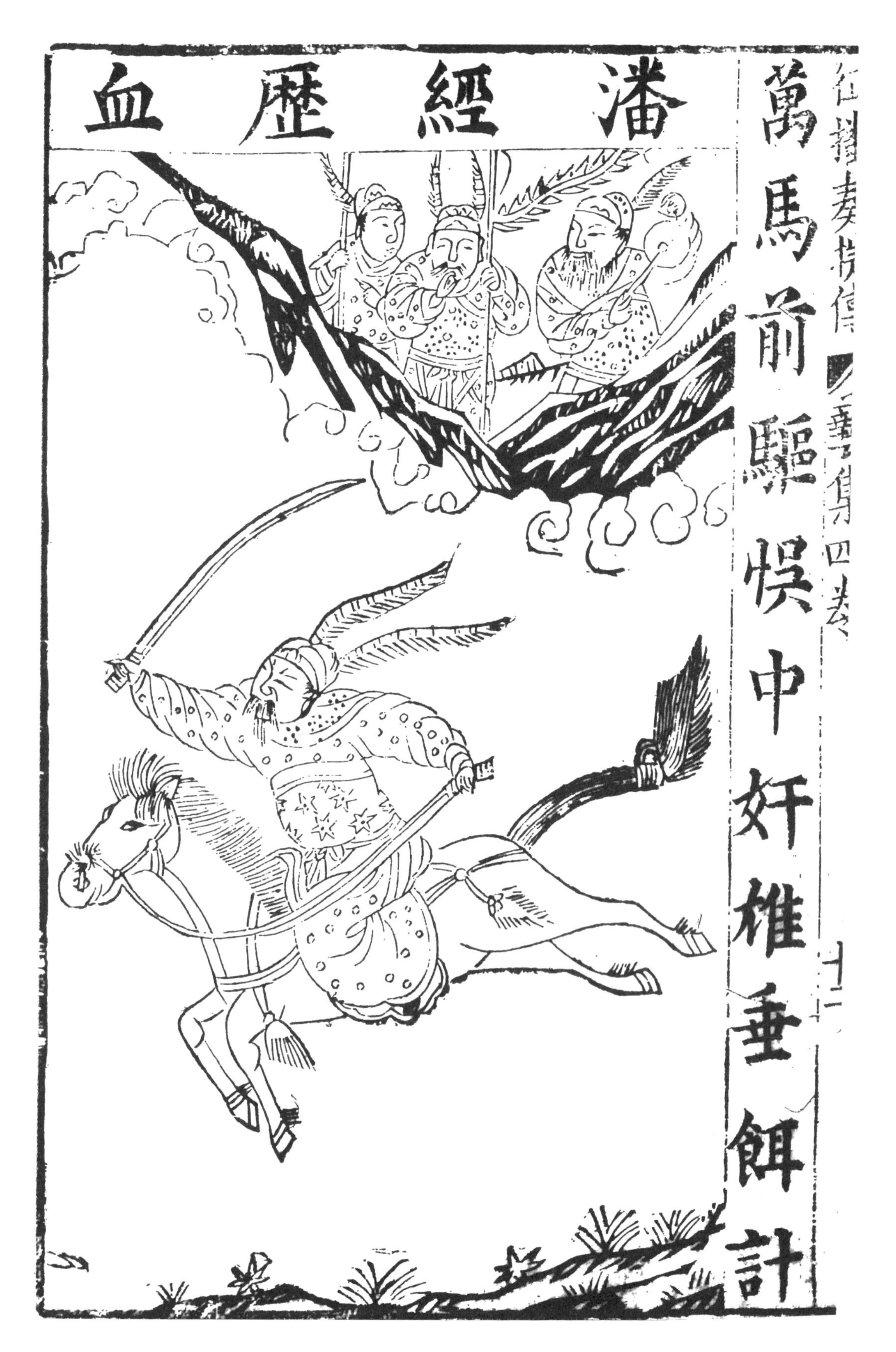

潘經歷血戦退楊兵

藝集四卷

戰退揚兵
孤身後殿掃退酋蠻得勝兵

楊奇聚集衆將議戦

藝集四巻

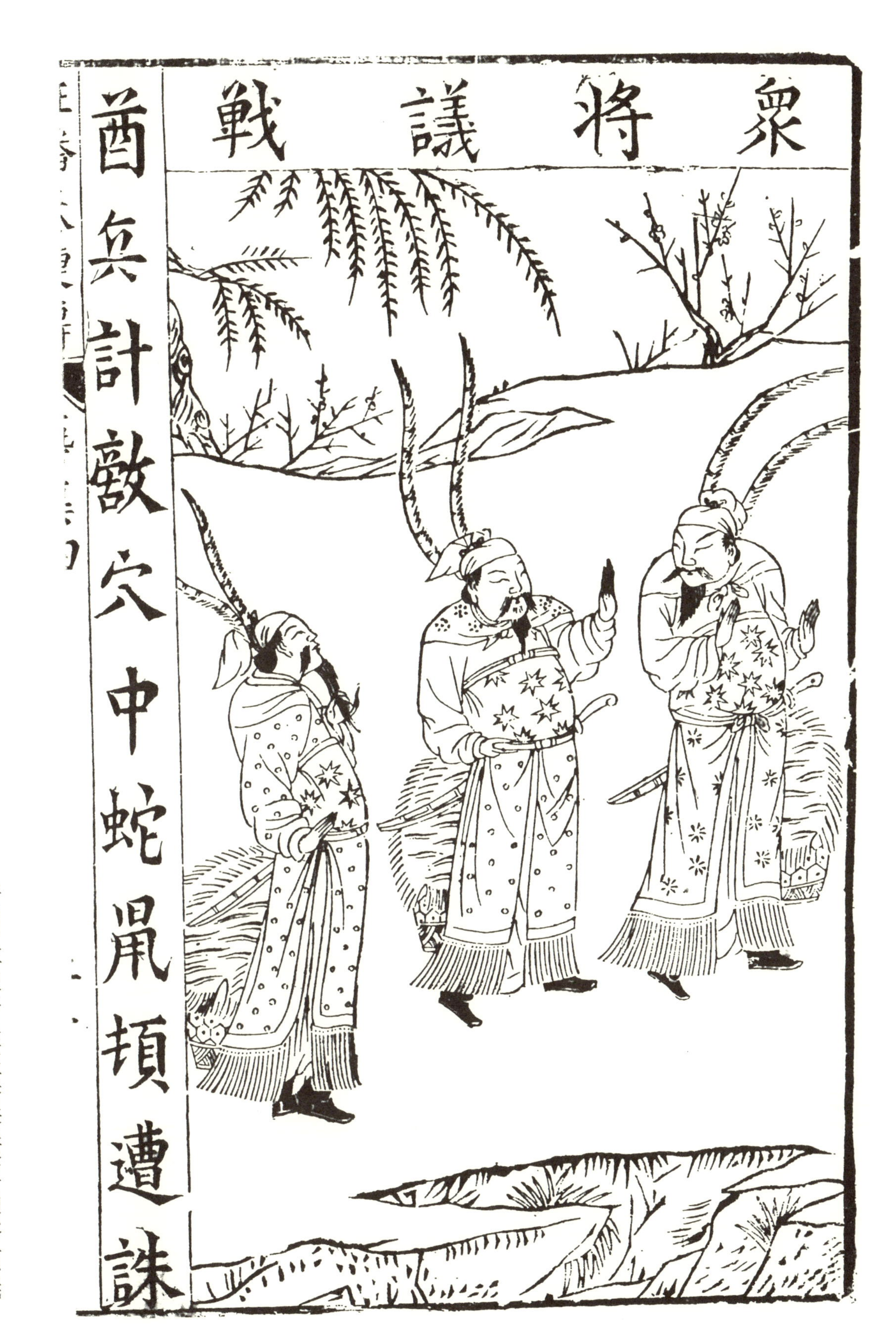
衆将議戦
酋兵計敵穴中蛇鼠頓遭誅

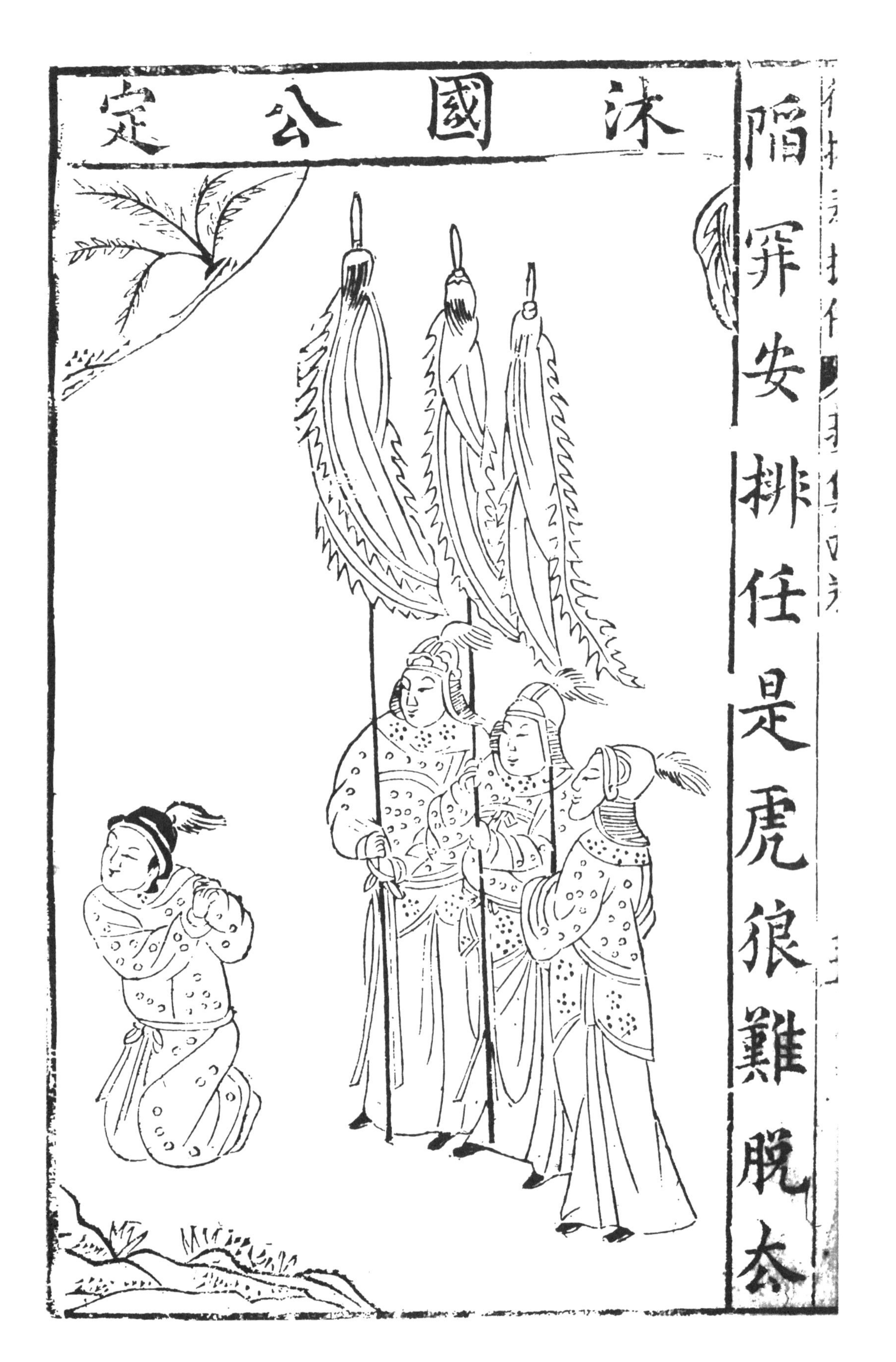
沐國公定
陷穽安排任是虎狼難脫套

計擊楊兵
牢籠計較却教鷹隼悞飛來

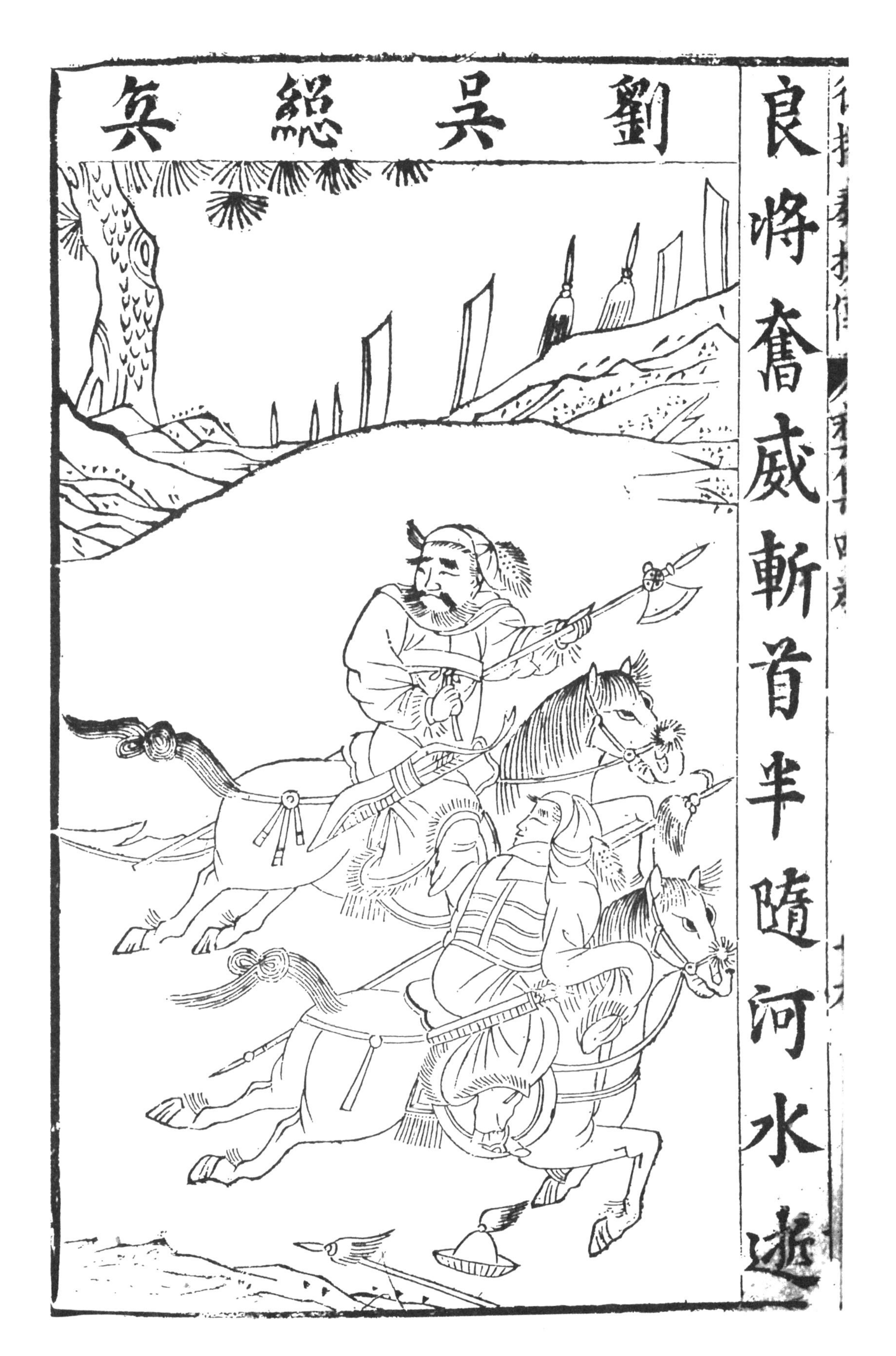

劉呉総兵大戦楊將

藝集四巻

大戰楊将
楊兵大敗橫屍斜倚野城低

劉総兵岩門關大戰

書集五卷

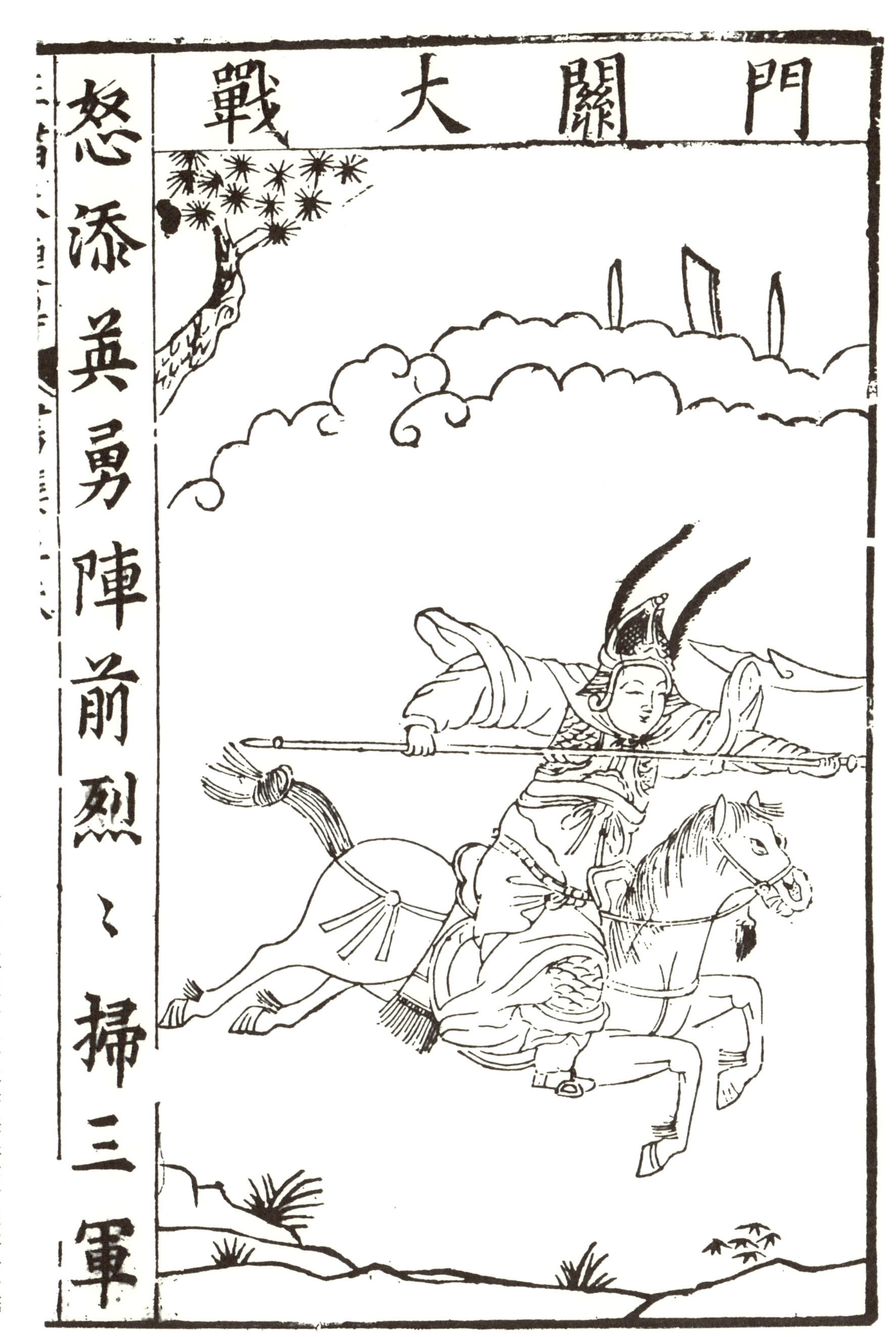
門關大戰
怒添英勇陣前烈〻掃三軍

新刻全像音詮征播奏捷傳通俗演義

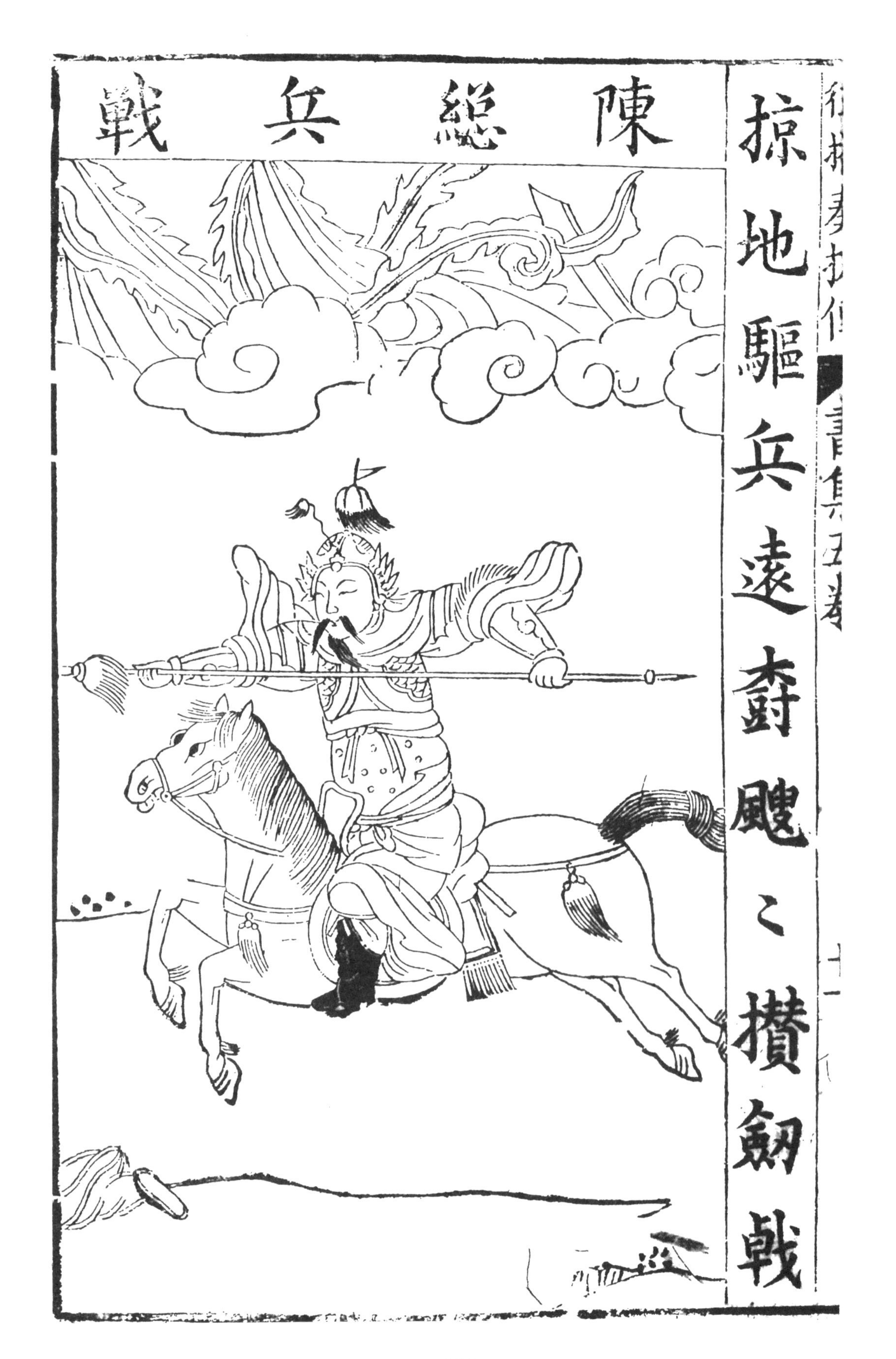

陳総兵戰楊奇張讓

書集五巻

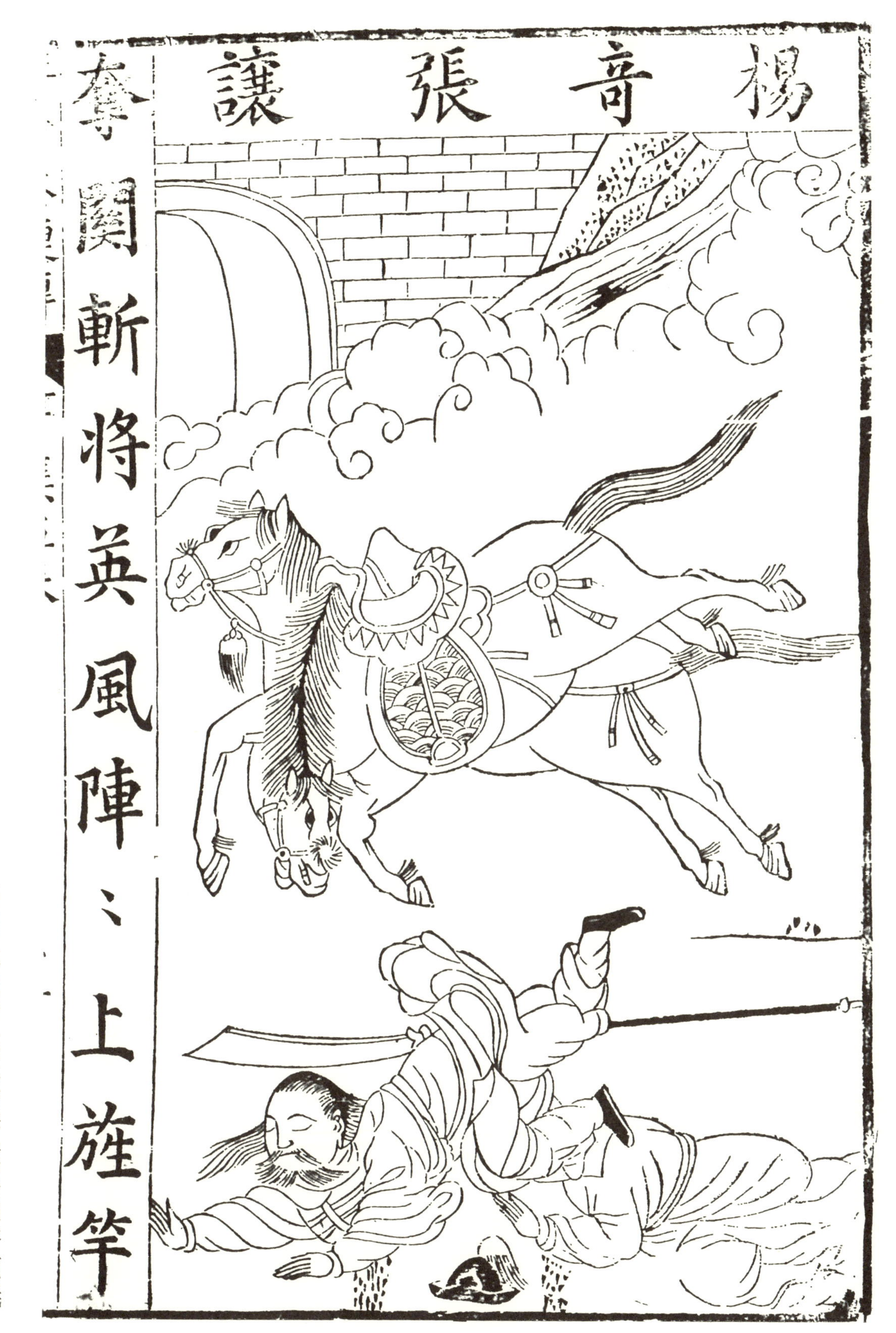

楊竒
張讓
奪關斬将英風陣〻上旌竿

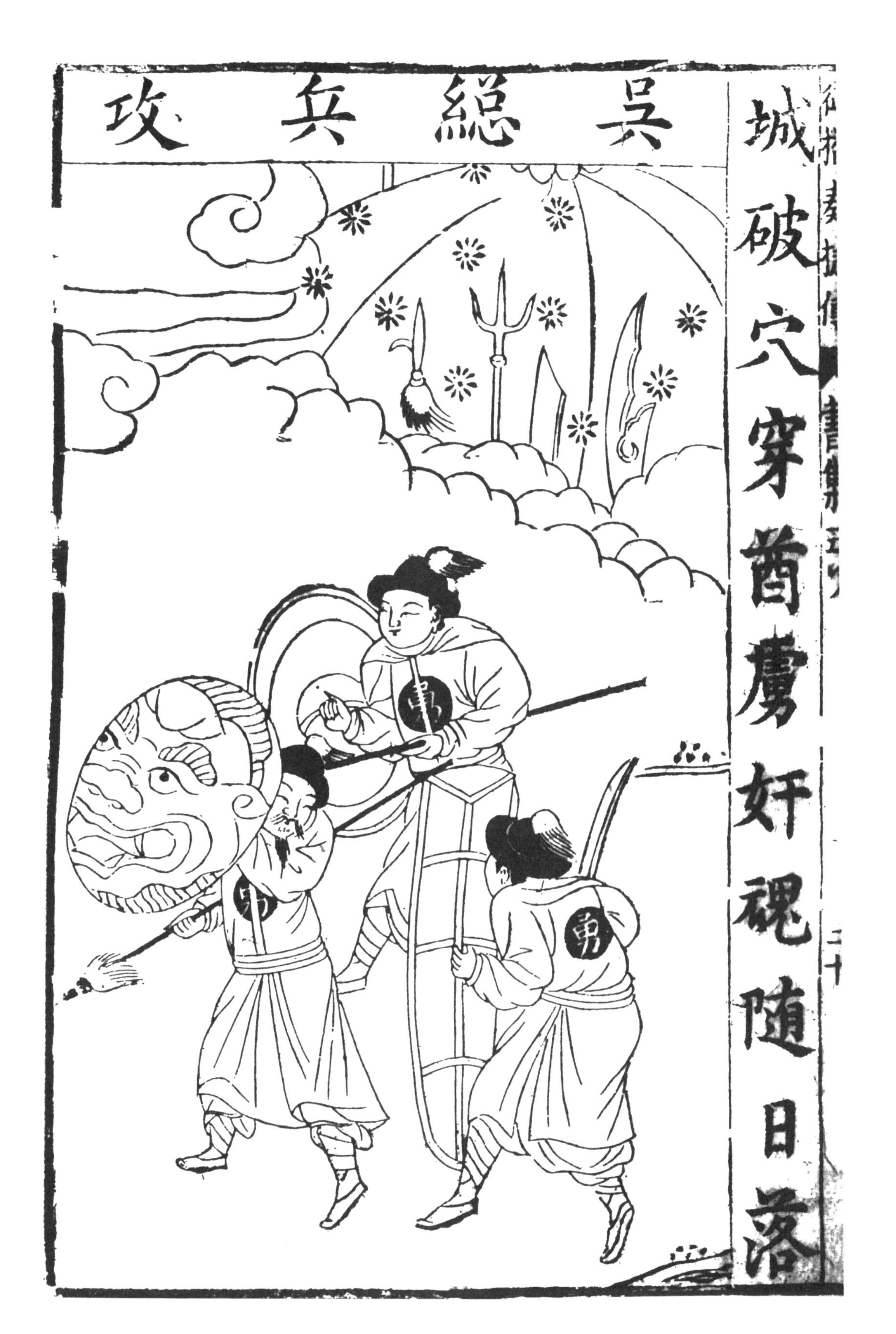

呉総兵攻打鐵鎖關

書集五卷

打鐵鎖關
關崩地裂將軍勇氣觸天高

陳総兵往攻朝天闕

書集五巻

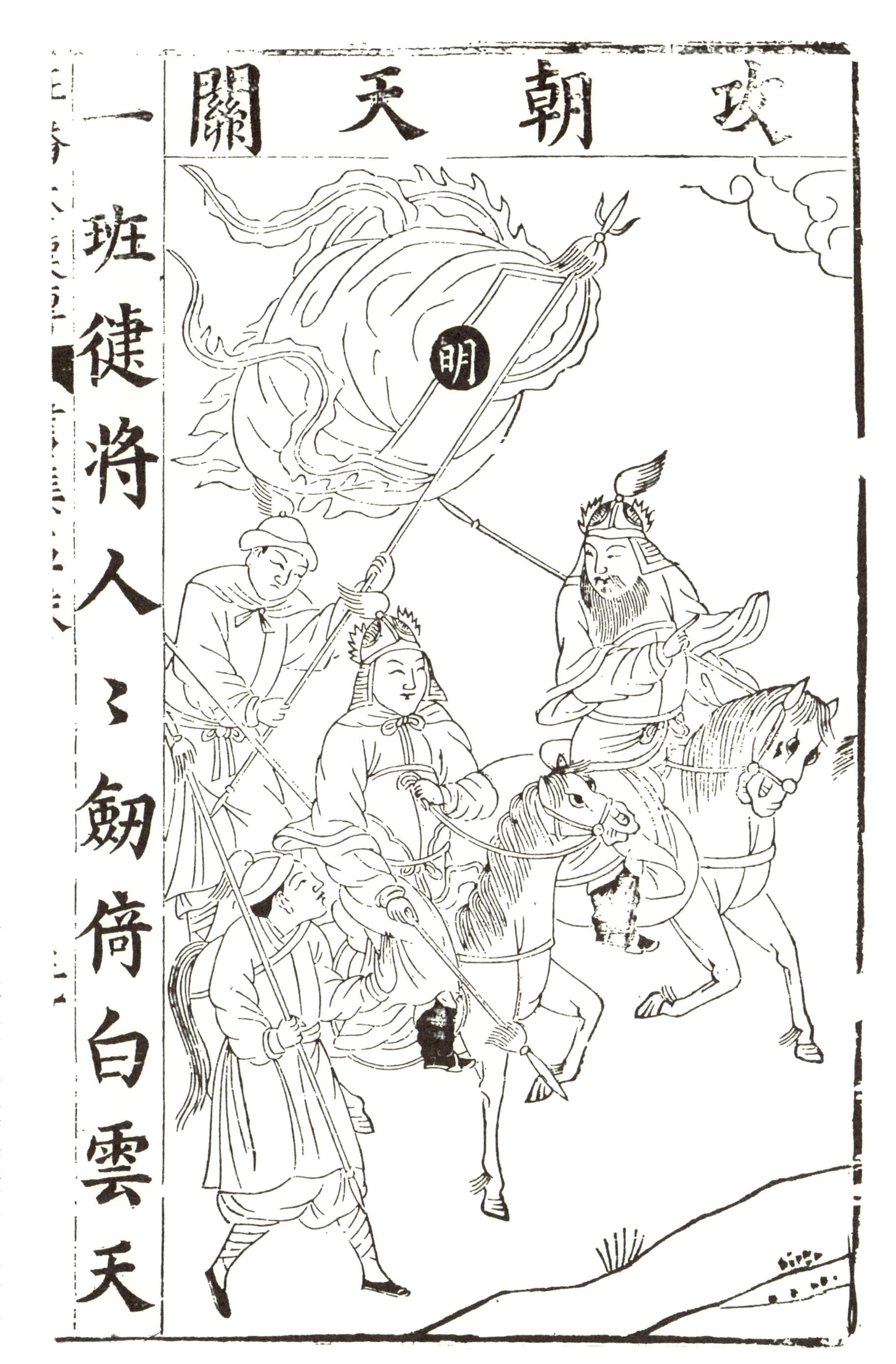
攻朝天關
一班健將人〻劒倚白雲天
明

新刻全像音詮征播奏捷傳通俗演義

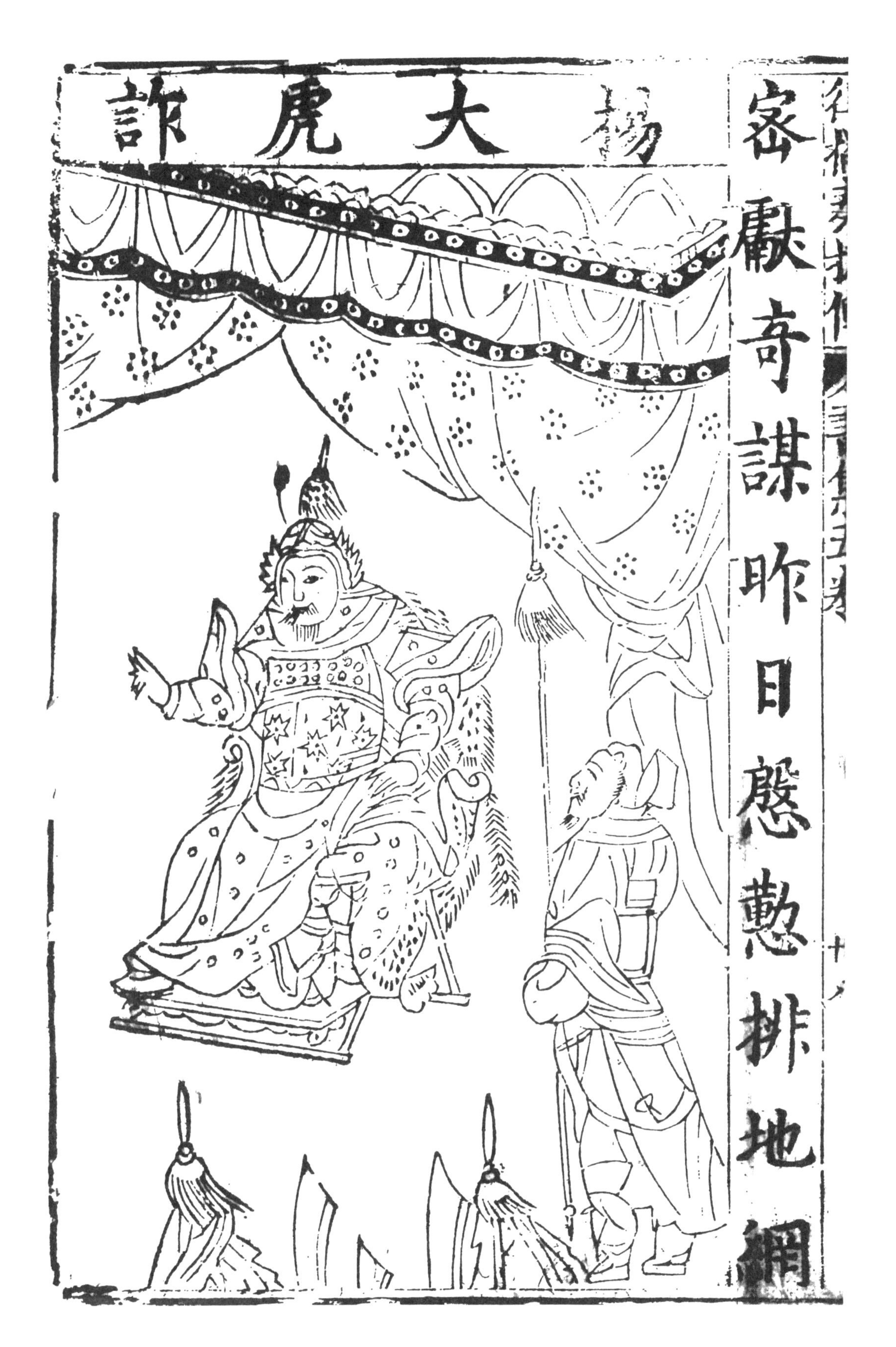
楊大虎詐
密獻奇謀昨日慇懃排地網

楊大虎詐降劉総兵

書集五巻

降劉總兵
詐降良將今宵就裡陷天羅

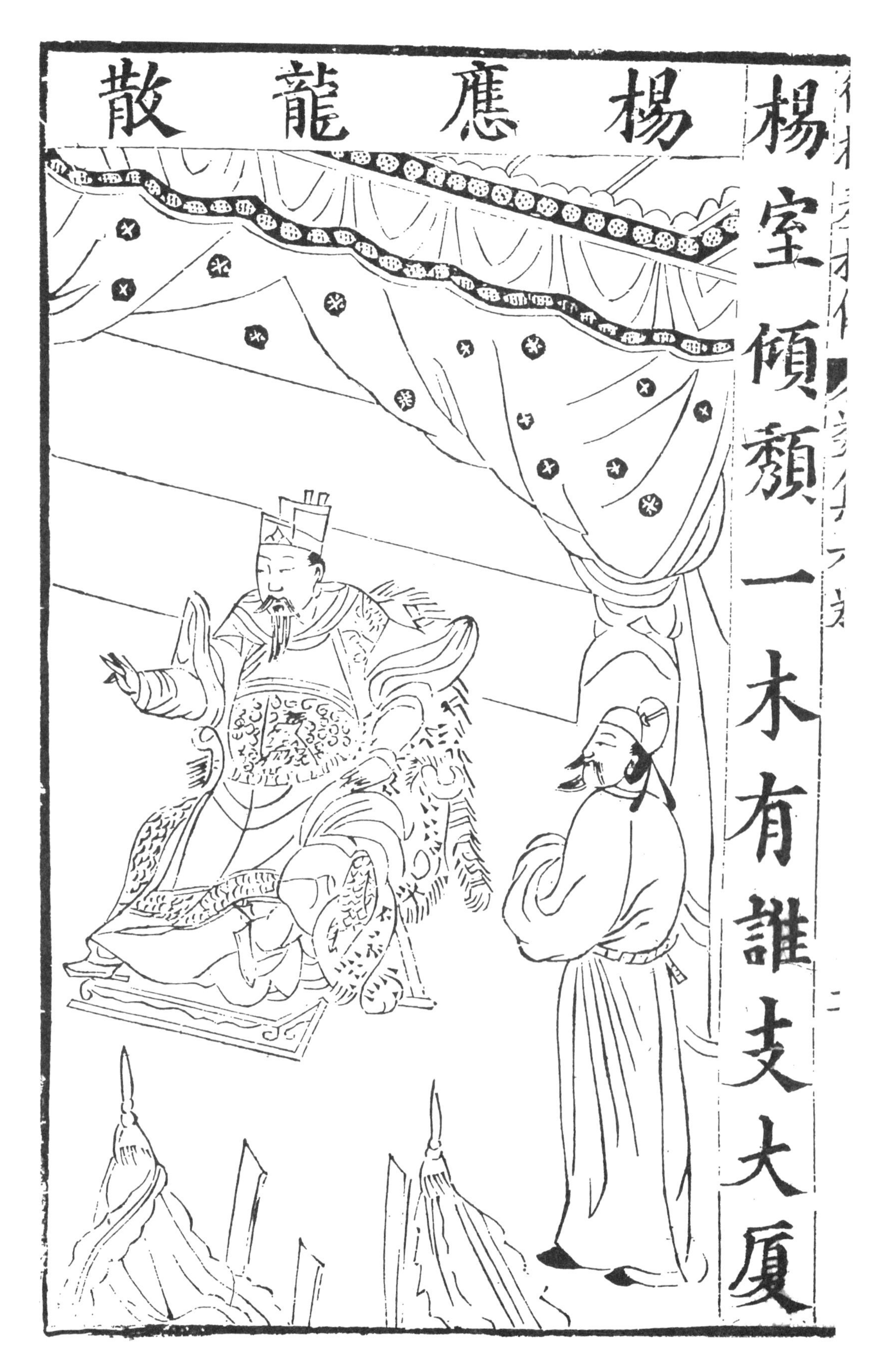
楊應龍散
楊室傾頹一木有誰支大厦

楊應龍散金勵衆将

数集六卷

金勵衆将
海国毀裂三軍無復築堅城

陳大総兵
勦滅巨魁戦将盡動懽顔色

新刻全像音詮征播奏捷傳通俗演義

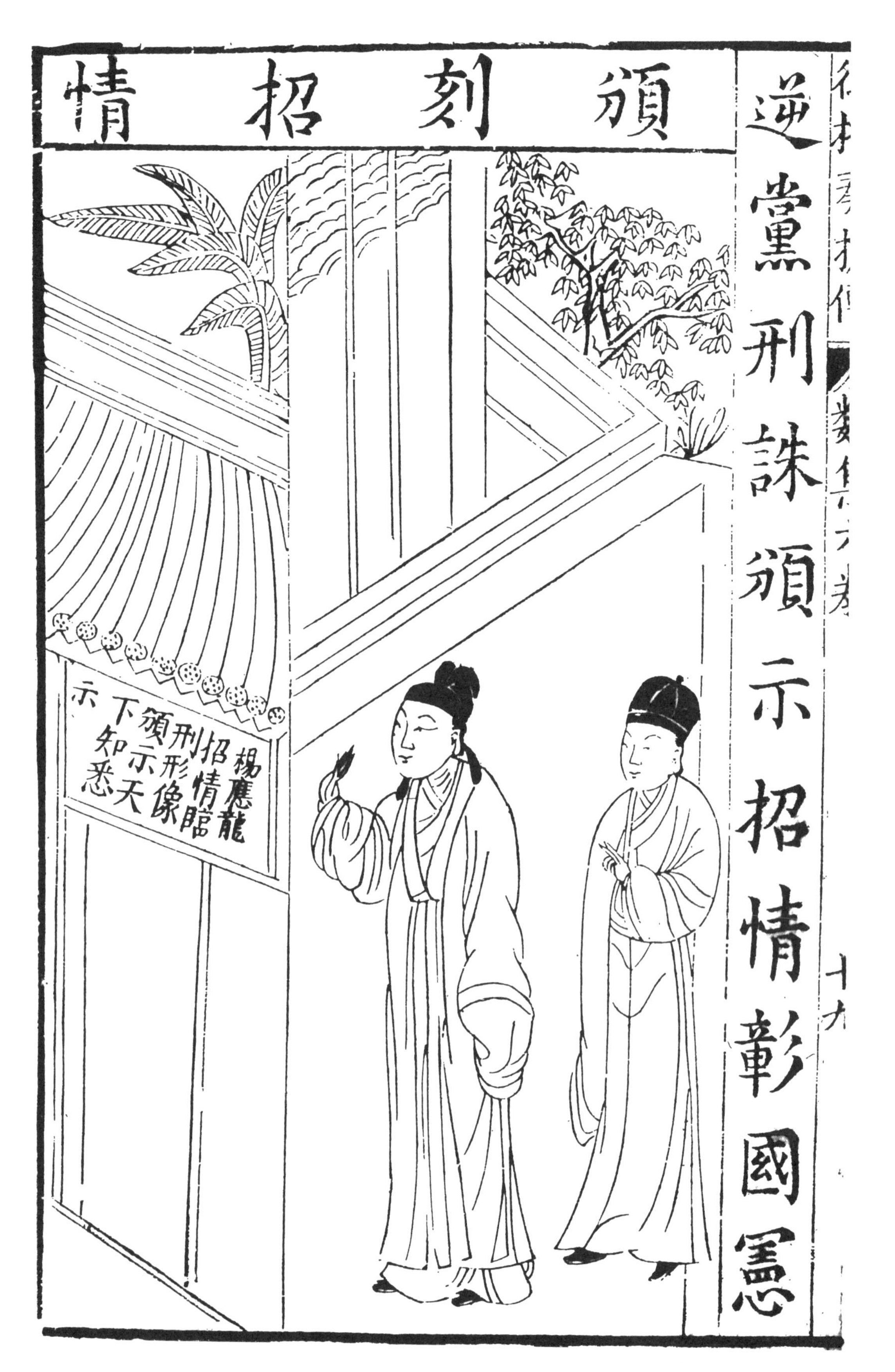

頒刻招情
逆黨刑誅頒示招情彰國憲
楊應龍招情臨刑形像頒示天下知悉示

頒刻招情揭示天下

数集六巻

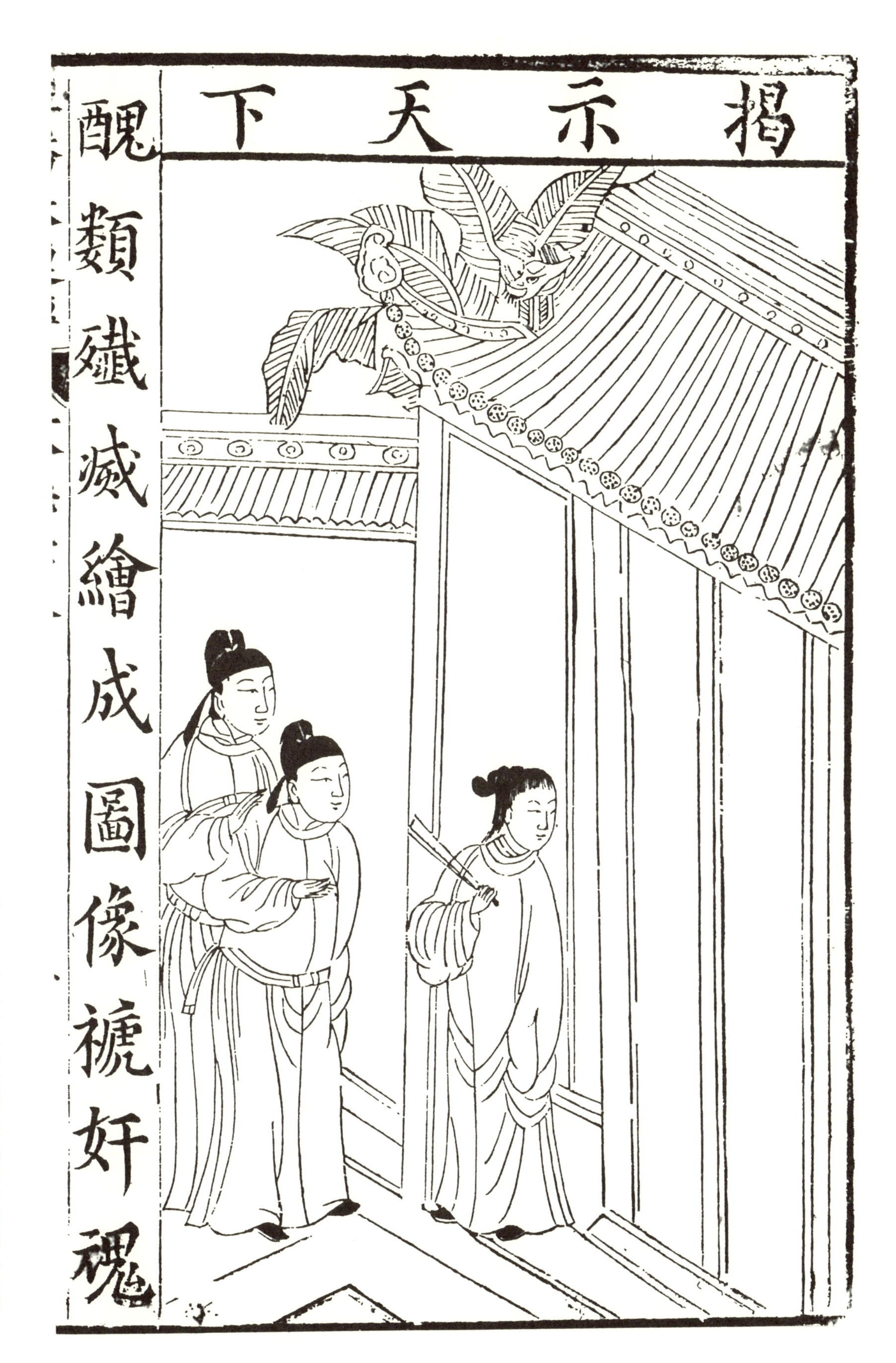
揭示天下
醜類殲滅繪成圖像褫奸魂

郭巡撫表
表奏王堦請旨移播為郡縣

命傳金殿選官詣境撫黔黎

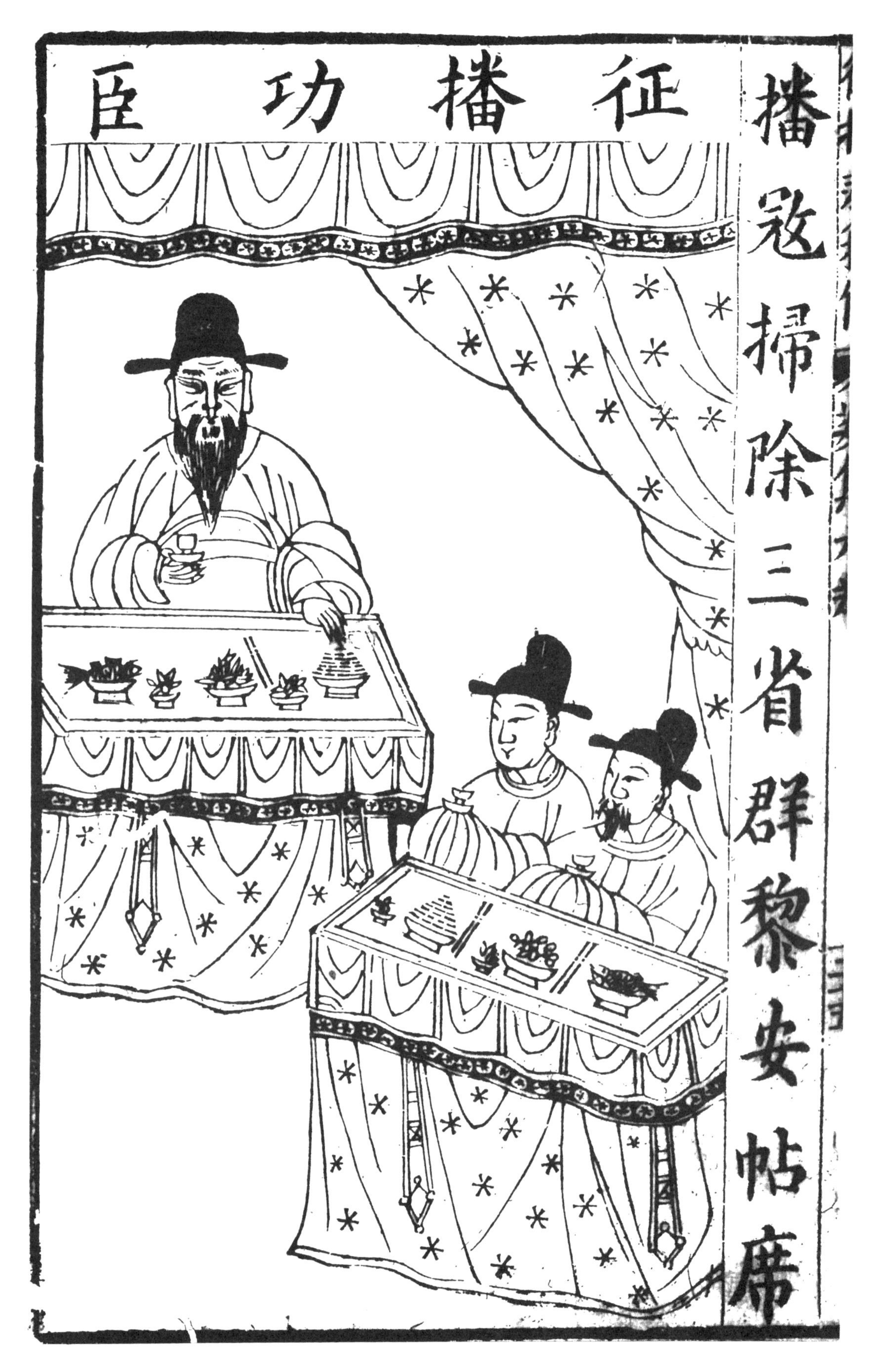
征播功臣
播寇掃除三省群黎安帖席

征播功臣飲太平宴　数集六巻

飲太平宴
海宇寧謐萬方兆庶樂止戈

編著者紹介

瀧本弘之（編・解題）

著述家、中国版画研究家。

上智大学外国語学部フランス語学科卒業。編著書に『蘇州版画』（駸々堂・共著、1992年）、『清朝北京都市大図典』（遊子館、1998年）、「中国古典文学挿画集成」［一］～［十］（遊子館、1999～2017年）、『中国歴史名勝大図典』（遊子館、2003年）、『中国歴史人物大図典』（遊子館、2004年）、『中国抗日戦争時期新興版画史の研究』（研文出版・共著2007年）、『近代中国美術の胎動』（共編、勉誠出版、2012年）、『中国古典文学と挿画文化』(共編、勉誠出版、2014年)など。『東方』(東方書店刊)に「中国古版画散策」を連載中(2015年2月～)。

上原究一（解題）

山梨大学大学院総合研究部准教授。

東京大学大学院人文社会系研究科中国語中国文学専門分野博士課程単位取得退学。博士（文学）。日本学術振興会特別研究員ＰＤ（慶應義塾大学附属研究所斯道文庫）を経て、2015年4月より現職。論文に「明末の商業出版における異姓書坊間の広域的連携の存在について」（『東方学』第131輯、2016年）など。

松浦智子（解題）

名城大学理工学部助教。

早稲田大学大学院文学研究科中国語・中国文学専攻博士課程単位取得退学。日本学術振興会特別研究員ＤＣ２（早稲田大学）、同ＰＤ（埼玉大学）を経て、2013年4月より現職。論文に「楊家将の系譜と石碑－楊家将故事発展との関わりから」（『日本中国学会報』第63集、2011年）、著書に『楊家将演義 読本』『完訳 楊家将演義』上下（岡崎由美・松浦智子共編・共訳、勉誠出版、2015年）などがある。

中国古典文学挿画集成（十）

小説集〔四〕

二〇一七年一月三一日　発行

編　者　瀧本　弘之

発行者　遠藤　伸子

発行所　株式会社 遊子館

一五二-〇〇〇三

東京都目黒区碑文谷五・一六・一八・四〇一

電話 〇三・三七一二・三一一七

印刷・製本　シナノ印刷株式会社

装　幀　中村豪志

定　価　外箱表示

ISBN978-4-86361-029-3 C3690